Charlie Newsman

#Snowf(l)ake

Charlie Newsman

#Snowf(l)ake

Bibliografische Information der Deutschen Nationalbibliothek: Die Deutsche Nationalbibliothek verzeichnet diese
Publikation in der Deutschen Nationalbibliografie; detail-
lierte bibliografische Daten sind in Internet über
http://dnb.dnb.de abrufbar.

Auflage 1 | November 2019
© Charlie Newsman
Umschlaggestaltung: Tina Niehues
Lektorat und Korrektorat: Jasmin Rotert
Herstellung und Verlag:
BoD – Books on Demand, Norderstedt

ISBN: 9783749480531

Für die Singles

Vorwort:

Ein Fakt ist eine Tatsache

#eins

Ein Fakt:
Emotionale Tränen enthalten mehr Proteine,
als jene Tränen, die beispielsweise aus einem Reflex
herauslaufen. Aber, emotionale Tränen enthalten deutlich
weniger Flüssigkeit dafür mehr Serotonin
und bei Frauen mehr Prolaktin.

Natürlich war mir bewusst, dass mein Freund, Ex-Freund, nicht wieder zu mir zurückkommen würde. Auch dann nicht, wenn ich unentwegt unsere gemeinsamen Fotos anschaute. Aber es war wie eine Sucht, jedes Mal zu versuchen, den Fehler zu finden. Es musste schließlich einen Fehler geben. Sonst hätte er mich nicht nach immerhin sieben Jahren verlassen.

Ich griff wahllos nach einigen Fotos und betrachtete sie. Eines zeigte uns beim Klettern in den Alpen. Wir hatten beide eine professionelle Ausrüstung an und strahlten in die Kamera. Das Bild hatte Jürgen, der Bergführer, gemacht. Matthias strahlte mehr als ich. Das lag aber daran, dass es mir auf dem Berg fürchterlich schlecht ging. Wenn man Höhenangst hatte, war Klettern vielleicht nicht gerade das beste Hobby. Ich hatte es Matthias zuliebe gemacht. Er war die Sportskanone von uns beiden gewesen und jeder Urlaub bot mindestens eine Möglichkeit, sich sportlich zu betätigen. Mal klettern, mal tauchen, mal Bungee-Jumping. Ich hatte alles mitgemacht, damit ich ihn nicht einschränkte.

Ich legte das Foto zur Seite und nahm das Nächste in die Hand. Tatsächlich entfuhr mir ein kleiner Lacher. Auf dem Bild strahlte ich. Matthias hingegen sah ziemlich genervt zur Sixtinischen Kapelle. Besichtigungen waren so gar nicht sein Ding. Meins aber. Ich griff nach dem nächsten Bild und brach in Tränen aus. Unser gemeinsamer Abend, einsam in einer Berghütte in Oberitalien. Das Romantischste, was ich je erlebt hatte. Ich vergrub mein Gesicht ins Zierkissen meiner Oma und hatte kurzzeitig das Gefühl, mein Herz würde einfach aufhören zu schlagen. Wäre dem so, so würden diese unsäglichen Schmerzen im Brustbereich endlich enden.

Ich schreckte aus meinen Gedanken, als die Klingel gleich dreimal betätigt wurde. Verheult erhob ich mich, durchquerte das Wohnzimmer, dann den Flur, wo mich von jeder Wand Matthias mindestens zweimal anschaute, weil ich es noch nicht übers Herz gebracht hatte, diese Bilder abzuhängen, und öffnete verheult die Wohnungstür.

»Ach, Leo, komm her!« Meine beste Freundin Maja hatte nur allzu oft die Begabung, zu spüren, wenn es mir mal wieder richtig dreckig ging. Und leider, ebenfalls jedes Mal, liefen die Tränen erst richtig, wenn sie mich in den Arm nahm und an sich drückte.

»Ich verstehe einfach nicht, warum er mich verlassen hat. Wenn es ja einen Grund gäbe, dann könnte ich damit besser leben«, heulte ich mit dem Gesicht in Majas Jacke.

»Der hatte einfach keinen Bock mehr. Du warst ihm zu langweilig.«

Ich ging einen Schritt zurück und sah Maja mit großen Augen an. »Hat er das erzählt? Ist das der Fehler? Hast du das von Timo?« Meine Worte überschlugen sich fast, Tränen liefen nun nicht mehr. Die Aussicht, endlich zu erfahren, worin der Fehler bestand, machte jegliches Gefühl in mir zunichte. Ich zog Maja an ihrer Jacke in den Flur und schloss die Wohnungstür.

»Erzähle mir bitte, was Timo gesagt hat!«, flehte ich sie an und schob sie ins Wohnzimmer. Maja starrte einige Sekunden auf das Bilderchaos, das nahezu ein Drittel meines Teppichs bedeckte. Kopfschüttelnd zog sie ihren Parka aus, legte den auf den Hocker und setzte sich auf die Couch.

»Möchtest du was trinken?«, fragte ich.

»Gerne. Einen Kaffee.«

Ich nickte, ging in die Küche und machte mich an der Kaffeemaschine zu schaffe. Maja wusste etwas. Natürlich wusste sie etwas. Ihr Mann Timo war wiederrum der beste Freund von Matthias. Also war es im Bereich des Möglichen, dass sie etwas mitbekommen hatte. Männer sprachen schließlich auch über ihre Beziehungen. Vielleicht nicht ganz so oft, wie es Frauen taten, aber manchmal bestimmt.

Anstatt ins Wohnzimmer zurückzukehren, schaute ich dem braunen Wasser zu, wie es langsam die Kanne füllte. Kurz nach der Trennung hatte ich Maja und auch Timo gesagt, ich wolle nichts, gar nichts über Matthias erfahren. Ich wollte nicht wissen, ob eine neue Frau der Grund für die Trennung war, wo er hingezogen war, ob er noch an mich dachte … nichts. Nichts wollte ich hören. Jetzt, nach immerhin vier Wochen, die wir nun schon getrennt lebten, wuchs die Neugier in mir von Tag zu Tag.

Ich goss uns Kaffee ein, nahm beide Tassen und kehrte zurück ins Wohnzimmer.

»Vielen Dank.«

Ich setzte mich Maja gegenüber auf den Sessel. »Erzähl mir, was Timo gesagt hat.«

Maja schlurfte ihr Heißgetränk und es blieb natürlich bei mir nicht unbemerkt, dass sie dies nur tat, um der Frage zu entkommen. Ich sah meine Freundin immer intensiver an. »Also, dann fange ich mal an.

Matthias hat mich verlassen, weil ich zu langweilig war?« Ich sah Maja flehend an.

»Leo, warum willst du dich damit jetzt noch belasten?«

»Ich will einfach nur wissen, warum!« Ich legte jenen Blick auf, den Maja nur allzu gerne mit dem Dackelblick beschrieb, und sah sie fragend an.

»Ich musste einen echt bescheuerten Schwur ablegen, in dem es hieß, dass ich dir nichts, gar nichts erzählen soll, was mit dem Namen Matthias zusammenhängt!« Maja klemmte sich ihre braunen Locken hinter die Ohren und sah mich an.

Ich beugte mich im Sessel etwas nach vorne und faltete die Hände. »Ich befreie dich von dem Schwur!«

»Ach Leonie.« Immer dann, wenn Maja mich bei meinem vollen Vornamen nannte, war sie genervt. Nicht etwa genervt von mir, aber davon, dass sie genau wusste, aus der Nummer nicht mehr rauszukommen.

Um dem ganzen noch mehr Nachdruck zu verleihen, stand ich auf und setzte mich neben sie. Ich wartete. Maja stöhnte.

»Warum vergisst du diesen Arsch nicht einfach? Lass uns abends auf die Rolle gehen. Da lernt man doch immer den einen oder anderen kennen!«

Ich band mir meine langen blonden Haare zu einem hohen Dutt zusammen und rutschte noch dichter zu

Maja auf. »Ich möchte einfach wissen, was du über Matthias weißt. Mehr nicht.«

»Du quälst dich damit selbst. Außerdem weiß ich gar nicht viel.«

Draußen fing es an, in Strömen zu regnen. Ich schätzte es sehr, dass meine Freundin Antennen dafür hatte, wenn es mir schlecht ging. Sie kam sofort. Und sicherlich hätte sie den Sonntag auch gerne mit ihrem Mann und den Kindern verbracht. Maja lebte das Leben, was ich mir so sehr mit Matthias gewünscht hatte. Ein kleines Häuschen im Grünen, zwei Kinder im Alter von fünf und sieben Jahren, einen liebevollen Ehemann, einen guten Job. Das Einzige, das wir gemeinsam hatten, war der Job. Wir arbeiteten beide bei der Stadt und teilten uns sogar ein Büro.

Ich pikte ihr in die Seite. »Ich will es wissen.«

Maja fuhr sich genervt mit der Hand durch die Haare und schüttelte dabei unentwegt mit dem Kopf. »Sag es!« Ich stieß meinen Finger weiter in dieselbe Stelle. »Sag es! Sag es!«

»Er hat eine andere! Okay? Bist du jetzt zufrieden? Wolltest du das hören?«

Mir klappte der Mund auf. »Ei… eine andere?«, fragte ich vorsichtshalber noch mal nach.

Normalerweise war ich jemand, der wahnsinnig schnell anfing zu heulen, doch diese Nachricht schockte mich so sehr, dass nicht mal mehr das funktionierte. Ich war fassungslos. Ich hatte mit allem gerechnet, aber wirklich nicht damit, dass mein Matthias eine andere Freundin hatte. »Wer? Also, wie? Wieso? Wo? Ich meine, wo hat er sie kennengelernt?«

Maja legte ihre Hand auf meinen Oberschenkel und sah mich mitleidig an. »Vertrau mir bitte, Leo, wenn ich dir jetzt sage, dass du diesen Arsch ganz schnell vergessen solltest!«

Ich brach in Tränen aus, denn mein Gehirn hatte nun endlich die Nachricht verarbeitet, dass mein Matthias eine andere hatte. »Ich liebe ihn aber immer noch. Ich kann es nicht abstellen«, heulte ich.

Maja stand auf, ging zum Fenster und stemmte beide Hände in die Hüften. »Du musst ihn vergessen. Er ist ein Riesenarschloch. Ganz ehrlich.«

»Ist er nicht. Er … hat wahrscheinlich die Orientierung verloren. Mehr nicht. Vielleicht kommt er ja wieder zurück.« Ich schnäuzte laut in ein Taschentuch und trocknete mein Gesicht.

»Die Orientierung verloren? Sag mal, Leo, merkst du noch was?«

Ich hob beide Hände und stand ebenfalls auf. »Das haben Männer sehr oft. Habe ich gelesen. In einer Frauenzeitschrift, die beim Zahnarzt auslag. Midlife-Crisis nennt man das. Haben ganz viele!« *Vielleicht lag es wirklich nur daran.*

»Midlife-Crisis? Ja ne, ist klar. Mit neunundzwanzig.« Meine Freundin kam auf mich zu und packte mich an beiden Oberarmen fest. »So etwas haben Männer mit vierzig. Viele mit fünfzig. Matthias hat keine Midlife-Crisis. Der hatte einfach Bock auf eine andere Frau und das schon seit Längerem! So, jetzt weißt du es endlich. Schlimm genug, dass ich dir das nicht schon eher gesagt habe.«

Ich befreite mich aus Majas Griff und sah sie mit großen Augen an. »Was weiß ich? Du willst mir jetzt nicht sagen, dass Matthias eine Affäre hatte, oder?«

Maja ließ sich erneut auf die Couch fallen und hielt sich kurz die Hände vors Gesicht. Dann sah sie mich an. »Doch. Er hat dich drei Monate lang mit Viktoria betrogen, und als er es dann geschafft hatte, mit dir Schluss zu machen, ist er zu ihr gezogen. Timo hat sich vor ein paar Tagen verquatscht, wobei ich mir das schon denken konnte. Also, Leo, vergiss ihn. Er hat dich scheiße behandelt und dir nicht mal am Ende die Wahrheit gesagt. Ergo: Ein riesen, riesen Arschloch! Ich habe ihm übrigens Hausverbot erteilt. Timo trifft sich jetzt nur noch mit Matthias im Fitnessstudio. Arschlöchern ist der Zutritt in mein Haus nämlich untersagt!«

Von all dem, das meine Freundin gesagt hatte, hatte ich nur Bruchstücke in meine Gedanken gelassen: Viktoria, drei Monate betrogen, zu ihr gezogen.

Ich setzte mich in den Sessel und sah meine Freundin ausdruckslos an. Und wartete. Worauf? Keine Ahnung. Vielleicht hatte sie ja noch eine Hiobsbotschaft für mich.

Majas Ausdruck änderte sich zunehmend, bis es mal wieder so weit war und sie den mitleidigen Blick für mich überhatte. »Schatz, er ist es nicht wert. Und sei mal ganz ehrlich! Haben dir die Urlaube mit Matthias wirklich Spaß gemacht? Du schaust nämlich auf allen Bildern nicht gerade glücklich aus!«

»Ich war glücklich. Sehr! Pass auf.« Energisch stand ich auf, umrundete den Sessel und ließ mich auf dem Teppich nieder, auf dem die ganzen Fotos lagen. Auch Maja stand auf und kam zu mir. »Ich meine nicht das Bild mit der Sixtinischen Kapelle. Das zeigst du jedes Mal und erklärst dazu, dass Matthias so lieb gewesen sei, diese Führung in der Vatikanstadt mitzumachen und das nur für dich. Das war nämlich das Einzige, das er für dich getan hat!«

Konzentriert suchte ich die Urlaubsfotos durch, bis ich endlich eines gefunden hatte, was meiner Freundin als Beweis dienen sollte, dass auch Matthias nicht auf jedem Bild glücklich ausgesehen und selbstverständlich viel für mich getan hatte. »Bitteschön!« Maja setzte sich neben mich und nahm mir den Schnappschuss aus der Hand. Kopfschüttelnd betrachtete sie es kurz, ehe sie mir das Foto wieder hinhielt. »Er sieht deswegen mal nicht zufrieden aus, weil er Schiss vor dem weißen Hai hatte, und du, ich weiß es, weil du es mir anvertraut hast, hast diese unsinnige Sache in dem Haikäfig nur mitgemacht, weil Matthias das wollte. Du hast dir vor Angst in deinen Neoprenanzug gepinkelt! Erzähl mir jetzt bitte nicht, dass es dein Wunsch war, mit diesen Viechern zu tauchen.«

»Ich finde Haie sehr interessant!«, verteidigte ich mich, wobei ich mir eingestehen musste, dass es tatsächlich Matthias Wunsch war, in einem Käfig zu tauchen und dem weißen Hai von Angesicht zu Angesicht gegenüberzustehen, vielmehr zu schwimmen. Und sein nicht gerade glücklicher Blick konnte tatsächlich daher rühren, dass ein weißer Hai mit einer geschätzten Länge von vier Metern, den Käfig gerammt hatte und Jorge, der Hai-Profi, hatte just in dem Moment ein Foto mit unserer Unterwasserkamera gemacht.

Ich kramte weiter. Es gab mal ein Bild, auf dem ich einer Kuh im Allgäu den Hals gekrault hatte. Matthias stand direkt neben mir, schaute allerdings zum Berg. Maja griff an mein Handgelenk. »Für den Fall, du suchst das Bild mit der Kuh: Matthias sah nur glücklich aus, weil ihr kurze Zeit später mit einem Extremkletterer verabredet gewesen wart, mit dem ihr eine Steilwand bezwingen wolltet. Das war da, wo du von nicht mal der Hälfte der Wand, gekotzt hast!«

Meine Freundin schob alle Fotos, die auf dem Teppich lagen, zusammen und steckte sie zurück in den

Karton. Dann schloss sie ihn. »Vergiss ihn, Leo. Vergiss ihn und such´ dir einen netten Mann, der dich ablenkt. Und wenn das Matthias mitbekommen würde, könntest auch du ihm mal den Mittelfinger entgegenstrecken. Dem gefällt es bestimmt, dass du ihm immer noch hinterherheulst!« Maja stand auf und zog mich gleich mit hoch.

Ich sah meine Freundin sekundenlang an. Gedanken schwirrten wild durch meinen Kopf, bis sie sich sortiert hatten. »Ich hab dich so lieb!«, flüsterte ich. Maja sah reichlich irritiert aus. »Ja … ich, also ich hab dich auch lieb … ist alles in Ordnung?«

Ich ergriff die Hände meiner besten Freundin und hüpfte unzählige Male in die Luft.

»Leo? Du machst mir Angst!«

Etwas außer Atem stoppte ich das Springen und lächelte Maja an. »Ich brauche einen Mann! Mehr nicht. Nur einen Mann!« Ich konnte nicht anders und fing wieder an, in die Luft zu springen. Aus Sympathie hüpfte Maja mit.

»Mein Reden! Vergiss Matthias endlich. Und wenn dir dabei ein anderer Mann helfen kann, umso besser.«

Ich blieb ruhig stehen und grinste Maja verschwörerisch an. »Ich brauche einen Mann, damit Matthias zurückkommt!«

»Hä?«

Ich zog Maja wieder zur Couch. Wir setzten uns.

»Das ist doch ganz einfach. Wenn Matthias mich mit einem anderen Mann sieht, wird er eifersüchtig und wird schauen wollen, ob er mich zurückerobern kann. Dann lasse ich ihn ein wenig zappeln und sage zu einem guten Zeitpunkt: Na gut.«

»Na gut?«

Majas durchaus mütterliche Art kam mal wieder zum Vorschein, als sie mir ihre flache Hand auf die Stirn hielt. Ich zog meinen Kopf zurück. »Ich habe kein Fieber.«

Nachdem ich immer wieder versucht hatte, meiner Freundin zu erklären, wie genau mein Plan funktionieren würde, sie es aber einfach nicht verstehen wollte, gab ich es irgendwann auf.

Maja war nach zwei Stunden, in denen sie versucht hatte, mich dazu zu bringen, Matthias zu vergessen, nach Hause gefahren. Seitdem mein Plan in meinem Hirn verankert war, war kein Platz für Traurigkeit übriggeblieben und ich konnte das erste Mal seit vier Wochen sagen, dass ich mich wohlfühlte.

Da es draußen bereits zu dämmern begann, zog ich mir meinen Schlafanzug an, bereitete mir schnell eine Tütensuppe zu und überlegte unentwegt, wie ich meinen Plan in die Tat umsetzen konnte. Das größte Problem war, einen Mann zu finden. Mit wem könnte ich Matthias eifersüchtig machen? Es musste definitiv ein Mann sein, der was hermachte. Äußerlich sollte er mit Matthias mithalten können, die inneren Werte allerdings sollten auch stimmen. Er musste schlau sein. Gab es einen anderen Mann als Matthias, der diese Mischung hatte? Noch bevor ich dem Drang, zu weinen, wieder nachgeben konnte, holte ich einen Suppenteller aus dem Schrank, schöpfte etwas aus dem Topf hinein und marschierte damit zum Esszimmertisch. Ich setzte mich und löffelte schnell, bevor der Kloß in meinem Hals wachsen konnte.

Vielleicht gab es einen Mann auf meiner Arbeitsstelle. Vielleicht würde ich morgen schon einen ausmachen können. Ich würde auf jeden Fall die Augen offenhalten. Und spätestens Weihnachten wäre Matthias wieder bei mir.

Reumütig.

Ganz bestimmt.

#zwei

Ein Fakt:
Verliebtheit beeinflusst die Urteilskraft.

»Guten Morgen!«, sagte ich fröhlich, als ich das Büro betrat. Maja war schon da und sah mich prüfend an, wie sie es seit der Trennung im Grunde jeden Morgen tat. Ich hingegen war das erste Mal seit vier Wochen relativ zufrieden. Dafür verantwortlich: mein Plan.

»Guten Morgen. Wie geht es dir?« Maja stand auf und hielt mir sofort einen Kaffee entgegen, den ich dankend annahm.

»Mir geht es gut. Wenn du einen Mann hier siehst, der optisch zu mir passen könnte und nicht all zu dumm ist, bitte gib mir Bescheid.«

Maja setzte sich wieder. »Du hast immer noch deinen eigenartigen Plan im Kopf, oder?«

Auch ich setzte mich und schaltete den Computer an. »Der Plan ist nicht eigenartig, sondern schlicht perfekt. Du wirst schon sehen. Weihnachten ist Matthias wieder zu Hause!«

»Sei bitte nicht enttäuscht, wenn dein Plan nicht aufgeht. Vergiss nicht, Matthias hat nicht nur eine Neue, sondern er hat dich obendrein auch noch betrogen. Es tut mir leid, aber ich kann überhaupt nicht nachvollziehen, dass du so einen zurückhaben willst. In meinen Augen solltest du ihn zum Teufel wünschen und fertig. Mal davon abgesehen, hast du dir vielleicht auch mal darüber Gedanken gemacht, wie sich der Mann, dem du ja dann nur etwas vorspielen wirst, fühlen wird? Stell dir vor, dein Plan würde sich wirklich in dich verlieben! Und? Was machst du dann?« Maja trommelte mit den Fingern auf der Tischplatte und sah mich mit hochgezogenen Augenbrauen an. Ich zuckte nur mit den Schultern. Ich würde ja keinen zwingen, sich in mich zu verlieben. Das sollte dann nicht mein Problem sein, wobei ich mir tatsächlich eingestehen musste, dass ich mir darüber gar keinen Gedanken gemacht hatte. Aber für den Fall, es würde so weit kommen, könnte ich mir darüber Gedanken machen, wenn es so weit war. Für mich zählte nur eins: Matthias wieder nach Hause zu holen.

Es vergingen eineinhalb Stunden, in denen Maja und ich nur irgendwelche Anträge still bearbeitet und gar nicht miteinander gesprochen hatten. Erst, als es auf unsere Pause zuging, ergriff Maja das Wort.

»Timo hat gestern im Übrigen mit Matthias und seiner Neuen im Fitnessstudio zusammen trainiert.«

Ich sah auf und versuchte, möglichst ein gelangweiltes Gesicht hinzubekommen, das mir nicht so ganz gelang.

»Und?«, fragte ich etwas zu schnell.

»Nichts und. Matthias ist ziemlich verknallt, sagt Timo.«

»Das ist nur, weil es neu für ihn ist. Irgendwann wird sie ihm langweilig. Spätestens dann, wenn Matthias mich gespielt glücklich mit einem anderen Kerl sieht.«

»Und wer soll der glückliche Mann sein, mit dem du dieses Spiel spielen willst?«

Ich lehnte mich im Schreibtischsessel zurück, verschränkte die Hände hinter dem Kopf und schloss die Augen. »Habe noch keinen. Vielleicht gibt es hier ja einen Mann, den ich nehmen könnte.«

»Du merkst aber selbst, dass das ziemlich krank ist, oder? Jetzt sei mal ehrlich. Du suchst dir einen und denkst nur an dein Riesenarschloch von Ex.«

Ich setzte mich wieder aufrecht hin und beugte mich etwas nach vorne.

»Bist du meine beste Freundin, oder nicht?«

»Natürlich bin ich deine beste Freundin. Und eben, weil ich das bin, sage ich dir, vergiss Matthias! Ich will nicht, dass du wieder mit ihm zusammenkommst. Er hat dich betrogen. Mit Viktoria.«

Gut. Damit hatte Maja recht. Matthias hatte mich betrogen. Wie stark betrogen, wollte ich nicht wissen.

Aber das war eine Tatsache, vor der ich nicht weglaufen konnte. Allerdings glaubte ich fest daran, dass er einfach verwirrt gewesen war. Vielleicht hatte ihn diese Viktoria so um den Finger gewickelt, dass er keinen anderen Ausweg mehr sah, außer, ihr nachzugeben und mit ihr zusammen zu sein … und direkt nach unserer Trennung zu ihr zu ziehen.

Wie Maja packte auch ich mein Brot aus und aß. »Wie sieht diese Viktoria denn aus? Also, nicht, dass es mich jetzt wahnsinnig interessieren würde. Nur so«, sagte ich mit vollem Mund und wartete sehnsüchtig auf Majas Antwort.

»Keine Ahnung. Ich habe sie nicht gesehen und möchte es auch nicht!«

Ich nickte. »Hätte ja sein können, dass Timo dir was erzählt hat.«

»Hat er. Wie Männer halt so reden. Aber Details hat er nicht genannt.«

»Was hat er denn gesagt?«, fragte ich und tat so, als würde ich konzentriert kauen.

»Sie sei eine Sexbombe. Mann halt. Denen kommt es nicht auf Details an, sondern die sehen nur, wie groß die Titten sind und ob der Arsch einem Apfel gleicht.«

Ich müsste mir selbst ein Bild von dieser Sexbombe machen. Blöd war nur, dass ich nicht nur Maja vor vier Wochen eindringlich gesagt hatte, ich wollte nicht wissen, wohin Matthias gezogen war, sondern auch Timo. Und ganz blöd war, ich hatte meiner Freundin gesagt, selbst wenn ich sie anflehen würde, sie sollte mir niemals die Adresse verraten.

Es klopfte plötzlich an unsere Bürotür. Ich setzte mich schnell gerade hin, öffnete den oberen Knopf meiner Bluse und schlug elegant die Beine übereinander. Maja starrte mich mit Krümel am Mund an. »Für den Fall, ein potenzieller Plan kommt ins Büro«, erklärte ich schnell. Ich hustete kurz. »Herein!«

Die Tür ging auf und ich schloss unweigerlich den oberen Knopf wieder. Hubertus. Dreiundfünfzig Jahre alt und wohnte immer noch bei *Mutti*.

»Ladys, die Post ist da!« Er legte uns drei Umschläge auf den Schreibtisch und grinste mich an. »Du siehst bezaubernd aus, Leonie!«

Ich stöhnte laut auf, beugte mich nach vorne und tat so, als müsste ich viele Anträge bearbeiten.

»Du, Hubertus, wie macht sich der Praktikant in der dritten Etage so? Du hast doch öfter da oben zu tun, oder?«, fragte Maja mit vollem Mund. Wie meine Freundin es schaffte, trotz Hubertus Anwesenheit noch essen zu können, war mir schleierhaft.

Hubertus setzte sich wie jeden Morgen mit einer seiner Arschbacken genau auf die Mitte unserer gegenüberliegenden Schreibtische. Allein das war der Grund, warum Maja und ich Desinfektionsmittel in einer unserer Schubladen aufbewahrten. Wir wechselten uns ab. Heute war ich mit Desinfizieren dran.

»Du meinst den Kevin?«

»Gibt es noch einen anderen Praktikanten?«, fragte ich genervt, ohne dabei vom Bildschirm wegzusehen.

»Ja, meine ich. Wie macht er sich so?«, fragte Maja freundlich.

»Gut. Ein junges Gemüse fehlte ja auf der dritten Etage. Und, Leonie, was machst du heute Abend noch so?«

»Nichts!«

»Wollen wir vielleicht mal was zusammen …«

Den Rest von Hubertus Satz erstickte ich in einem vorgespielten Hustenreiz.

»Schick Kevin mal zu uns runter, wenn du ihn gleich siehst! Ich will ihn was fragen!«

Ich sah meine Freundin irritiert an. Sie zwinkerte mir verschwörerisch zu.

»Mach ich. Kann ich sonst noch was für euch tun?«

Hubertus volles Gesicht wurde fleckig. Seine wulstigen Lippen verzogen sich zu einem schiefen Lächeln.

Ich wedelte mit der Hand. »Gehen, Hubertus. Das kannst du für uns tun. Wir müssen arbeiten. Du weißt ja, der Dienstherr sieht es nicht gerne, wenn wir schwatzen!«

Endlich erhob er sich und ich scannte mit den Augen jenen Bereich ab, den ich gleich mit scharfem Reiniger bearbeiten müsste.

»Na gut, meine Hübschen, dann schicke ich euch mal das junge Gemüse. Leonie, wenn du mal einsam bist, abends oder so, dann kannst du ja …«

»Dich mit Sicherheit nicht anrufen. Vielen Dank und Tschüss«, beendete ich den Satz. Hubertus grinste mich wieder an, ehe er endlich unser Büro verließ. Ich öffnete die Schublade, zog das Spray hervor, sprühte großflächig jene Stelle ein, auf der er immer saß, und trocknete es anschließend mit Papiertüchern.

Maja fing plötzlich schallend an, zu lachen. »Hubertus würde das Spiel bestimmt mitspielen.«

Ich verzog das Gesicht zu einer Grimasse. »Nein danke. Mit dem schaffe ich es bestimmt nicht, Weihnachten wieder mit Matthias vereint zu sein. Warum soll der denn den Praktikanten schicken?« Ich setzte mich wieder. Meine Freundin grinste und zuckte mit den Schultern. »Na ja, ich dachte, vielleicht könnte Kevin dein Spielpartner sein.«

Ich schnappte nach Luft. »Der … der Junge ist gerade zwanzig geworden.«

»Na und? Spielt das Alter denn so eine große Rolle?«

»Ich bin achtundzwanzig! Da komme ich mir vor, als würde ich eine Affäre mit einem Kind beginnen.«

Es klopfte. Ich schüttelte nur mit dem Kopf. »Ich will den nicht!«, flüsterte ich so laut ich konnte. Die Tür ging auf und Kevin kam herein. »Du wolltest mich sprechen?«, fragte er Maja. Ich tat mal wieder so, als sei ich in irgendeine Arbeit vertieft.

Es war nicht so, dass ich sagen konnte, Kevin sei kein hübscher Mann, wobei das Wort *Mann* besser durch *Junge* ersetzt werden sollte, aber die Vorstellung, mit einem Jungen zu spielen, tat sogar meiner inzwischen schwarzen Seele weh. Und versteckt in mir, so war es nun mal, konnte ich nicht leugnen, dass ich meiner Freundin Recht geben musste. Es war gemein, einen Mann nur zu benutzen. So etwas gehörte sich einfach nicht.

»Ja. Ich wollte dich mal fragen, wie es dir so in der dritten Etage gefällt. Hast du Anschluss gefunden?«

Man sah Kevin an, dass er sich in unserem Büro nicht sonderlich wohlfühlte. Er stand da, wie ein kleiner Schuljunge und fuhr sich ständig durch seine schwarzen Haare, um den Seitenscheitel aufrechtzuerhalten. Außerdem hatte unser lieber Kevin einen Tick. Zwischen dem ›durch die Haare fahren‹, schleuderte er sein Pony mit einer rasanten Kopfbewegung zur Seite.

»Also, Jürgen ist ganz nett.«

»Leo, hattest du nicht auch noch eine Frage an Kevin?«

Ich sah erschrocken zu Maja und schüttelte schnell den Kopf. »Nein. Hatte ich nicht.«

»Wolltest du Kevin nicht fragen, ob er mal Lust hätte, mit dir auszugehen?« Ich nahm aus den

Augenwinkeln wahr, dass Kevin hektisch zwischen mir und Maja hin und her sah. Ich spürte die Röte auf meinen Wangen. Was sollte ich jetzt sagen?

»Aber ich habe eine Freundin«, sagte Kevin leise.

»Ach, wie schade. Macht gar nichts, Kevin. Viel Glück mit deiner Freundin.« Ich lachte den Praktikanten schnell an, ehe ich Maja einen bitterbösen Blick zu warf.

»Tja, Kevin, das war es auch schon. Dann kannst du wieder in die dritte Etage gehen«, sagte Maja. Kevin nickte, drehte sich um und verließ nahezu lautlos unser Büro.

»Kannst du mir mal sagen, was das sollte?«, fuhr ich Maja an.

»Ich dachte nur, Kevin sieht gut aus, und wenn er den Mund aufmacht, finde ich ihn ganz nett und sympathisch. Vielleicht ein bisschen schüchtern, aber das hättest du mit deinem Spiel bestimmt schnell in den Griff bekommen.«

»Sag mal, kann das sein, dass du dich über mich lustig machst? Wäre es nicht angebrachter, mir zu helfen?«

»Wobei helfen, Leo? Dabei, das riesen, riesen Arschloch wieder in deine Arme zu treiben?«

Mein Kinn begann zu zittern. »Ich liebe nun mal dieses riesen, riesen Arschloch und fände es sehr nett von dir, wenn du mir helfen würdest, anstatt Kevin hierher zu zitieren und …« Die ganze Zeit hatte ich

30

die aufkommenden Heulattacken der letzten Wochen wirklich gut im Griff gehabt. Man konnte sogar sagen, dass ich an diesem Morgen das erste Mal seit der Trennung relativ zufrieden war, wegen des Plans. Jetzt war sämtliches Zufriedensein dahin. Weg. Als sei es nie da gewesen.

Maja stand auf und kam zu mir. Ich vergrub mein Gesicht hinter meinen Händen und spürte die Hand meiner Freundin auf meinem Rücken.

»Leo, du musst ihn vergessen. Selbst Timo sagt, dass das eine absolute Scheißnummer von Matthias war. Ich hoffte, Kevin würde dir die Augen öffnen. Hat ja funktioniert.«

Sie streichelte mir freundschaftlich über die Schulter. »Komm, lass uns in der Mensa, noch was zusammen essen und danach muss ich fahren. Pit hat Fußballtraining und Mia ist mit einer Freundin verabredet.«

Ich wischte mir schnell die Tränen aus dem Gesicht und stand auf. »Wollen wir heute Abend vielleicht mal ins Kino gehen?«, fragte ich verheult. Ablenkung war schließlich die beste Methode, um nicht unentwegt an Matthias denken zu müssen.

»Geht leider nicht. Timo ist unterwegs.«

Wir verließen das Büro.

»Wo ist Timo denn heute? Beruflich unterwegs?«

Wir schlenderten den Gang entlang, der zur Mensa führte.

»Wo wohl. Im Fitnessstudio.«

»Mit …«

»Ja. Mit Riesenriesenarschloch. Genau. Hey, willst du nicht zu mir kommen? Die Kinder sind um halb acht im Bett verschwunden. Wir könnten uns einen Film anschauen oder so.«

Mein Herz schlug zwei Takte schneller, weil mein Unterbewusstsein offensichtlich schon einen Plan gefasst hatte, noch ehe mein Bewusstsein eingeweiht war. Ich würde heute Abend zum Fitnessstudio fahren. Heimlich. Dann könnte ich mir ein Bild vom Feind machen. Vom Eindringling. Von der Sexbombe.

»Sei mir nicht böse, aber ich bleibe lieber zu Hause.«

»Hä? Du wolltest doch ins Kino gehen.«

Okay, jetzt durfte ich mir nur nichts anmerken lassen. »Ich glaube, ich muss einfach mal allein sein und nachdenken. Wahrscheinlich hast du recht und mein Plan ist völlig daneben.« Ich grinste Maja an und öffnete die Tür zur Mensa.

#drei

Ein Fakt:
Liebesblindheit gibt es wirklich!
Hormone nehmen Einfluss auf die Wahrnehmung.
Negative Eigenschaften des Wunschpartners werden
völlig ausgeblendet.

Seitdem ich das Büro verlassen hatte, grübelte ich ununterbrochen darüber nach, was ich anziehen, geschweige denn, wie ich zum Fitnessstudio kommen sollte. Würde ich mit meinem weißen Clio fahren, bestünde die Gefahr, von Matthias und dem Feind entdeckt zu werden. Würde ich die öffentlichen Verkehrsmittel nutzen, würde die anschließende Verfolgungsfahrt nicht stattfinden können und ich wäre am Ende des Tages immer noch ahnungslos, wo Matthias jetzt wohnte. Ich bräuchte definitiv einen fahrbaren Untersatz, den Matthias nicht kannte.

Gerade als ich meinen Mantel ausgezogen und an der Garderobe aufgehängt hatte, klopfte es an meiner Wohnungstür. Ich öffnete. Nicholas.

»Entschuldige bitte. Hast du Salz?«

Nicholas war der ewige Student. Mit zweiunddreißig Jahren und seit einundzwanzig Semestern an der Universität im Fach BWL eingeschrieben, fehlte ihm ständig irgendwas und man konnte von Glück sagen, dass es dieses Mal nur das Salz war. Einmal hatte er bei uns geklingelt und gefragt, ob wir Koteletts hätten. Ein anderes Mal fragte er nach Kartoffeln. Wie viele Essen wir letztlich schon für Nicholas bezahlt hatten, wusste ich nicht. Aber es waren viele gewesen.

»Klar. Komm rein. Kleinen Moment.«

Nicholas wartete im Flur, während ich in die Küche lief, den Schrank öffnete und sah, dass ich einen kleinen Vorrat an Salz hatte. Ich griff gleich nach einer ganzen Packung, kehrte zurück in den Flur und hielt sie Nicholas hin. »Hier. Schenke ich dir.«

»Leo, tut mir echt leid das mit Matthias.«

Ich hob die Hand und sah zu ihm hoch. »Das hast du mir bestimmt schon an die zehn Mal gesagt. Aber vielen Dank für dein Mitgefühl.«

Er schob seine runde Brille wieder nach oben und lächelte mich mitleidig an. »Also, wenn du mal jemanden zum Reden brauchst, jederzeit. Ich muss nur gleich kurz meine Hercules tanken, dann bin ich wieder zu Hause. Ach, bevor ich das vergesse. Kannst du mir vielleicht zehn Euro leihen, damit ich Sprit kaufen kann? Kriegst du auch wieder!«

Ich starrte Nicholas an. Hercules. Sein Mofa. Baujahr 1982.

»Sag mal, Nicholas, wie lange hast du deine neue Hercules jetzt?«

»Seit drei Wochen. Wieso?«

»Du bist meine Rettung. Ein Vorschlag: Du leihst mir für heute Abend dein Mofa und ich tanke es dir voll!«

Die neue Hercules kannte Matthias mit Sicherheit nicht. Davon ganz abgesehen würde er niemals vermuten, dass ich mit so einem Ding durch die Gegend fahren würde.

»Klar. Läuft dein Auto nicht mehr?«

»Doch, das läuft noch. Machst du es jetzt oder nicht?«, fragte ich gereizt. Ich hatte weiß Gott keine Lust, dem Studenten erklären zu müssen, warum ich ausgerechnet sein Mofa fahren wollte.

»Ja. Cool. Dann tankst du.«

Nicholas grinste mich an und nickte unzählige Male, wobei seine wilden blonden Locken bei jeder Kopfbewegung hin und her schwangen.

»Ich komm gleich hoch, hole den Schlüssel und einen Helm. Der wird mir doch sicher passen, oder?«

»Auf jeden Fall. Also dann, bis gleich!«

Nicholas verließ glücklich meine Wohnung mit Salz und zu späterer Stunde würde er eine vollgetankte Hercules besitzen. Zwei Fliegen mit einer Klappe geschlagen. Nicholas leerer Tank war heute Abend Geschichte und ich hatte ein Gefährt, das Matthias definitiv nicht kannte.

Ich wusste, weil Maja das noch beim Mittagessen erwähnt hatte, dass sich Timo um neunzehn Uhr mit Matthias im Fitnessstudio verabredet hatte. Sie trainierten meist eineinhalb Stunden. Wenn ich also gegen halb acht da wäre, könnte ich durch die große Scheibe am Südeingang schauen und müsste sie sehen. Das Einzige, das meine Freude über mein Vorhaben etwas trübte, war das Wetter. Es war ein typischer Novembertag. Es war kalt und nass. Kurz gesagt einfach fies und im Radio erzählten sie irgendwas von verfrühtem Wintereinbruch. Ich schlenderte ins Wohnzimmer und sah aus dem Fenster. Leichter Nieselregen hatte eingesetzt und es würde nicht mehr lange dauern, bis es stockfinster war.

Zwar war der Weg bis zum Fitnessstudio nicht weit, dennoch bekamen vier Komma acht Kilometer, die ich mit einer alten Hercules zurücklegen müsste, dadurch eine ganz neue Bedeutung. Und ob ich es schaffen würde, Matthias anschließend bis in seine neue Bleibe verfolgen zu können, wagte ich momentan ganz stark zu bezweifeln. Vielleicht, wenn es nicht allzu weit vom Studio entfernt wäre. Vielleicht, wenn die Ampeln heute allesamt gnädig wären und des Öfteren mal Rot zeigten. Vielleicht.

Ich verschränkte die Arme vor der Brust, sah zum Wohnzimmerschrank, wo ein Bild von mir und Matthias stand. Letztes Jahr wurde das Foto gemacht. Es war die Einschulung von Pit, Majas Sohn, gewesen. Matthias trug einen Anzug, ich ein Kleid. Wir waren glücklich. Ich jedenfalls.

Ich wandte mich ab und ging ins Schlafzimmer. Ich lag zwar äußerst gut in der Zeit, aber ich wollte das Gefühl haben, startklar zu sein und lieber noch einen Kaffee trinken zu können. Um so unauffällig wie möglich auszusehen, entschied ich mich für dunkle Kleidung. Schwarz. Die beste Tarnfarbe, vor allem, wenn es draußen bereits dunkel war.

Meine hellblonden Haare band ich mir zu einem tiefen Dutt zusammen, und weil blond doch relativ auffällig war – von Natur aus bin ich braunhaarig, aber Matthias steht auf Blondinen – zog ich mir eine dünne, ebenfalls schwarze Mütze über. Zufrieden betrachtete ich mich im Spiegel. Unauffällig. Perfekt.

Eine Stunde hatte ich noch Zeit, bis ich mir zuerst bei Nicholas den Schlüssel und Helm abholen, und mich endlich auf den Weg machen konnte. Ich war vor allem darauf gespannt, wie Viktoria aussah. Ich wusste nicht viel. Nur, dass sie eine Sexbombe sein sollte. Also laut der Aussage von Timo. Welche Haarfarbe sie hatte, welche Größe, welches Lachen … all das wusste ich noch nicht. Aber heute Abend würde ich schlauer sein und dann würde ich mich um den Plan kümmern. Weihnachten würden Matthias und ich wieder vereint sein. Weihnachten war schließlich das Fest der Liebe!

»Moment. Komme«, hörte ich Nicholas hinter der geschlossenen Wohnungstür rufen. Ich klopfte ungeduldig mit der Hand auf meinen Oberschenkel. So langsam wurde es Zeit. Dann endlich öffnete sich die Tür. Sofort wich Nicholas einen Schritt zurück. »So kannst du nicht fahren. Weißt du, oder?«

»Wieso?«

»Du musst eine Warnweste drüberziehen. Dich sieht man ja sonst gar nicht.«

Perfekt.

»Hole ich mir aus dem Auto. Kein Problem.«

Nicholas hielt mir den Helm hin, den ich ziemlich perplex entgegennahm. »Was ist das?« Ich drehte das giftgrüne Etwas in der Hand, ehe ich den Studenten fragend ansah.

»Geil, oder? Habe ich bei eBay ersteigert. Das ist ein Helm, der schon dreißig Jahre auf dem Buckel hat. Du, danach habe ich so lange gesucht. Wahnsinn.«

Obwohl ich es wirklich nicht wollte, weil man Nicholas regelrecht ansah, wie stolz er darauf war, dieses Urzeit-Teil zu besitzen, konnte ich einen völlig verstörten Ausdruck in meinem Gesicht nicht vermeiden. Ich drehte den Helm in der Hand und starrte mit offenem Mund darauf. »Was ist das hier?« Ich zeigte auf die Flecken, die aussahen, als wären sie mit einer Zahnbürste, die zuvor in blaue Farbe getunkt wurde, besprenkelt worden.

»Sternchen«, antwortete er verliebt und legte den Kopf mal nach links, mal nach rechts.

»Wo ist denn das Visier der Schüssel?«

»Der Helm hat kein Visier.«

Ich versuchte, den Blick vom Mofahelm zu lösen, das gelang mir nur schwer. »Es regnet!«

»Echt?«

»Echt!«

»Warte, ich habe noch eine Brille!«

Nicholas drehte auf dem Absatz um und lief zu seiner Abstellkammer, die im hinteren Teil des Flurs lag und nur durch einen Duschvorhang versteckt wurde. Im Grunde wollte ich mir gar nicht ausmalen, wie die Brille aussah. Bestimmt auch ein Relikt aus dem vergangenen Jahrhundert. Und es bestätigte sich. Nicholas kam zurück und hielt in der Hand eine Art Skibrille.

»Die schützt vor Regen.«

Ich nahm ihm die Brille ab und betrachtete sie.

»Wie viele Menschen haben diese Schutzbrille schon getragen?« Ich schaffte es nur, sie zwischen Daumen und Zeigefinger festzuhalten und einzig die Wörter: Badezimmerschrank, Desinfektionsmittel, neunundneunzig Prozent von Bakterien befreit, tanzten vor meinem inneren Auge.

»Keine Ahnung. Habe ich auch von eBay.« Er kramte in seiner Hosentasche und zog schließlich den Schlüssel hervor. »Benzin. Nicht Diesel!«

»Ich weiß, Nicholas. Ich weiß!«, entgegnete ich und nahm ihm den Schlüssel aus der Hand. »Ich werde sicher gegen halb zehn zurück sein. Du bist dann noch wach?«

»Klar. Sie steht im Hinterhof. Wie sie angeht, weißt du?«

»Ich hatte mal eine Vespa. Das unterscheidet sich ja wohl kaum.«

»Wie du meinst.«

»Ja dann, bis später.«

Ich lief die Treppen nach unten, zurück in meine Wohnung und setzte, nur um zu prüfen, wie es aussehen würde, den Deckel auf den Kopf. Und die Brille. Furchtbar. Ich sah furchtbar aus. Allerdings war diese Tatsache nicht allzu schlecht, denn so würde mich unter Garantie keiner erkennen, vor allem aber nicht Matthias. Ich zog mir meine dicke schwarze Daunenjacke über, die schon einige Jahre auf den Buckel hatte, dazu noch Handschuhe und verließ dick eingepackt in Schwarz die Wohnung.

Der Hinterhof unseres Hauses bestand lediglich aus einigen alten Holzverschlägen, in denen man Fahrräder oder dergleichen unterstellen konnte. Und obwohl der Hinterhof wirklich gespenstig dunkel war, erkannte man sofort, welcher Verschlag Nicholas gehörte. Es leuchtete einem in Giftgrün entgegen. Die Hercules hatte also die gleiche Farbe, wie der Helm. Verkehrstechnisch   gesehen   hervorragend.

Tarnungstechnisch betrachtet beschissen. Die alte Hercules war überwiegend dunkelblau gewesen und insgeheim hatte ich gehofft, auch seine Neue hätte eher eine unauffällige Farbe. Ich öffnete das Schloss des Holzschuppens und begutachtete das Mofa. In der heutigen Zeit sind selbst E-Bikes deutlich fortschrittlicher, als das Gefährt von Nicholas. Er musste wirklich ein großer Fan dieses Mofatyps sein, ansonsten würde ich gar keinen Sinn dahinter sehen, sich ausgerechnet so etwas zuzulegen. Ich rollte die Maschine aus dem Schuppen und erschrak fürchterlich, als etwas auf mich zu gerannt kam.

»Nicholas! Musst du mich so erschrecken?« Fast hätte ich die Hercules fallen gelassen.

»Ich nehme an, du weißt bestimmt nicht, wie du sie anlassen musst, oder?«

»Ähm, Schlüssel ins Schloss und umdrehen! Das weiß ich.«

Nicholas lachte. Ich hingegen saß inzwischen auf heißen Kohlen, weil ich Sorge hatte, nun doch noch zu spät zu kommen. Immerhin hatten wir bereits halb acht.

Nicholas beugte sich runter und drehte einen kleinen Hahn auf. »Musst du zu machen, wenn du nicht fährst! Ist wichtig!«

Er nahm mir den Schlüssel aus der Hand, steckte ihn ins Schloss, drehte ihn um und trampelte wie verrückt auf den Pedalen rum, bis die Hercules endlich einen Ton von sich gab, der nach einem laufenden Motor klang. »Du hast deine Warnweste vergessen!«, schrie Nicholas. Das Mofa war doch lauter, als ich angenommen hatte.

»Egal! Ich passe auf!«

Der Student schüttelte nur mit dem Kopf. »Man sieht dich nicht!«

»Man sieht aber den Helm! Das reicht ja wohl!«

Er hob beide Hände und sah mich leicht verständnislos an. »Deine Entscheidung.« Er stieg ab.

»Ich bringe sie dir heil nach Hause!«

Auf etwas wackeligen Beinen stieg ich auf, gab Gas und ratterte aus dem Hof.

#vier

Ein Fakt:
Eine herkömmliche Hercules fährt
fünfundzwanzig Kilometer pro Stunde. Eine frisierte
bringt es durchaus auf fünfunddreißig bis sogar vierzig
Kilometer pro Stunde.

Ich zog den ›Hahn‹ voll auf, aber irgendwie bekam ich auf der Hauptstraße das Gefühl, kaum vom Fleck zu kommen. Nicholas war ein geübter Tuner. Er hatte sich sogar ein kleines Geschäft damit aufgebaut. Jeder, der seine Maschine schneller haben wollte, kam zum ihm und der holte für zwanzig Euro alles raus, was noch ging. Warum er es ausgerechnet nicht bei seiner eigenen Maschine gemacht hatte, war mir schleierhaft. Aber die Vorstellung, Matthias und Sex-Bombe bis zum neuen Zuhause folgen zu können, schwand mit jedem Meter, den ich vorankam. Ich konnte froh sein, wenn ich sie überhaupt noch im Studio sehen würde. Wahrscheinlich wären sie schon längst in der Umkleidekabine und dann konnte ich nur noch darauf hoffen, sie zu entdecken, wenn sie die Muckibude verließen.

Auch die Ampeln schienen alle gegen mich zu sein. Jede Ampelanlage, dich ich passieren musste, schlug auf Rot um, sobald ich in ihre Nähe kam. Und es war kalt.

Um kurz vor acht fuhr ich endlich auf das Gelände, das zum großen Fitnessstudio gehörte, in dem ich auch mal angemeldet gewesen war. Allerdings hatte sich der monatliche Beitrag kein bisschen gelohnt. Sport zählte nicht unbedingt zu meinen Leidenschaften und so war ich nur zweimal da gewesen. Nach einem Jahr konnte ich endlich kündigen.

Der Südeingang war jener Eingang, der besonders gerne von alteingesessenen Mitgliedern genutzt wurde. Von dort aus musste man nicht weit laufen, um zu den Umkleidekabinen zu gelangen und man wurde nicht gleich von jedem entdeckt. Außerdem war der Südeingang umhüllt von Fenstern, die eine hervorragende Sicht ins Innere zuließen. Zwei der Fenster, die sich links und rechts der Tür befanden, waren bodentief. Das war mein Ziel. Dadurch, dass ich nun komplett schwarz angezogen war, war es im Dunklen quasi unmöglich, mich zu entdecken. Es wäre mir unendlich peinlich, würde mich trotz allem jemand sehen. Ich wusste, dass es schräg war, mit der Hercules vom Nachbarn, deren Spitzengeschwindigkeit bei fünfundzwanzig Kilometer die Stunde lag, zum Fitnessstudio zu brettern, um den Ex und seine Neue auszuspionieren. Gut, spionieren wollte ich nicht. Ich wollte nur schauen. Mehr nicht. Wer, ich meine, ernsthaft, wer würde das nicht tun, wenn er die Möglichkeit bekäme?

Weil der laufende Motor der Maschine doch die eine oder andere Aufmerksamkeit auf sich zog, stellte ich den Motor ab. Ich schob das Mofa bis zum Rande des Geländes, stellte es in eine Ecke, hängte den Helm und die Brille an den Lenker und schlich zum Südeingang. Von Weitem sah ich schon, dass mit den Jahren etwas anders geworden war. Zwei Drittel der Fenster im unteren Bereich waren mit einer blickdichten Folie beklebt worden. *Mist.*

Ich trat näher heran und versuchte, zumindest Umrisse zu erkennen, doch selbst das war mir nicht gegönnt. Zudem standen einige Autos so ungünstig nahe der beklebten Fensterfront, dass ich die Blickdichtigkeit nicht an jeder Stelle kontrollieren konnte.

Meine Chancen wären deutlich besser, wenn ich auf eines der parkenden Autos klettern und mich zusätzlich am Vordach des Einganges hochziehen würde. Ich war nicht sonderlich schwer. Vielleicht brachte ich zweiundsechzig Kilogramm auf die Waage. Und selbst wenn es zwei oder drei Kilos mehr waren, würde das doch in jedem Fall die Motorhaube des zugegebenermaßen recht hohen SUVs, der links vom Eingang stand, aushalten. Ich näherte mich dem

Fahrzeug. Kein Mensch war auf dem Gelände zu sehen. Nur kurz, dachte ich. Nur kurz einmal hochklettern und in die Sporthalle schauen. Vorsichtig.

Da ich recht verantwortungsbewusst war, zog ich es in Erwägung, meine Winterstiefel auszuziehen und nur mit Socken die Motorhaube zu besteigen. So würde ich nicht Gefahr laufen, womöglich den Lack des Autos zu beschädigen. Ich hockte mich hinter das Fahrzeug und zog meine Schuhe aus. Erschrocken schnappte ich nach Luft, als ich spürte, wie kalt der Boden war. Die Boots stellte ich nahe dem Hinterreifen ab und schlich gebückt nach vorne. Alte Autos besaßen noch eine klassische Stoßstange. Manche aus Plastik, die ganz alten aus Metall. Die Neuen besaßen so etwas nicht mehr. Es gab keine Stoßstangen mehr. Sie waren ausgestorben. Ausgestorben, weil man sagte, es sei gefährlich mit einer Stoßstange. Für mich war das richtig ungünstig und viel gefährlicher, das Auto zu besteigen, ohne einen Tritt auf eine Stoßstange tätigen zu können.

Aber es half nichts. Irgendwie musste ich da hinaufklettern! Da blieb nur der Tritt auf eines der Vorderräder. Meine Socken waren aufgrund der Wetterlage ohnehin nass. Ich zog die Handschuhe aus, atmete einige Male tief ein und wieder aus, schaute, ob die Luft rein war, und setzte mein Vorhaben in die Tat um. Es ging besser, als gedacht. Der Vorderreifen war eine hervorragende Aufstiegshilfe und da meine schwarze

Jeans durch die lange Fahrt hierher ohnehin feucht war, haftete sie auf der Haube und hielt mich so oben. Ich bewegte mich nur langsam, da ich doch ein wenig das Gefühl hatte, das Blech unter mir könnte bei einer kleinen Gewichtsverlagerung nachgeben. Vermutlich war die stärkste Stelle der Motorhaube, jene, die nahe dem Rand lag. Ich rutschte langsam hinüber, hielt kurz inne, weil ich ein Geräusch hörte, das ich erst nicht zuzuordnen wusste, es dann aber mit dem Fall einer Hantel in Verbindung bringen konnte. Vorsichtig stellte ich mich, die Arme zu beiden Seiten ausgebreitet, um das Gleichgewicht besser halten zu können, auf. Das Vordach war in etwa noch einen Meter vom Auto entfernt und ich musste zugeben, dass es von unten näher ausgesehen hatte. Einige Male griff ich beim Versuch, es zu erreichen, in die Luft und wäre fast heruntergefallen. Doch schließlich gelang es mir. Ich hatte das Gefühl, ich hing beinahe waagerecht in der Luft. Ich reckte den Kopf und endlich konnte ich einen Teil des Studios sehen. Jeden Menschen sah ich mir genaustens an, jedoch entdeckte ich nirgends Matthias. Aber Timo sah ich. Timo, der gerade dabei war, einige Hantelstangen mit Gewichten zu bestücken. Dann sah ich ihn. Und sie. Mein Herz setzte für einige Schläge aus und ich spürte einen Stich genau in der Magengegend. Sie warf ihre langen braunen, gelockten Haare zurück auf den Rücken, lachte Matthias an, dann wackelte sie auf ihn zu, umarmte und küsste ihn. Meine Finger krallten sich am Rand des Vordaches fest. Das konnte und wollte ich nicht mehr sehen. Es war eine schreckliche Idee gewesen, hierher zu kommen. Selbstkasteiung. Etwas anderes fiel mir in diesem Moment, in dem ich schräg in der Luft hing, nicht ein. Zu dieser durchaus furchtbaren Erkenntnis kam der Gedanke auf, dass es vermutlich unheimlich schwer werden würde, mich vom Dach abzustoßen und wieder in die Vertikale zu gelangen. Irgendwie musste ich dann vom Auto heruntergleiten, den Helm aufsetzen und zusehen, diesen Ort schnell wieder zu verlassen. Ich sah zwischen meinen Armen, die langsam, aber sicher zu zittern begannen, nach unten. Es war doch höher als gedacht. Ich biss mir auf die Lippe. Oder, ich müsste einfach springen. Natürlich möglichst, ohne mit dem Kopf gegen das Dach zu stoßen. Hangeln. Ich könnte mich am Vordach festhalten und die Beine einfach baumeln lassen und dann, wenn mein Körper sich ausgependelt hatte, springen. Ich wog ab, welche Methode mir am zuträglichsten war und entschied mich, anstatt zu hangeln und zu pendeln, für wenigstens einen Versuch, mich mit aller Gewalt vom Vordach wegzudrücken und eventuell wieder zurück auf die Haube zu kommen. Wenn ich gleichzeitig mit dem ganzen Körper den Schub nach hinten veranlassen würde, könnte es funktionieren. Ich zählte innerlich bis drei. Dann tat ich es. Ich drückte mich, so feste ich konnte, vom Vordach ab und schwang meinen Körper gleichzeitig nach hinten. Der Schub war jedoch so massiv, dass ich wie ein Klumpen nach hinten schleuderte und mitten auf der Haube landete, die unter der Wucht sofort nachgab. Einige Sekunden lag ich wie ein Käfer in der Delle der Haube und hielt die Luft an. Dann setzte plötzlich ein ohrenbetäubender Laut ein, der mir fast das Blut in den Adern gefrieren ließ. Kurz darauf wurden die Scheinwerfer, die den Südeingang beleuchteten, eingeschaltet. Ich hatte das Gefühl, die Alarmanlage des Autos rief immer lauter, damit auch jeder Besucher und ebenfalls jeder, der sich in der Nähe befand, mitbekam, dass hier, auf diesem Gelände, etwas nicht stimmte. Erst als ich Stimmen vernahm, schaffte ich es endlich, mich aus meiner Starre zu lösen. Ich rutschte die Haube hinunter, rannte zum hinteren Teil des SUVs, fand meine Schuhe auf Anhieb und raste auf Socken zur Hercules. In Windeseile schnallte ich mir den grünen Deckel auf den Kopf, die Brille ignorierte ich, öffnete den Benzinhahn, steckte den Schlüssel ins Schloss, schwang mich aufs Moped und trampelte unzählige Male, ehe dieses Scheißmofa endlich vor sich hin stotterte. Die Schnürsenkel meiner Schuhe hielt ich mit den Zähnen fest und versuchte zu ignorieren, dass mir die Stiefel buchstäblich um die Ohren flogen. Ich gab Gas. Spitzengeschwindigkeit nach gefühlten hundert Metern vierundzwanzig. Die Schreie von wahrscheinlich sechs oder sieben

Sportbesessenen hinter mir, versuchte ich auszublenden.

Um nicht Gefahr zu laufen, von den Sportlern in Autos verfolgt zu werden, entschied ich mich für die Abkürzung durch den Park. Ich versicherte mich, dass kein Passant über den Gehweg schlenderte, riss den Lenker nach rechts und fuhr geradewegs durch den Eingang des Parks in die Dunkelheit.

Ich bekenne mich. Ich bin ein Riesenfan von Alfred Hitchcock. Ganz besonders angetan hatte es mir der Film ›Mitternachtsspitzen‹. Der Nachteil, wenn man diesen Film an die zwanzig Mal gesehen hat: Man fürchtet sich enorm in Parks. Vor allem, wenn sie dunkel sind. Wieso? Schau ihn dir an!

Die Hälfte der Strecke durch die Dunkelheit hatte ich hinter mir gelassen, meine Verfolger hatte ich abgehängt, als plötzlich die Maschine anfing, zu ruckeln und mit einem Mal verstummte.

Tank leer.

Scheiße.

Starker Regen setzte ein.

Ich stieg umständlich ab, zog meine Schuhe an, was mit nassen Socken nicht ganz einfach war und schob. Immer wieder hielt ich an und lauschte. Und dann hörte ich sie. Schritte. Schnelle Schritte. Auch ich erhöhte das Tempo, mit dem ich die Hercules schob.

»Ganz schön riskant, so schwarz durch einen Park zu laufen!«, hörte ich eine tiefe Männerstimme rufen.

Ich schluckte und überlegte, womit ich den potenziellen Angreifer im Ernstfall abwehren könnte. Mit der Hercules. So leid es mir dann auch für Nicholas täte. Aber da war mir mein eigenes Leben wichtiger. Was eventuell noch eine Möglichkeit wäre: Eine Lüge auftischen. Bis die Lüge dann auffliegen würde, hätte man genug Zeit, das Weite zu suchen.

»Ich kann Kung-Su. Kommen Sie nicht näher!«

»Kung-Fu. Meinten Sie das?«

»Kommen Sie nicht näher!«, wiederholte ich.

»Tu ich ja nicht. Ich bin ja schon bei Ihnen.«

Entweder verspürte ich einen Windhauch im Nacken oder den Atem des Mannes mit der tiefen Stimme. Ich blieb stehen und drehte mich ruckartig um, in der Hoffnung, ihn damit zu überrumpeln. Und es gelang mir. Der Mann, zudem ich aufsehen musste, machte erschrocken einen Schritt nach hinten.

»Also der Helm ist wirklich Furcht einflößend, aber die Brille … die ist …«

Ich hob die Hand und ballte sie zur Faust, in der Hoffnung, dass es nach einer Frau aussah, die hervor ragend Kampfsport beherrschte. »Kommen Sie mir besser nicht näher!«

Der Mann, der ebenfalls überwiegend dunkel angezogen war, hob lachend beide Hände, als würde ich ihn mit einer Waffe bedrohen.

»Es ist witzig, dass ausgerechnet Sie Angst haben, ich könnte Sie überfallen.«

»Was ist daran witzig?«, fragte ich, vorsichtshalber immer noch mit erhobener Faust und müsste ich nicht die Hercules mit einer Hand festhalten, hätte ich auch noch diese zur Faust geballt. Zwei Fäuste würden sicherlich der ganzen Situation mehr Nachdruck verleihen.

»Na ja, so, wie Sie aussehen, müsste ich wohl eher Angst vor Ihnen haben.«

Ich ließ kopfschüttelnd die Faust sinken. »Wissen Sie was, jeder von uns geht jetzt seines Weges und lässt den anderen in Ruhe. Deal?«

»Kein Deal.« Diese zwei Wörter veranlassten, dass sämtliche Alarmglocken in mir gleichzeitig zu bimmeln begannen. Ich hob erneut die Faust. Der Mann lachte. »Jetzt bleiben Sie mal ganz ruhig. Wir haben nun offensichtlich den gleichen Weg vor uns. Ich begleite Sie. Ich muss wirklich sagen, ich weiß nicht, ob ich es mutig von Ihnen finden soll, in diesem Aufzug allein durch den Park zu laufen, oder ob es schon ein Stück weit mit Dummheit zu tun hat.«

Ich ließ die Faust erneut sinken, nicht, weil ich keine Angst mehr hatte, sondern weil mein Gehirn das logische Denken wieder veranlasste und es war nun mal logisch, dass ich einen Mann, der ungefähr eine Größe von einem Meter und neunzig hatte, mit Sicherheit nicht überwältigt bekäme.

»Ich wollte eine Abkürzung nehmen. Mein Mofa ist leer«, erklärte ich, packte den Lenker wieder mit beiden Händen fest und schob weiter. Der große Mann lief neben mir her.

»Und ich wollte eine Runde joggen gehen.«

»Warum laufen Sie nicht da lang, wo es hell ist?«

Ich wurde das Gefühl nicht los, diese Stimme, diese tiefe Stimme schon einmal gehört zu haben. Durch die Dunkelheit konnte ich sein Gesicht nun gar nicht sehen. Aber die Stimme, die kannte ich irgendwie …

»Hier in diesem Park bleibt man so schön unerkannt. Deswegen bevorzuge ich es, im Dunkeln zu laufen.«

»Aha.«

In der Ferne konnte man den Ausgang des Parks bereits erkennen und ich wusste, dass eine Tankstelle nicht mehr weit entfernt war.

»Ich will Sie nicht aufhalten. Joggen Sie ruhig weiter. Bis zum Ende des Parks ist es ja nicht mehr weit«, sagte ich, nachdem wir einige Meter schweigend nebeneinander hergelaufen waren.

»Ich war bereits fertig. Wissen Sie, ich jogge gar nicht gerne. Ich zwinge mich immer, um fit zu bleiben. Wollen wir uns mal vorstellen?«

Woher kannte ich diese Stimme?

»Ich stelle mich ungerne irgendwelchen Männern vor, die man vermutlich nicht wiedersehen wird.«

»Woher wollen Sie wissen, dass wir uns nicht wiedersehen?«

Ich drehte lächelnd den Kopf in seine Richtung. »Wieso sollten wir uns wiedersehen?«

»Ich weiß nicht. Ich suche noch nach einem Grund. Also, dann mache ich einfach mal den Anfang. Ich finde, Sie hören sich nach einer Katja an.«

Ich lachte. »Katja? Na gut, wenn Sie möchten, dass ich für Sie Katja heiße, kann ich damit gut leben. Sie hören sich im Übrigen nach einem Bert an.«

Ich hörte, wie er in die Hände klatschte. »Prima. Nachdem wir also wissen, wie wir heißen, können wir das Sie weglassen, oder Katja?«

»Meinetwegen, Bert!«

Jetzt waren wir kurz vor dem Ausgang des Parks angekommen und erleichtert sah ich Straßenlaternen scheinen.

»Sag mal, wieso bist du so dunkel gekleidet?«, fragte er.

»Ach, weißt du, manchmal möchte man doch gerne unerkannt bleiben.«

Wir erreichten das Tor und blieben stehen. Dann sah ich ihn an und konnte das erste Mal ein Gesicht zum Namen Bert erkennen. Und auch das kam mir bekannt vor.

Bert lächelte.

»Hier trennen sich nun also unsere Wege.«

Ich schüttelte irritiert den Kopf. »Kennen wir uns irgendwo her?« Ich sah ihm wieder ins Gesicht.

»Nein, nicht, dass ich wüsste.«

Ich reichte ihm die Hand. Er ergriff sie und hielt sie fest. »Vielen Dank, Bert, dass du mich begleitet hast. Ich muss jetzt mal zur Tankstelle schieben.«

Er deutete eine Verbeugung an. »Katja, es war mir ein Vergnügen, dich zu begleiten. Und das nächste Mal zieh lieber etwas hellere Sachen an.«

Ich lachte und nickte ihm zu. »Du aber auch!« Er hob noch einmal die Hand und verschwand. Woher kannte ich diesen Mann?

Bis zur Tankstelle überlegte ich unentwegt, wo ich die Stimme schon mal gehört vielmehr das Gesicht gesehen hatte. Die einzig plausible Erklärung wäre: Er sah irgendeinem Bekannten von mir ähnlich.

#fünf

Ein Fakt:
Unwichtige Sachen, die man hört,
sieht, fühlt, riecht oder schmeckt, befördert das Bewusst-
sein sofort ins Unterbewusstsein.
Entweder braucht man diese Sachen
irgendwann oder nicht.

Genervt lief ich gleich bis in den dritten Stock und klopfte an Nicholas` Wohnungstür. Es dauerte ewig, bis er endlich öffnete.

»Helm, Brille, Schlüssel.« Ich hielt ihm die Sachen entgegen. »Ist vollgetankt und steht wieder im Schuppen.«

»Vielen Dank. Bist ziemlich nass geworden, oder?« Der Student nahm mir den Helm samt Inhalt aus der Hand und schaute an mir runter.

»Richtig. Und es wäre echt nett von dir gewesen, mir im Vorfeld zu sagen, dass diese Maschine nicht frisiert ist! Da wäre ich schneller mit dem Fahrrad gewesen.« Ich zog meine Mütze ab, befreite meine Haare aus dem Gummi und schüttelte kurz den Kopf.

»Tut mir leid, aber die Bullen sind ziemlich aufmerksam momentan. Ich kann mir keine Anzeige mehr leisten.«

Ich hob die Hand, murmelte noch einmal ›Danke‹ und hatte nur noch das Bedürfnis, heiß zu duschen und danach umgehend ins Bett zu gehen.

Die Bilder, wie Sex-Bombe Matthias umarmt und anschließend geküsst hatte, wollten einfach nicht aus meinem Kopf verschwinden. Und diese Tatsache überdeckte sogar die Straftat, die ich begangen hatte: Fahrerflucht. Ich hoffte, der Fahrer des roten SUVs müsste für das Ausbeulen der Motorhaube nicht allzu viel bezahlen. Diese Aktion war mit Abstand das Peinlichste gewesen, das mir je passiert war. Selbst die ›Ich kotze vom Berg‹-Nummer, trat bei dieser Geschichte völlig in den Hintergrund.

Ich war kurz davor, einzuschlafen, als mir ein Gedanke kam, der mich ruckartig hochschnellen ließ. Was, wenn ich polizeilich gesucht würde? Was konnten die Verfolger vom Fitnessstudio über mich sagen? Ein Mensch – schwarz gekleidet – grüner Urzeithelm – Skibrille – grüne Hercules. Und wer wusste von mir? Bert. Mein Vorteil, und das war es, was mich erleichtert wieder hinlegen ließ, Bert kannte meinen wirklichen Namen nicht. Er nannte mich Katja. Leo hörte sich ganz anders an.

Vermutlich konnte man die Haube allein wieder ausbeulen und in ein paar Tagen dachte keiner vom Fitnessstudio mehr daran, dass ein schwarz gekleideter Mensch ein Auto bestiegen und kaputtgemacht hatte, und anschließend auch noch geflüchtet war. Seit Langem war das allerdings der erste Abend gewesen, an dem ich nicht in Tränen ausgebrochen war und mir vorgestellt hatte, wieder mit Matthias vereint zu sein. Peinlichkeiten schienen die beste Ablenkung zu sein, wenn es um Liebeskummer ging.

Die Nacht war furchtbar gewesen. Ständig war ich wach geworden und es hatte wieder viel Zeit gebraucht, bis ich in den Schlaf zurückgefunden hatte. Um halb fünf gab ich es schließlich auf, noch mal zu versuchen, einzuschlafen. Ohnehin würde mich der Wecker um sechs Uhr aus dem Bett klingeln.

Eine halbe Stunde später saß ich mit Kaffee auf der Couch und dachte über die gestrige Aktion nach. Ich schüttelte über mich selbst den Kopf, obwohl ein kleiner Teil in mir zufrieden war. Ich hatte Matthias` Neue gesehen. So ganz konnte ich Timos Beschreibung nicht zu stimmen. Ja, sie sah sexy aus, aber nicht so, dass ich sie als Bombe beschreiben würde. Sie war sicherlich hübsch. Aber eben gar nicht Matthias Typ. Matthias mochte Frauen, die blonde Haare hatten. Ich hatte blonde Haare. Gut, ich hatte nachgeholfen, gleich zu Anfang unserer Beziehung, weil ich ja wusste, dass er lieber blonde Frauen mochte, aber ich war blond. Sie nicht. Und einen Apfel-Arsch hatte sie auch nicht. Sie hatte einen ganz normalen Arsch. So wie ich. So wie Maja. So, wie ganz viele Frauen ihn hatten. Was also war es, was ihn in ihre Arme getrieben hatte?

Ich überbrückte die Zeit bis sieben Uhr mit aufräumen und sauber machen, dann wurde es Zeit, mich für die Arbeit fertigzumachen. Ich hatte mir vorgenommen, meine Wohnung neu zu gestalten, denn auch die sah voll und ganz nach Matthias aus. Matthias mochte Regale aus Metall und Glas, die Teppiche grau, das Sofa schwarz. Ich mochte mehr die Erdtöne. Er hatte, als wir eingezogen waren, das Wohnesszimmer und die Küche bekommen, ich hatte das Schlafzimmer gestalten dürfen. Vielleicht sollte ich damit beginnen, zumindest die eine Wand im Wohnzimmer, die anthrazit gestrichen war, in eine Beige zu verwandeln. Andererseits würde er Weihnachten wieder bei mir sein, gefiele ihm die Wandfarbe mit Sicherheit nicht.

Um halb acht saß ich im Auto und schlängelte mich durch das allmorgendliche Verkehrschaos, bis ich schließlich mit kleiner Verspätung (ebenfalls allmorgendlich) im Büro eintraf. Maja war schon da. Sie war einer jener Menschen, die tatsächlich noch enormen Wert auf Pünktlichkeit legten. Aus Angst, nicht pünktlich zu sein, kam sie immer eine viertel Stunde eher zur Arbeit.

»Guten Morgen.«

Majas prüfender Blick entging mir natürlich nicht, aber ich hatte in den Wochen der Trauer durchaus gelernt, darauf nicht mehr einzugehen. Sie reichte mir einen Kaffee, den ich dankend entgegennahm.

»Guten Morgen, Leo. Wie ... geht es dir?«

Ich hängte meine Jacke an den Kleiderständer und setzte mich an den Schreibtisch.

»Gut. Und dir?« Ich lächelte sie an, damit sie sich selbst davon überzeugen konnte, dass es mir tatsächlich ganz gut ging. Irgendetwas hatte also die peinliche Aktion vom gestrigen Abend in mir bewirkt. Ich hatte längst nicht mehr so oft das Gefühl, in Tränen ausbrechen zu wollen.

»Bei mir ist alles klar.«

Wir fingen zu arbeiten an und sicherlich eine gute Stunde lang hörte man nur das konzentrierte Tippen auf der Tastatur. Und dann plötzlich, völlig aus dem Nichts heraus, ließ mich Majas Stimme zusammenzucken. Vielmehr das, was sie sagte ...

»Stell dir vor, als Timo gestern beim Sport gewesen war, erzählte er abends, ein seltsam gekleideter Typ hätte versucht, Viktorias Auto kaputtzumachen. Die ganze Motorhaube war eingedrückt. Und als dann die Alarmanlage des Autos ansprang, wurden alle im

Studio aufmerksam und kamen rausgelaufen. Dann ist der Typ geflüchtet. Rate mal, womit!«

Ich betete inständig, Maja möge mir nicht ansehen, dass mein Unterbewusstsein unweigerlich jedes noch so kleine Detail zum Vorschein holte und feinsäuberlich ins Bewusstsein verstaute.

Ich zuckte mit den Schultern und versuchte, einen recht gelangweilten Blick aufzulegen.

»Jetzt rate doch mal!« Maja sah mich mit hochgezogenen Augenbrauen an.

»Na schön. Mit einem Fahrrad?«

Sie schüttelte den Kopf. Als ob ich nicht wüsste, womit der ›Mensch‹ geflüchtet war.

»Mit einem Mofa. Stell dir das mal vor! Mit einem Mofa, so, wie man die in den achtziger Jahren gefahren ist.« Maja fing laut an, zu lachen. »Na jedenfalls sind die dann noch alle zur Polizei gefahren und haben mit Viktoria die Anzeige aufgegeben. Jetzt suchen die einen Typen, der ein grünes Mofa fährt und einen grünen Helm bei sich hatte. Verrückt, oder?«

»Total«, kam es mir über die Lippen. Was? Was hätte ich auch sonst dazu sagen sollen?

»Was hast du denn gestern Abend gemacht?« Ich sah auf und schaute Maja fragend an. »Was du gestern Abend noch so gemacht hast.«

Ich sah wieder auf den Bildschirm meines Computers. »Nichts Besonderes. Ich habe ein bisschen ferngesehen und bin dann früh ins Bett gegangen. Wieso?«

»Nur so. Timo kommt übrigens heute Abend bei dir vorbei und wollte die Post abholen. Du bist doch da, oder?«

Letztlich, neben der Sache, dass nun in der Stadt ein grünes Mofa gesucht wurde, ärgerte mich noch viel mehr, dass jeder davon ausging, dass ich immer zu Hause war. Timo holte einmal die Woche Post für Matthias ab und brachte sie ihm. Mein lieber Ex-Freund hatte es offensichtlich noch nicht geschafft, sich umzumelden. Vielleicht aber wollte er sich noch gar nicht ummelden, weil er sich nicht sicher war, ob die Sache mit Viktoria überhaupt funktionieren würde. Dieses kleine Detail, wo Maja nur allzu gerne sagte, das läge ausschließlich daran, dass Matthias ein fauler Sack sei, war das, das mich weiterhin hoffen ließ, dass wir Weihnachten wieder vereint wären. Er war sich schlicht nicht sicher, ob es mit Viktoria halten würde. Und deshalb hielt er sich die Hintertüre offen, wieder nach Hause zu kommen.

Die Sache mit dem grünen Mofa war wirklich dumm gelaufen. Nun blieb mir im Grunde nichts anderes übrig, als Nicholas zu sagen, er möge seine Maschine bitte umfärben. Das Grün war auffällig. Sehr. Ich entschied, an diesem Tag früher zu gehen. Da ich noch einige Überstunden hatte, sollte dies kein Problem darstellen. Somit konnte ich zwei Fliegen mit einer Klappe schlagen: meinen Nachbarn davon überzeugen, dass grün nicht schön ist und meine Eltern besuchen, so, wie ich es immer dienstags tat.

»Ich mache heute auch früher Schluss«, sagte ich in die Stille hinein.

»Wollen wir dann zusammen um zwölf Uhr gehen?«

»Ja, gerne.«

Die Zeit bis zwölf Uhr verging wie im Fluge, dank der vielen Arbeit, die zu erledigen war. Obwohl ich gerne erst den Pflichtbesuch bei meinen Eltern hinter mich bringen wollte, entschied ich aufgrund der Dringlichkeit, erst Nicholas aufzusuchen.

Nur eine halbe Stunde später war ich zu Hause, und noch ehe ich meine Wohnung betrat, lief ich zwei Stockwerke höher und klingelte bei Nicholas. Ich lauschte, ein Ohr gegen seine Wohnungstür gepresst und hoffte auf Schritte oder Gemecker, weil ich es fertiggebracht hatte, ihn zur Mittagszeit aus dem Bett zu klingeln. Doch ich hörte nichts. Erneut klingelte ich, und, um der Dringlichkeit mehr Nachdruck zu verleihen, hämmerte ich mit einer Faust gegen die Holztür. Nichts. Ich stand da und überlegte. Ich hatte ein Problem. Ein großes Problem. Wenn mein Nachbar ausgerechnet an diesem Tag mal früher aufgestanden war und tatsächlich mit seiner Hercules einen Ausflug gemacht hatte, wäre es für die Polizei ein leichtes, das

Mofa zu sehen. Das Grün war so furchtbar, dass man nicht wegsehen konnte. Hinzu kam der Helm, der regelrecht danach schrie, gesehen werden zu wollen. Mir kam der Schuppen in den Sinn.

Gleich zwei Stufen auf einmal nehmend sauste ich nach ganz unten, öffnete die Tür, die zum Hinterhof führte, und lief auf den Verschlag zu, hinter dem sich die Hercules zumindest gestern noch befand. Leer. Der Schuppen war leer. Ich presste meinen Kopf zwischen die Holzlatten, in der Hoffnung, das Mofa sei nur gut versteckt, oder mit irgendeinem Tuch abgedeckt. Doch das war nicht der Fall. Als mein Handy in meiner Tasche zu vibrieren begann, zuckte ich erschrocken zusammen. Mit zittrigen Fingern zog ich es hervor. Auf dem Display stand nur: anonym. Ich schluckte und nahm den Anruf entgegen.

»Hallo?«

»Kannst du mir mal verraten, was du gestern gemacht hast?« Nicholas Stimme war nicht nur zwei Nuancen höher als sonst, zudem hörte er sich äußerst sauer an.

»Äh … wie meinst du …«

»Ich sitze hier bei der Polizei! Es liegt eine Anzeige vor! Du kommst jetzt sofort hier hin, Leo!«

»Äh …«

»In fünfzehn Minuten bist du auf der Wache! Bis gleich!« Ich hörte, wie er auflegte.

In Zeitlupe nahm ich das Handy vom Ohr und starrte darauf. Scheiße. Was sollte ich jetzt machen? Was sollte ich der Polizei erzählen? Bert! Mein Alibi. Dumm nur, dass ich nicht seinen wirklichen Namen wusste. Ich hetzte zu meinem Auto, startete, noch bevor ich mich angeschnallt hatte, und raste ohne Rücksicht auf die durch Verkehrszeichen vorgegebene Höchstgeschwindigkeit, los. Wenn ich den Beamten erzählen würde, dass ich mit einem Freund namens Bert durch den Park geschlendert war, just zu der Uhrzeit, zu der der vermeintliche Mofafahrer Viktorias Auto beschädigt hatte, könnte ich gut aus der Nummer rauskommen. Nicholas wäre ebenfalls aus dem Schneider und irgendein anderes armes Schwein mit grünem Mofa und grünem Helm müsste dann herhalten. Was soll ich sagen? Shit Happens! Ich war es nicht, fertig.

Zwanzig Minuten später fuhr ich angeschnallt und recht gesittet in die Einfahrt, die zur Wache gehörte. Ich parkte, stellte den Motor aus und hoffte inständig, kein Beamter möge mir meine Nervosität anmerken. Versucht zielsicher, denn meine Beine wollten immer wieder von der Wache weglaufen, steuerte ich den Eingang an. Durch die Glasfront sah ich Nicholas sofort, der aufgeregt einem Polizisten zu signalisieren versuchte, dass ich, die das Mofa gestern Abend bewegt hatte, da war. Mir wurde geöffnet.

»Sie sind?« Der Beamte hatte die Augenbrauen tief nach unten gezogen und ich wagte ganz stark zu bezweifeln, dass ich diesen Mann davon überzeugen konnte, völlig unschuldig (ich weiß, ich war es ja nicht) zu sein. Ich streckte die Hand aus, die der Beamte völlig ignorierte. Langsam ließ ich die Hand wieder in meiner Hosentasche verschwinden, holte einige Male tief Luft, ehe ich es endlich schaffte, zu antworten. »Leo. Also, Leo Reifenrath. Eigentlich Leonie. Aber meine Eltern haben …«

»Mitkommen!«

Okay, gut, er schüchterte mich enorm ein. Konnte ich nicht leugnen. Und als ich in die schreckensweiten Augen von Nicholas sah, wurde mir noch mulmiger zumute. Ich schlich hinter dem Polizisten her, gefolgt von Nicholas. Wir betraten ein Büro. Der Beamte schloss hinter uns die Tür, zog umständlich noch einen Stuhl zum Schreibtisch und machte mit der Hand eine lässige Bewegung, dass wir uns setzen sollten. Ich starrte geradeaus an die Wand und sah sehr wohl aus dem Augenwinkel, dass Nicholas mich verständnislos anschaute. Der Polizist faltete die Hände, legte sie auf den Schreibtisch und sah uns abwechselnd an. Meinen Ausweis, den ich vorsorglich schon mal aus meiner Tasche gezogen hatte, legte ich ihm vor die Nase. Der Polizist nahm ihn in die Hand und spielte damit.

»Nervös?«, fragte er plötzlich, nachdem sein Blick nur noch auf mir ruhte.

»Äh, wie? Also wie meinen Sie?«

Er nickte zu meinem Bein, das unentwegt wippte. Ein Tic, den ich hatte, und ich wurde ihn nicht los.

»Das also, ich … das mache ich immer so.«

»Na schön. Sind Sie gestern Abend das Mofa ihres Freundes gefahren? Sagen wir, zwischen zwanzig und einundzwanzig Uhr?«

Ich warf einen kurzen Blick zu Nicholas, dann suchte ich wieder die Augen des Beamten, die durch buschige, tiefgezogene Brauen überdeckt wurden, und nickte. »Ja, war ich. Also ich war gestern Abend mit dem Mofa unterwegs.«

»Dann muss ich Sie hier und jetzt als Beschuldigte einer Straftat belehren, da uns eine Anzeige vorliegt, wonach der Fahrzeugführer des Mofas am gestrigen Abend auf dem Gelände des Fitnessstudios in der Bachstraße eine Sachbeschädigung an einem SUV begangen haben soll. Als Beschuldigte können Sie sich jetzt zu diesem Vorwurf äußern. Wenn Sie Angaben zu dem Tatvorwurf machen wollen, sollten Sie die Wahrheit sagen. Sie können aber natürlich auch von Ihrem Aussageverweigerungsrecht gebrauch machen und sich nicht zu dem Vorfall äußern.«

Der Polizist legte sich in seinem Schreibtischsessel zurück, verschränkte die Hände im Nacken und sah nur mich an. Nicholas hatte inzwischen seinen Kopf auf den Händen abgestützt, starrte zu Boden und presste die Lippen zusammen.

Denk nach! Was sage ich jetzt? Man hatte das Nummernschild gesehen. Ich konnte also nicht mehr sagen, dass es sich offensichtlich um eine andere Hercules handelte.

»Ich möchte mich äußern!«

Der Polizist entfaltete seine Hände hinter seinem Nacken und beugte sich plötzlich bedrohlich weit auf seiner Schreibtischplatte nach vorne.

»Bitte!«

Ich nickte. Unentwegt. »Das Mofa wurde mir gestohlen. Zwi … zwischen zwanzig und einundzwanzig Uhr.«

Nicholas hob wie in Zeitlupe den Kopf, drehte ihn und starrte mich an. Ich drehte nur die Augen in seine Richtung. »Tut mir leid«, flüsterte ich. Ein Knall ließ mich und Nicholas zusammenzucken. Der Polizist hatte mit der Hand auf die Schreibtischunterlage gehauen. »Lüge!« Und wieder musste ich seine Augen suchen und gab es nach einigen Sekunden auf. Es heißt, wenn man seinem Gegenüber genau zwischen die Brauen schaut, so wäre es, als würde man demjenigen exakt in die Augen sehen.

»Bist du bekloppt?«, fragte mich Nicholas. Ich drehte den Kopf zu ihm und zuckte nur mit den Schultern. »Bist du bekloppt, meine Maschine auch nur eine Sekunde aus den Augen zu lassen? Weißt du überhaupt, was für einen Riesenwert die Hercules hat?«

»Ich wollte tanken und habe ein Tuch wegwerfen wollen, also es handelte sich um ein Taschentuch. In meiner Hose. Ich bin kurz zum Mülleimer und … tja, was soll ich sagen. Weg war sie.«

»Ich schreibe dann mal mit«, sagte der Polizist.

»M … mem … meim … meine Hercules wurde wegen eines Taschentuches geklaut? Bist du bekloppt?«

»Das fragst du jetzt zum dritten Mal! Es tut mir leid, okay? Ich … also, ich habe sie ja wiedergefunden. Im Park. Da, wo es so dunkel ist. Noch recht am Anfang. Aber sie war leer. Ich meine, du hattest mir ja den Auftrag gegeben, sie zu tanken. Und … na ja, das war dann mein Glück. Vermutlich hatte der Täter dann keine Lust, deine Maschine zu tanken und hat sie einfach da im Park zurückgelassen.«

»Momentmal, ich habe dir nicht den Auftrag gegeben, sie zu tanken. Das war unser Deal! Erinnerst du dich?«

»Jetzt wird es interessant. Was für ein Deal?«

Der Student und ich schauten zeitgleich zum Beamten, der tatsächlich den Versuch startete, gleich beide Brauen in die Höhe zu ziehen, daran jedoch scheiterte.

»Das tut jetzt hier gar nichts zur Sache!« Ich drehte mich wieder zu Nicholas, der dabei war, nur noch den Kopf zu schütteln. »Hör zu, die Hercules ist doch

völlig unbeschadet. Und, ich habe sie ja noch vollgetankt!«

»Na vielen Dank auch!«

»So, Frau Reifenrath. Bitte erzählen Sie jetzt mal
ganz genau, was sich gestern Abend zugetragen hat.«
Der Polizist schien genervt zu sein und doch hatte ich
den Eindruck, gerade diese Gefühlsregung in ihm,
käme mir auf jeden Fall zugute. »Ich wollte die Hercules tanken. Da bin ich zur Tankstelle gefahren, habe
sie abgestellt ...«

»Welche Tankstelle?« Der Beamte hatte sich inzwischen eine Lesebrille aufgesetzt und schaute mich
über den Rand hinweg an.

»Tankstelle an der Hauptstraße.«

»Weiter!«

»Ich habe sie abgestellt und es störte mich etwas in
meiner Hose. Also in der Tasche. In meiner. Ein Taschentuch. Ich zog es heraus und ging zum Mülei-
mer, der ungefähr fünf Meter entfernt war, und
schmiss es weg. Ja und dann hörte ich schon, wie die
Hercules vom Hof fuhr. Da bin ich noch hinterherge-
laufen, jedoch ohne Erfolg.«

»Warum sind Sie nicht sofort zum Tankwart gelaufen und haben es gemeldet?«

Ich zuckte mit den Schultern. »Ein Reflex? Ich weiß
nicht.«

»Können Sie eine Beschreibung zum Täter geben?«

»Er war schwarz angezogen.«

»Er?«

»Oder sie. Also, eins von beiden.«

»Gut. Da bleibt dann ja nicht viel.«

»Das stimmt«, äußerte ich.

»Weiter!«

»Dann bin ich gelaufen und wollte nach Hause, um meinem Freund zu sagen, die Hercules sei gestohlen worden. Ich habe die Abkürzung genommen und da lag die Hercules in der Dunkelheit. Sie sprang nicht mehr an. Ich habe geschoben.«

»Und Sie waren ganz allein?«

»Ja. Das heißt, nein. Ich war nicht allein. Es war ein Herr da, der mich begleitet hat. Weil es im Park immer so düster ist.«

»Der Name des Herrn?« Der Polizist nahm wieder den Stift in die Hand und schaute mich über den Rand der Brille an.

»Bert?«

»Und weiter?«

»Nur Bert.«

#sechs

Ein Fakt:
In der Psychologie heißt es, dass Lügen
notwendig sind. Im Alltag lügen Menschen meist
aus prosozialen Gründen … seltener, um das
eigene Gesicht zu wahren.

Der Polizist schrieb. Was er schrieb, konnte ich leider nicht erkennen. Aber es war eine Menge, obwohl ich ja gar nicht so viel gesagt hatte.

»Du warst schwarz angezogen!«, flüsterte mir Nicholas zu.

»Was?« Ich beugte mich dichter zu ihm.

»Du warst schwarz angezogen!«, sagte er etwas lauter.

»Dunkelblau!«

»Was?«

»Dunkelblau!«

Der Beamte räusperte sich. Nicholas und ich schauten ihn beide fragend an. »Wenn Sie die Unterhaltung bitte etwas lauter durchführen könnten?«

»Das war etwas Internes. Nichts, was zu diesem Fall beitragen könnte«, sagte ich selbstbewusst und strafte meinen Nachbarn mit einem nicht gerade freundlichen Blick.

»Woher kennen Sie Bert?« Der Polizist nahm seine Brille ab und legte sie auf den Schreibtisch. Dann faltete er wieder seine Hände und schaute mich finster an.

»Wen?«

»Bert. Sie sagten, Sie hätten sich im Park mit Bert getroffen und er habe Sie begleitet, da es so finster gewesen wäre.«

Aus den Augenwinkeln nahm ich wahr, dass Nicholas mich völlig irritiert ansah.

»Ach, Bert. Ja, ja. Bert. Bert … ein Freund. Also er ist ein Freund von mir. Der Bert. Jep.« *Gut, das war dann nun jene Lüge, die weder zum einen noch zum anderen passte. Manche Lügen sind echt doof. Jetzt war es gesagt. Shit Happens.*

»Wunderbar. Wäre es Ihnen möglich, Bert als Zeuge des gestrigen Abends zur Wache zu ordern? Ich meine, wenn er ein Freund von Ihnen, Frau Reifenrath, ist, ist es doch sicherlich kein Problem, oder?«

»Na ja, der Bert hat viel zu tun. Ich müsste schauen, ob er Zeit hat. Aber nur mal am Rande, Bert hat ja nun nicht den Täter gesehen, wie er die Hercules gestohlen hat. Warum wollen Sie dann also, dass Bert zur Wache kommt?«

Der Beamte schmunzelte und schüttelte den Kopf dazu. Sah nicht sonderlich gut für mich aus.

»Es wäre für Sie von Vorteil, wenn Sie ein Alibi hätten.«

Nicholas sah immer nur zwischen dem Polizisten und mir hin und her und ich war drauf und dran, ihm zu sagen, er solle gefälligst seine Locken bändigen. Dieses Gehüpfe machte mich noch nervöser.

»Tja, da müsste ich schauen, ob er Zeit hat.«

»Der Bert jetzt, oder wer?«, fragte Nicholas.

»Kennen Sie den Bert auch?« Ich war froh zu sehen, dass der Beamte sich endlich von mir abwandte und nun Nicholas mit eben dem gleichen Blick wie bei mir zuvor, bedachte.

»Nein. Den kenne ich nicht.«

»Sie wohnen im gleichen Haus und haben ein gutes Verhältnis zu Frau Reifenrath und kennen diesen Freund nicht?«

»Wir haben kein gutes Verhältnis. Herr Schneider leiht sich nur des Öfteren Essen bei mir aus. Mehr nicht. Und er kennt nicht alle meine Freunde!« Jetzt wurde ich langsam wütend, obwohl ich als Lügner der Nation sicher keinen einzigen Grund hatte, wütend zu werden.

Der Polizist hob gleich beide Hände, als würde ich ihn mit einer Waffe bedrohen. »Gut, das kann mir egal sein, in welchem Verhältnis Sie zueinanderstehen. Besorgen Sie mir diesen Bert und alles ist gut!«

»Wie gesagt. Ich probiere ihn zu erreichen, kann aber nichts versprechen. Bert ist des Öfteren außer Land. Da ist es dann schwierig. Und man kann ja nun nicht von einem erwarten, der beruflich gerade in Frankreich unterwegs ist, sofort zur Wache zu eilen, wohlgemerkt wegen einer Hercules.«

Ich zuckte zusammen, während Nicholas blonde Locken ihren Höchststand erreichten, weil der Polizist mit der Faust auf die Schreibtischplatte haute und auch der Student sich wahnsinnig erschreckte.

»Nicht wegen einer Hercules! Wegen Sachbeschädigung! Wegen Fahrerflucht! Wegen einer eventuellen Lüge!«

Ich tat so, als sei ich den Tränen nahe, um zu signalisieren, dass es völlig aus der Luft gegriffen war, mich der Lüge zu bezichtigen.

»Also … also, das ist aber … ich weiß jetzt gar nicht, was ich sagen soll?« Durch die ganze Aufregung und sicher auch deswegen, weil mir mein Unterbewusstsein dann doch die Bilder, die ich gestern im Fitnessstudio gesehen hatte, ins Bewusstsein schleuderte, brach ich in Tränen aus.

»Frau Reifenrath, Sie brauchen jetzt gar nicht zu weinen. Bringen Sie mir Bert, ich nehme seine Aussage auf, und alles wird gut für Sie.«

»Hast du mal ein Taschentuch?«, fragte Nicholas. Ich schniefte noch einmal und sah ihn dann an. »Ich brauche wohl eher ein Taschentuch!«

»Entschuldige. Ich habe auf einmal Schnupfen.«

Der Beamte schob uns eine Taschentuchbox entgegen. Nicholas griff natürlich zuerst zu. Geduldig wartete der Polizist darauf, dass das Geschniefe zum Ende kam.

»Gut. Ihre Personalien habe ich, sollte noch etwas unklar sein, melde ich mich bei Ihnen, Frau Reifenrath.« Er stand auf. Wir taten es ihm gleich.

»Oder bei mir. Sie können sich auch bei mir melden. Ich bin immer zu Hause«, sagte Nicholas und reichte dem Beamten die Hand.

Gerade als wir das Büro verlassen wollten, hielt mich der Polizist am Arm zurück. »Wenn ich rauskriegen sollte, dass Sie mich belogen haben, dann hoffe ich, dass Sie einen verdammt guten Anwalt haben, Frau Reifenrath!«

Ich zog meinen Arm zurück und sah ihn versucht hochnäsig an. »Das ist nicht zu fassen, dass Sie immer noch glauben, ich hätte Sie belogen! Ich bin eine erwachsene Frau!«

»Genau deswegen. Heute Nachmittag kommen im Übrigen noch andere Mitglieder des Fitnessstudios. Ich bin gespannt, was die mir noch erzählen können.«

»Ja dann«, murmelte ich und überlegte fieberhaft, wie ich aus diesem Lügenmeer herauskommen sollte. Ich musste Bert finden und ihm erzählen, dass es mir sehr unangenehm sei, er aber für mich zur Wache kommen müsste. Getroffen hatte ich ihn ja wirklich.

Gut, etwas später als erwähnt, aber Bert hatte sicher nicht so genau auf die Uhr gesehen. Zusätzlich müsste er bestätigen, dass wir Freunde sind, dass er des Öfteren in Frankreich ist, dass er wenig Zeit hat. Wo könnte ich Bert finden? Vielleicht lief er ja an diesem Nachmittag durch den Park. Ich könnte dort nach ihm suchen.

»Jetzt sag mal die Wahrheit! Wurde die Hercules wirklich gestohlen, oder warst du es, weil du Matthias im Studio sehen wolltest?«

Ich blieb vor der Wache stehen und sah Nicholas mit gespielt zitterndem Kinn an. »Jetzt glaubst du auch noch, dass ich gelogen habe? Ne. Ich brauche meine Ruhe.« Ich steuerte mein Auto an und hörte, dass er hinter mir herlief.

»Mann, Leo, jetzt warte doch mal. Es ist komisch, weil du auch schwarz angezogen warst. Und Bert ... wer soll das denn sein?«

Obwohl ich die Tür meines Autos bereits mit einem Ruck geöffnet hatte, drehte ich mich zu Nicholas um. »Jetzt hör mir mal zu, ich habe sehr wohl auch noch andere Freunde, als nur Matthias!«

»Zweifel ich ja nicht an. Ich finde es nur irgendwie komisch. Na ja, egal. Kurz was anderes, hast du vielleicht mal fünf Euro für mich?«

Geh gefälligst arbeiten, du fauler Sack!

Ich lächelte. »Klar. Hier!« Ich zog einen fünf Euro Schein aus meinem Portemonnaie und hielt ihn Nicholas hin. Ich machte das nur, weil ich mich von dem schlechten Gewissen befreien wollte, was natürlich nicht funktionierte. Die Wahrheit würde mich befreien. Aber dafür war es nun zu spät.

Eine kleine Erleichterung machte sich in mir breit, als ich sah, wie Nicholas auf seiner Hercules davonrauschte und ich allein in meinem Auto saß. Ich klappte die Blende runter, schaute in den kleinen Spiegel und versuchte mit der Länge des Zeigefingers, meine verrutschte Wimperntusche wegzuwischen. Dann ließ ich den Motor an, schnallte mich an und fuhr los. Mein Ziel: Der Park. Vielleicht hatte ich ja Glück. Vielleicht entschied das Schicksal ausnahmsweise mal, dass sich das Lügen gelohnt hatte, indem ich Bert dort antraf.

Aufgrund des hohen Verkehrsaufkommens brauchte ich eine knappe Stunde, ehe ich in der Nähe des Parks war, wo ich mein Auto abstellen konnte. Die Hundert Meter, die dann noch fehlten, ehe ich am Ziel angekommen wäre, würde ich laufen.

Als ich ausstieg, war meine erste Handlung, meine Jacke, zu schließen. Ein kalter Wind schlug mir entgegen und in den Nachrichten hörte man bereits, dass der Schneefall nicht mehr lange auf sich warten lassen würde. Meine Büroschuhe jedoch waren recht unglücklich gewählt für dieses Wetter: Lederschühchen, mit glatter Sohle und kaum Innenfutter.

Ich ging schnellen Schrittes los, in der Hoffnung, dass meine Füße sich durch das Laufen aufwärmen würden.

Schon jetzt begann es zu dämmern, obwohl wir gerade mal sechzehn Uhr hatten. Der Himmel hing voller Wolken und es würde mich nicht wundern, wenn es gleich zu einem Wolkenbruch käme. Feiner Nebel stieg vor meinem Gesicht nach oben und ich versuchte, meine Jacke zumindest so weit nach oben zu ziehen, dass mein Kinn und Mund bedeckt war. Ich fror wahnsinnig und selbst die immer schneller werdenden Schritte, ließen meine Füße nicht warm werden.

Endlich erreichte ich den Park und wunderte mich sehr, dass es regelrecht voll dort war. Noch nie hatte ich in diesem Gebiet so viele Menschen auf einem Haufen gesehen. Müsste ich das hier nicht machen, ich würde niemals auf die Idee kommen, freiwillig ein warmes Zimmer zu verlassen, um draußen spazieren zu gehen. Nicht bei diesem Wetter. Hinzu kam, dass ich durch meine blöden Lügen in Bezug auf Bert tatsächlich meinen Eltern absagen musste, obwohl wir uns wirklich jeden Dienstag sahen. Bevor ich den Besuch wieder verdrängte, zückte ich mein Handy, wählte die Nummer meiner Eltern, lief weiter und hoffte, dass mein Vater dranging, denn der hinterfragte nicht, wieso ich es heute nicht schaffen würde. Und noch eine Lüge wollte ich nicht erzählen. Ich schwor mir insgeheim, dass ich in Zukunft auf Unwahrheiten verzichten würde. Der heutige Tag hatte mein Lügenpensum für das ganze nächste Jahr im Voraus erfüllt.

Widerwillig zog ich den Reißverschluss meiner Jacke nach unten, um besser sprechen zu können und achtete darauf, keinen der vielen Parkbesucher umzurennen. Im Zickzack lief ich weiter.

»Reifenrath?«

»Papa, ich bin es. Leo.«

»Ach, Schätzchen, du bist es. Wie geht es meiner Kleinen?«

»Papa, dein kleines Schätzchen ist eine erwachsene Frau, die auf eigenen Beinen steht! Kann ich bitte mal durch?« Eine Menschenwand tat sich vor mir auf, die Frau, der ich auf die Schulter getippt hatte, ging erschrocken einen Schritt zur Seite, wie alle anderen auch, die mich sahen.

»Wo durch?«

»Ich habe nicht mit dir gesprochen, Papa. Ich gehe gerade spazieren und wollte auch nur Bescheid sagen, dass ich es heute unter keinen Um…«

Ich rutschte aus und fiel auf meinen Allerwertesten. Mein Handy schoss durch die Luft.

»CUT!«, schrie plötzlich jemand. Ich lag am Boden und spürte Schnee zwischen meinen Fingern.

Verwundert sah ich mich um. Wieso lag hier Schnee? Dann wurde es taghell. Dafür waren riesige Scheinwerfer, die allesamt das eine Ziel hatten, mich anzuleuchten, verantwortlich. Eine Hand tauchte vor meinen Augen auf.

»Darf ich Ihnen helfen?« Die Stimme kannte ich.

Ich ergriff die Hand. »Bert?« Er zog mich hoch, dann sah ich ihn und traute kaum meinen Augen. »Katja? Da sehen wir uns also doch noch mal. Dann hätten wir uns mit unseren richtigen Namen vorstellen können.«

»Gut. Du müsstest dich nicht vorstellen. Ich weiß, wer du bist.« Dass ich in der Lage war, zu sprechen, war großartig. Ich fühlte mich nämlich in diesem Moment im Grunde zu nichts mehr in der Lage. Ich schaute nur hoch zu … »Ich tue es trotzdem. Lasse van Marweijk.«

»Ich weiß.«

Lasse van Marweijk. Der Schauspieler schlechthin, das Talent des Jahres, mit vielen Preisen bedacht worden, als Poster in sämtlichen Teenie-Zimmern lebensgroß aufgehängt und dessen Autogrammkarten heimlich bei Vierzigjährigen im Nachttisch liegen, die davon träumten, nur einmal von diesem Mann entführt zu werden.

»Deinen Namen kenne ich allerdings immer noch nicht.«

»Leo.«

»Aha. Ist das nicht ein Jungenname?«

Das Geschrei von irgendwelchen Fans, die nicht wie ich die Absperrung ignoriert hatten und brav hinter dem Flatterband stehen geblieben waren, hörte ich kaum. Ich sah den Schauspieler nur mit großen Augen an.

»Kommt von Leonie«, hauchte ich. Erst als ein Mann mittleren Alters auf uns zu gehetzt kam, augenblicklich ausrutschte und wie ein Käfer am Boden lag, schaffte ich es, den Blick von Lasse abzuwenden.

»Darf ich vorstellen, Heinrich Gerd Tummler. Regisseur. Heinrich, das ist Leo. Eine Bekannte von mir.« Lasse half dem Regisseur wieder auf die Beine, der unweigerlich mit gleich beiden Händen durch seine zerzausten, längeren, grauen Haare fuhr und alles wieder nach hinten schaffte. Er nickte mir nur genervt zu, schmiss dabei eine Seite seines grauen Schals nach hinten und wandte sich an Lasse. »Die Szene muss noch heute im Kasten sein. Noch heute!« Der Regisseur wedelte wild mit den Händen durch die Luft und schloss dabei die Augen. »Zeitplan«, sagte er mit viel zu hoher Stimme.

»Leo, wenn du magst, kannst du dahinten auf mich warten. Lust?«

Kurz war mir danach, um einfach Normalität herrschen zu lassen, zu sagen: Ach, was soll der Geiz, ich habe nichts Besseres vor, also kann ich auch auf dich warten. Aber ich schaffte es nicht. Stattdessen nickte ich mit offenem Mund und hoffte, dass mir kein Speichel die Mundwinkel hinablief.

Heinrich Gerd Tummler packte mich kurzerhand fest am Arm und zog mich in die Richtung, aus der die Scheinwerfer kamen. Er zeigte auf einen typischen Regiestuhl und stellte sich selbst hinter den Mann, der für die Kamera verantwortlich war. Als ich mich setzte, fühlte ich mich immer noch, als wäre ich im falschen Film. Es wurde aus einer Schneekanone neuer Schnee auf die Stellen, auf denen ich zuvor ausgerutscht war, geschossen, während eine Blondine mit Pinsel und Puder Lasses Gesicht bearbeitete. Dann kam ein Mann aus der Dunkelheit angelaufen, hielt eine Klappe hoch, zog sie auseinander, schrie etwas, was ich nicht verstehen konnte und schlug die Klappe zu.

»Und bitte!«, sagte der Regisseur.

Ich starrte gebannt auf den Schnee. Lasse kam in der Dunkelheit angelaufen, blieb auf dem Schneefleck stehen, sah sich gehetzt um und verschwand wieder in der Dunkelheit.

»CUT!« Alle Menschen, die da waren, das Filmteam eingeschlossen, klatschten laut in die Hände, Fans jubelten und ich vernahm des Öfteren das Wort: Autogramm. So sehr ich meine Hände zusammenfügen wollte um wenigstens, wenn auch ohne Geräusch, so zu tun, als würde auch ich klatschen, es gelang mir nicht. Es lag in diesem Moment nicht etwa daran, einen waschechten Schauspieler vor mir zu haben, sondern daran, wie ich diesen Mann dazu bringen konnte, mit mir zur Wache zu fahren, sich als Bert zu erkennen zu geben und meine Lügen quasi mitzuspielen. Das einzig Positive an diesem Gedanken war, dass es sicher ein leichtes für Ber ... für Lasse wäre, zu spielen. Schauspielern konnte er. Hatte ich bereits in mehreren Filmen und Serien gesehen.

#sieben

Ein Fakt:
Schauspieler sind auch nur Menschen.
In jeder Hinsicht und mit allen Belangen,
die ein Mensch so hat.

Erst als eine Horde von wild gewordenen Teenies das grelle Schreien wieder begann, sah ich auf und entdeckte Bert, alias Lasse. Er wurde umringt von den Wilden und versuchte, jedem Autogrammwunsch nachzukommen. Ich saß weiterhin auf diesem Regiestuhl und überlegte, ob es nicht doch besser wäre, einfach aufzustehen und zu gehen. Dem Polizisten müsste ich entweder sagen, dass ich mir Bert nur ausgedacht hätte, oder, dass Bert in Frankreich sei und nicht in der Lage wäre, hierher zu kommen.

»Geht ganz schön verrückt zu hier am Set, oder?« Ich drehte mich halb um und nickte der Frau, die neben mir stand, freundlich zu.

»Ja. Eine fremde Welt für mich.«

»Ich bin übrigens Marina. Die Visagistin.« Marina, die selbst aussah, als wäre sie eine Schauspielerin, reichte mir lachend die Hand.

»Leo. Also Leonie, aber alle nennen mich nur Leo.« Wir schüttelten uns die Hand. »Woher kennst du Lasse?«

Sag die Wahrheit. Wenigstens jetzt. Vielleicht lässt du einfach das Detail mit der Hercules außen vor, schrie eine Stimme in mir und ich konnte mir denken, dass mein Unterbewusstsein mit mir sprach. Sollte es sich doch bitte auch darum kümmern, dass das Detail Hercules aus dem Bewusstsein verschwanden.

»Ich kenne ihn gar nicht. Er war so nett und hat mich gestern Abend durch diesen Park begleitet. Es war ziemlich dunkel. Tja, und dann bin ich heute hergekommen, weil ich hoffte, ihn wiederzusehen, um mich dafür zu bedanken. Kam gestern Abend etwas zu kurz.«

»Na, da hast du ja gleich Zeit zu. Wir hören nämlich für heute auf.« Marina, die doch stark an ein Double von *Romy Schneider* erinnerte, zeigte auf einige Arbeiter, die vorsichtig versuchten, alles abzubauen.

Ich stand auf. »Ich glaube, ich gehe jetzt mal besser. Lasse ist sicher noch einige Zeit beschäftigt und mir wird langsam aber sicher kalt. Richte ihm bitte aus, dass ich es gestern sehr nett von ihm fand, mich zu begleiten.«

»Ja, das mache ich. Mach`s gut, Leo.« Marina drehte sich um und ging in Richtung der Autos.

Ich würde jetzt den Riesenumweg durch den Park machen, anschließend von außen diesen umrunden, um dann schnell zu meinem Auto zu kommen. Und über alles Weitere würde ich mir zu Hause bei einer heißen Tasse Kakao Gedanken machen.

Versucht unauffällig verließ ich das Filmset. Gerade als ich eine gute Route entdeckt hatte, auf der ich zielsicher die Menschenansammlung hinter mir lassen konnte, klatschte etwas gegen meinen Rücken. Erschrocken drehte ich mich um. Bert. Er hatte aus dem Schnee, den die Schneekanone extra für die kurze Szene gezaubert hatte, einen Schneeball geformt und mich damit beworfen.

»Hey, Katja, wolltest du dich einfach aus dem Staub machen?«

Ich bückte mich und hob Krümel vom Schnee auf. Ich betrachtete ihn. Es war lustig, Schnee in der Hand zu halten, obwohl es noch gar nicht geschneit hatte. Lasse hatte mich inzwischen erreicht und grinste mich an.

»Du hast sicher noch einiges zu tun. Ich wollte mich auch nur dafür bedanken, dass du mich gestern durch den Park begleitet hast.«

Lasse lächelte. Seine grünen Augen funkelten, angestrahlt von nur noch einem Scheinwerfer, seine braunen Haare waren zerzaust, was gewollt aussah und immer noch trug er den beigefarbenen Mantel, der wohl extra für die kurze Szene im Schnee designed worden war. Da schob ich im Dunklen eine Hercules, die nicht mehr anspringen wollte und geriet an einen Schauspieler, der mich begleitet hatte. Was für ein verrückter Zufall.

»Ich dachte, wir könnten uns vielleicht mal treffen. Wenn du schon extra hergekommen bist, um dich zu bedanken? Außerdem kennen wir jetzt ja unsere wirklichen Namen, oder, Leo?«

Ich lachte, schüttelte dabei den Kopf und sah zu Boden. »Du willst dich mit mir treffen?«

»Ist das so abwegig?«

Ich sah wieder nach oben und konnte mich nicht entscheiden, ob ich lieber in sein linkes oder sein rechtes Auge schauen wollte, und entschied mich letztlich für die Nasenwurzel. Das Gegenüber dachte dann, man schaut einem in die Augen. Erwähnte ich schon, oder?

Einer der Arbeiter kam plötzlich angelaufen und hielt mein Handy in die Luft. »Das gibt die ganze Zeit Töne von sich. Ist das Ihr Handy?«

»Ja, ja, das ist meins!« Ich nahm dem Herrn das Handy, was unentwegt im Ton eines alten Telefons bimmelte, ab und wischte über das Display.

»Hallo?« Lasse stand immer noch vor mir, grinsend, beide Hände in den Hosentaschen versteckt und malte mit der Fußspitze Halbkreise auf den Boden.

»Leo! Ich bins, Timo.«

»Timo. Sorry, ich habe dich vergessen. Du wolltest die Post für Matthias abholen, oder?«

»Nein, nein, alles gut. Ich wollte dir nur sagen, dass ich heute nicht mehr komme. Matthias ist ohnehin auf der Wache und er weiß nicht, wie lange es dauert. Maja hat dir sicher von dem Vorfall gestern Abend im Fitnessstudio erzählt. Na ja, jedenfalls würde ich erst morgen kommen und die Post holen. Ist das Okay für dich?«

Und da war es wieder. Das Unterbewusstsein. Es kramte. Und fand. Und schmiss mir die Lüge vor die Füße. Ich schluckte.

»Ist okay. Dann morgen«, sagte ich nickend. Nickend nicht etwa deshalb, weil ich dem zustimmte, sondern weil ich, ob ich wollte oder nicht, nicht mehr drum herumkam, Bert, ich meine Lasse, einzuweihen und somit um seine Hilfe zu bitten. Nur so konnte ich mein Gesicht wahren. Und ich wollte es wahren.

Ich schaltete mein Handy sofort aus und versteckte es tief in der Tasche meiner Winterjacke.

»Du siehst mit einem Mal ziemlich traurig aus, wenn ich das bemerken darf!«

Ich schaute Lasse an und zählte innerlich bis drei. Ich holte Luft. »Ich brauche deine Hilfe!«

»Klar, wobei?«

Ich sah mich um. »Könnten wir irgendwo ungestört reden? Vielleicht irgendwo, wo wir allein wären?«

Lasse zögerte. »Du bist keine Journalistin, die scharf auf eine Story ist, oder?«, sagte er schließlich.

»Nein. Ich bin Sachbearbeiterin bei der Stadt und fanatisch nach dir bin ich auch nicht.«

»Okay. Komm mit. Wir haben hinten einen Wohnwagen stehen. Da sind wir sicher ungestört.«

Er nahm mich einfach an die Hand und zog mich hinter sich her. Trotz des Kribbelns im Magen, ich meine, es passiert ja nicht oft, dass man von einem Schauspieler an die Hand genommen wird, versuchte ich recht nüchtern darüber nachzudenken, wie ich diese beschissene Lüge gut in eine Wahrheit verpacken konnte.

Als wir vor einem alten Wohnwagen standen, ließ er mich los und öffnete die Tür. »Wer sagt es denn, keiner da. Bitte!«

Lasse zeigte in den Wagen. Mit zitternden Beinen stieg ich die kleine Leiter empor und sah mich um. Überall waren Spiegel aufgebaut, davor kleine Ablageflächen und Stühle. »Das hier ist die Maske. Deswegen sieht es hier etwas chaotisch aus.« Ich zuckte kurz zusammen, als Lasse die Tür hinter sich schloss und von innen verriegelte. Dann zeigte er auf die Stühle und setzte sich selbst auf einen. Zögerlich nahm ich Platz. »So. Dann hau mal raus! Wobei kann ich dir helfen?«

Die ganze Situation war so surreal in diesem Moment, dass ich nicht anders konnte, und laut loslachen musste. Lasse zog erstaunt die Augenbrauen hoch. »Was ist so lustig?«

Ich schüttelte immer noch lachend den Kopf. »Es … ich sitze hier mit Lasse van Marweijk, der mir helfen will. Das ist irgendwie abgefahren.«

»Na ja, Lasse van Marweijk ist aber auch ein Mensch. Ich bin gerne hilfsbereit. Also?«

»Okay. Sei bitte nicht erschrocken. Also, gestern Abend haben wir uns doch im Park gesehen. Du hast mich begleitet.«

Lasse verschränkte die Arme vor der Brust und nickte. »Ja. Stimmt. Wir wussten zwar beide nicht, wer wir sind, also, ich meine, tun wir jetzt auch nicht, aber ja, ich habe dich und dein Mofa begleitet.«

Mein Bewusstsein tauchte plötzlich als Domina in meinen Gedanken auf und schwang die Peitsche.

»Ich musste zur Polizei, weil das Mofa zuvor gestohlen worden war und derjenige hat eine Motorhaube eines Wagens auf dem Parkplatz des Fitnessstudios beschädigt. Das Mofa habe ich erst hier im Park wiedergefunden. Ich habe die Angabe gemacht, dass ich mit einem Bert zusammen war, als das Auto beschädigt wurde.« Ich hatte, ohne Luft zu holen, gesprochen. Schnell. Emotionslos. Ich biss mir auf die Lippe und versuchte, in Lasses Gesicht zu lesen, ob er wahnsinnig erschrocken, mittelmäßig erschrocken oder wenig erschrocken war. Er schmunzelte. Also: Wenig erschrocken.

»Und wobei kann ich dir jetzt helfen?«

»Du musst nur der Polizei sagen, dass wir zwischen zwanzig und einundzwanzig Uhr zusammen waren.« Ich räusperte mich kurz. »Und, dass du Bert genannt wirst.« Ich strich meine Jacke glatt. »Und ... also vielleicht noch, dass du des Öfteren im Ausland beruflich unterwegs bist. Frankreich wäre schön. Und natürlich, dass wir Freunde sind. Mehr nicht.«

Lasse atmete tief ein und wieder aus. Dann wollte er etwas sagen. Ich kam ihm jedoch zuvor.

»Wenn du nicht willst, verstehe ich das vollkommen. Das ... also echt. Da habe ich wirklich Verständnis für.«

»Ich habe ja noch gar nichts sagen können.«

»Entschuldigung.« Verlegen fummelte ich an meinem Pferdeschwanz rum und schaffte nicht mehr, ihn anzusehen.

»Ich mache es.«

Kurz bekam ich Angst davor, dass er den Stein, der mir gerade vom Herzen gefallen war, hören konnte. Ich hätte vor Glück heulen können.

»Scheint ziemlich wichtig für dich zu sein, oder?«, fragte er, als ich mir mit gleich beiden Händen durch das Gesicht fuhr.

»Ja. Ist mir wichtig.«

»Und warum hast du das Auto kaputtgemacht?«

»Ich wollte das nicht. Ich bin da unglücklich drauf gefall ...« Ich stoppte mitten im Satz und sah Lasse erschrocken an.

»Tut mir leid. Aber lügen beherrschst du nicht«, sagte er lachend. Ich spürte genau, dass ich knallrot wurde. »Erzähl mal weiter. Mich interessiert wirklich, warum du ein Auto beschädigt hast.« Lasse beugte sich etwas nach vorne und sah mich interessiert an.

Und da ich selbst wusste, aus dieser Nummer nicht mehr rauszukommen, entschied ich kurzerhand, Lasse alles zu erzählen. Und mit alles, meine ich alles. Ich erzählte von der Trennung, davon, dass Matthias eine Neue hatte und auch gleich bei Sex-Bombe eingezogen war, bis hin zu meinem Plan und der Versuch gestern Abend von der Motorhaube durch das Fenster sehen zu können, in der Hoffnung wenigstens zu entdecken, dass ihr Arsch deutlich breiter war als meiner. Lasse hatte mir die ganze Zeit über aufmerksam zugehört, ab und zu genickt, manchmal geschmunzelt und zu guter Letzt geschnauft.

»Das ist eine Menge. Und wer soll jetzt dein Plan sein?«

Ich zuckte mit den Schultern. »Ich habe noch keinen gefunden.«

»Du bist aber der Meinung, dein Plan geht auf, ja?«

»Ich könnte mir schon vorstellen, dass es Matthias stört, wenn ich einen anderen hätte. Da seid ihr Männer doch im Grunde alle gleich.«

»Dann wünsche ich dir viel Glück, einen Kerl zu finden, der deinen Neuen spielt, um deinen Alten eifersüchtig zu machen.«

Ich sah sehr wohl, dass Lasse ziemlich verständnislos drein schaute. Und wenn ich intensiv über meinen Plan nachdachte, war es wirklich gemein, irgendeinen armen Wicht dafür zu benutzen, nur damit Matthias wieder auf mich aufmerksam wurde.

»Ist schon ziemlich gemein von mir. Ich weiß das. Und prinzipiell bin ich nicht so. Aber Matthias ist die Liebe meines Lebens. So ist es. Da komm ich nicht gegen an.« Den Kloß in meinem Hals versuchte ich, runterzuschlucken, was nur mäßig gelang. Und dann kamen die Tränen, ohne dass ich es wollte, beziehungsweise vorhergesehen hatte. Beschämt wischte ich sie weg.

»Das ist schon ziemlich verrückt, was du da vorhast.«

»Ich weiß.«

Lasse reichte mir ein Taschentuch, was ich dankend annahm. Ich drehte mich etwas zur Seite und befreite meine Nase vom Rotz. Trotz der Tränen musste ich lachen. »Ich fasse es nicht. Ich sitze mit Lasse van Marweijk in einem Wohnwagen und erzähle ihm von meinen Problemen. Das ist wirklich, wirklich verrückt!«

»Was hältst du davon, wenn ich dein Plan bin? Wir haben morgen früh die letzte Szene für den Film und dann habe ich erst mal Drehpause. Und damit du dich nicht schlecht fühlst, könntest du mich dafür bezahlen. Dann ist es wie ein Auftrag, den du annimmst. Wie findest du das?«

Die Tränen hatten aufgehört zu laufen, stattdessen starrte ich ihn einfach nur an. »Das würdest du tun?«

Er rieb sich mit beiden Händen über seine Oberschenkel. Dann nickte er. »Ja. Würde ich.«

»Warum?«

Er schmunzelte. »Ich finde dich irgendwie … ich weiß nicht. Anders? Ich würde es für dich tun. Obwohl wir uns gar nicht kennen. Aber, ich wäre ein guter Schauspieler. Ich beherrsche das. Ich könnte es so spielen, dass dein Ex-Freund wirklich denkt, wir wären ineinander verliebt. Ob du ihn dadurch allerdings wieder zurückbekommst, wage ich zu bezweifeln. Aber, das ist dann ja deine Baustelle.«

»Okay! Okay! Ich stelle dich ein.«

#acht

Ein Fakt:
Ein Vertrag ist eine rechtsgültige
Vereinbarung zwischen mindestens zwei Parteien.
Unterschieden wird zwischen langfristigem,
befristetem und festem Vertrag.

»Prima.« Lasse stand auf, ich tat es ihm gleich. »Kümmerst du dich um den Vertrag? Und vielleicht sollten wir vorher meinen Stundenlohn festlegen.«

»Äh …« Ich rieb mir reichlich ahnungslos über die Stirn. Was verdiente ein Schauspieler? Einer, der ausgebildet war? Konnte ich mir das überhaupt leisten? »Wie viel verdienst du so?«, fragte ich entschuldigend.

Lasse stöhnte kurz und schaute nach oben, als überlege er sich, was er jetzt sagen sollte. »Na ja, ich könnte dir jetzt nur sagen, was ich pro Film verdiene. Lass uns verhandeln. Sag mir einen Lohn, den du mir pro Stunde zahlen würdest und ich verhandle entweder mit dir oder nehme deinen Vorschlag an.«

Ich nickte und feuchtete meine Lippen an. »Gut. Ich sage zehn.«

Lasse fing laut zu lachen an. »Zehn was? Meintest du zehn Euro?«

Ich nickte.

»Na gut. Mein Angebot für dich wären fünfzig Euro.«

Ich fiel regelrecht auf den Stuhl zurück und saß da mit offenem Mund. »P … p … pro Stunde?«

»Leo, du musst verhandeln!«

»Fünfzehn?«

»Vierzig.«

»Zwanzig?«

»Dreißig.«

Ich fing an zu schwitzen. »Zweiundzwanzig Euro fünfzig?« Meine Stimme wurde immer leiser.

»Fünfundzwanzig.«

»Dr … dr …« Ich hustete. »Dreiundzwanzig Euro siebzig?«

»Wie kommst du denn jetzt auf so eine krumme Zahl?«

Ich war unsicher. Total. Und der Schauspieler sah es mir natürlich unweigerlich an.

»Den Stundenlohn nehme ich. Dreiundzwanzig Euro siebzig. Prima!« Er reichte mir die Hand und zog mich vom Stuhl hoch. »Setzt du einen Vertrag auf?«

»So richtig?«, fragte ich.

»Wir wollen es doch richtig machen, oder? Damit du dich mir gegenüber zu nichts verpflichtet fühlst.«

»Dann ... ja. Dann setze ich einen Vertrag auf.«

Lasse klatsche in die Hände. »Gut. Den Gang zur Polizei mache ich kostenlos. Wie schon gesagt, ich helfe gerne. Soll ich dich von der Arbeit abholen?«

»Äh ja. Ja, das wäre mir recht. Einzelheiten besprechen wir morgen und nach dem Besuch auf der Wache könnten wir den Vertrag durchgehen.« Ich versuchte, voll und ganz geschäftlich zu reden. Jegliche Gefühle hatte ich mir selbst untersagt. Ich hatte lediglich ein Geschäft abgeschlossen. Ein merkwürdiges, keine Frage, aber ein Geschäft. Lasse van Marweijk und ich waren nur Geschäftspartner. Ende.

Lasse zwinkerte mir zu. »So gefällt mir das schon besser.« Was er genau damit meinte, wusste ich nicht, aber ich fühlte mich deutlich wohler als noch zuvor beim Verhandeln. Wir hatten einen Preis ausgemacht. Für dreiundzwanzig Euro und siebzig Cent die Stunde würde er für mich arbeiten. Insgeheim rechnete ich aus, wie viele Stunden ich ihn brauchen würde. Vielleicht zehn Stunden. Dann würde Lasse von mir zweihundertsiebenunddreißig Euro bekommen. Viel Geld für mich, aber ich hätte schließlich für den guten Zweck auch fünfhundert Euro bezahlt. Dies allerdings behielt ich für mich.

Wir vereinbarten, dass Lasse mich um zwei Uhr vor dem Amt, in dem ich arbeitete, abholen würde.

Danach wollten wir zur Polizei fahren, alles Weitere würden wir im Anschluss besprechen.

Es glich einem Spießrutenlauf, als Lasse mich netterweise zu meinem Auto begleitete. Einige hartnäckige Fans standen immer noch nahe der Absperrung und warteten auf ihren Lieblingsschauspieler. Als ich endlich mein Auto entdeckte, verabschiedeten wir uns mit Handschlag, dann stieg ich in meinen Wagen, ließ den Motor an und fuhr los, ohne mich noch mal umzudrehen. Und ich hätte es gerne gemacht, denn im Auto kam mir das erste Mal der Gedanke, dass das, was gerade geschehen war, nur ein Traum gewesen war. Unentwegt schüttelte ich lächelnd den Kopf. Ich stellte mir vor, wie Maja auf das Ganze reagieren würde. Sollte ich sie einweihen? Sie war meine beste Freundin. Normalerweise wusste sie alles von mir und ich von ihr. Wir hatten keine Geheimnisse voreinander. Jedoch die Geschichte, dass Matthias mir während unserer Beziehung bereits mit Sex-Bombe fremdgegangen war, hatte sie auch einige Zeit für sich behalten. Etwas pikte in meinem Herzen. Maja hatte ein Geheimnis vor mir gehabt. Dann könnte ich, ohne ein schlechtes Gewissen zu haben, auch eines vor ihr haben. Die Sache mit dem Vertrag, die behielt ich für mich. Sie wäre verwundert, weil ich plötzlich einen Mann kennengelernt hatte, noch mehr verwundert wahrscheinlich, dass es ausgerechnet einer der heißesten deutschen Schauspieler war, der zurzeit sämtliche Fernsehformate, Zeitungen und Radioformate füllte.

Aber das sollte nicht mein Problem sein. Weihnachten wieder mit Matthias vereint zu sein, war das Einzige, was ich noch wollte. Und dafür würde ich alles in Kauf nehmen.

Zu Hause angekommen startete ich sofort meinen Computer, noch ehe ich meine Jacke ausgezogen hatte. In der Wohnung war es kalt. Ich drehte in jedem Raum die Heizung höher, huschte ins Schlafzimmer und zog mir einen gemütlichen Jogginganzug an. Dann bereitete ich mir einen Kakao zu, legte mir einige Plätzchen, die vom letzten Besuch bei meinen Eltern seltsamerweise in meiner Handtasche aufgetaucht waren, dazu und ging zum Schreibtisch, der in einer Nische im Wohnzimmer stand. Auch darauf war nahezu jeder freie Platz mit Fotos von Matthias belegt. Um mich besser auf den Vertrag konzentrieren zu können, entschied ich, ausnahmsweise alle Bilderrahmen in der Schublade unter dem Tisch verschwinden zu lassen. Dann machte ich mich an die Arbeit.

Nahezu drei Stunden war ich mit dem Anfertigen des Vertrages beschäftigt.

Zufrieden lehnte ich mich zurück, während der Drucker zwei Exemplare druckte, bereit, gezeigt zu werden und unterschrieben zu werden. Es machte mir etwas Angst, dass alles heute zu meiner Zufriedenheit gelaufen war. Ich hatte Bert gefunden, er würde mich morgen abholen und mit mir zur Wache fahren, dort all das erzählen, was dazu diente, dass ich mein Gesicht wahren konnte und das Beste: Lasse war mein Plan. Mein Geschäftspartner. Ich bezahlte ihn für seine Arbeit und musste mir keine Gedanken darüber machen, dass ich vorsätzlich einen Mann hinters Licht führte, tat, als hätte ich ihn gern und ihn, wenn mein Plan funktionierte, wieder verlassen würde. Ich wollte ja nur Matthias zurückhaben. Lasse wusste Bescheid, auf was er sich da einließ. Ich konnte ganz ohne schlechtes Gewissen fortfahren.

An diesem Abend ging ich zwar mit einer leichten Aufregung ins Bett, schließlich war ich mit einem waschechten Schauspieler am nächsten Tag verabredet, aber auch mit einer gewissen Zufriedenheit. Weihnachten wäre mein Schatz wieder bei mir. Ganz bestimmt.

Ich fühlte mich schon irgendwie wie eine Frau, die sich morgens so zurechtmachte, als würde sie durchaus nach dem Dienst zu einem Date gehen. Ich schminkte mich mehr als sonst, entschied, an diesem Tag meine Haare offen zu tragen, suchte wohlüberlegt ein Outfit aus, was eine vorteilhafte Figur zauberte und schlüpfte in meine etwas höheren

Lederstiefel, die mich größer machten. Beschwingt fuhr ich los und kam tatsächlich (ist erst einmal passiert, weil Majas Sohn morgens in die Küche gebrochen hatte) früher an, als meine Freundin. Heute war ich diejenige, die ihr einen Kaffee kochen würde. Ich freute mich und die unliebsame Geschichte mit der Polizeiwache wäre heute Abend gegessen. Ich hatte ein Alibi. Bert. Ich meine, Lasse. Fertig.

Nachdem ich all jene gegrüßt hatte, die ich kannte, schlenderte ich fröhlich ins Büro, verschwand kurz in der kleinen Küche, die unmittelbar angrenzte, setzte Kaffee auf, schlenderte zurück und schaltete meinen wie auch Majas Computer an. Anschließend setzte ich mich mit einem Lächeln an meinen Schreibtisch und öffnete all die Vorgänge, die es noch zu bearbeiten galt.

Maja kam plötzlich ins Büro und stieß einen Schrei aus. Ich sah sie erschrocken an. »Warum schreist du so?«, fragte ich, die Hand auf die Brust gelegt, um mein Herz zu beruhigen.

»Was machst du schon hier? Du hast mich erschreckt!«

»Dann tut es mir leid, aber ich arbeite hier!«

Maja holte mit ihrem Arm aus und schaute dann auf ihre Uhr. »Aber doch nicht um zehn vor acht!«

Sie zog sich ihren Mantel aus und hängte ihn auf. Ich ging währenddessen in die Küche, befüllte unsere Kaffeebecher, kam zurück und reichte Maja ihren, der den unsinnigen Titel, ›*Wer früh anfängt, ist früh fertig*‹, trug. Noch immer hatte meine Freundin den Mund weiter geöffnet als sonst. Ich sah sie fragend an, trank einen Schluck Kaffee, nickte zufrieden und setzte mich wieder. Maja nahm ebenfalls Platz, ließ mich aber nicht aus den Augen.

»Ist irgendwas?«, fragte ich deshalb, weil es mir ziemlich auf den Nerv ging, angeschaut zu werden, als sei ich grün im Gesicht.

»Wie siehst du denn aus?«

»Was meinst du?« Ich tat, als wüsste ich überhaupt nicht, warum Maja so erstaunt war. Natürlich wusste ich es. Sie kannte mich nur anders. Hoher Pferdeschwanz, nullachtfünfzehn Klamotten, nahezu ungeschminkt, breite flache unauffällige Lederschuhe, in denen sich meine Füße wunderbar entfalten konnten.

»Deine Haare sind offen. Dein Outfit … diese … diese Schuhe!«

Ich machte mit der Hand eine lässige Bewegung. »Ach das meinst du. Ich dachte schon, ich sei grün im Gesicht.« Ich lachte laut, was sich zugegebenermaßen etwas künstlich anhörte. Ich trank einen Schluck Kaffee, starrte auf meinen Bildschirm und murmelte mehr, als dass ich es laut sagte: »Ich bin heute noch verabredet.«

»Mit wem?«

Ähm … Lasse? Bert? Lasse Bert? Bert Lasse?

»Hm?«

»Mit wem du verabredet bist?«

»Mit dem Bert.«

»Und wer soll der Bert sein?«

Ich schüttelte den Kopf. »Kennst du nicht.«

Maja nickte lange. »Dein Plan?«

Scheiße …

»Nein. Nicht mein Plan. Ein netter Mann, mit dem ich eine Verabredung habe. Ich finde ihn ziemlich gut, er findet mich ziemlich gut. Fertig. Das hat gar nichts mit Matthias zu tun.«

»Und wieso kenne ich den nicht?«

Ich zog die Augenbrauen hoch und sah meine Freundin an. »Wen?«

»Na den Bert.«

Ich stöhnte laut. »Du kennst eben nicht alles von mir. Muss doch auch nicht sein. Man darf ja wohl noch Geheimnisse voreinander haben. Du hattest ja auch eins! Du wusstest genau, dass Matthias mir mit der Sex-Bombe fremdgegangen war. Haste auch nicht erzählt!«

»Hä? Das war doch nur um dich zu schützen. Ich wollte eben nicht, dass du noch trauriger wirst. Das war ganz nett von mir gemeint!«

Wir erschraken beide, als es an der Tür klopfte, kurz darauf ging sie auf. Hubertus.

»Guten Morgen die Damen! Die Post ist da.«

Hubertus starrte mal wieder nur mich an, was ich ihm an diesem Morgen aber unter keinen Umständen übelnahm. Ich sah halt anders aus, als sonst. »Leonie, du siehst fantastisch aus!« Hubertus setzte sich mal wieder genau mittig unserer beiden Schreibtische und grinste mich lüstern an. »Für wen hast du dich denn so hübsch gemacht?«

Ich warf ihm nur kurz einen genervten Blick zu, ehe ich wieder auf den Bildschirm starrte. »Für dich jedenfalls nicht.«

»Wenn du mal Lust hast, abends wegzu…«

»Rufe ich nicht dich an. Bleib du mal lieber bei Mutti. Die braucht auch Gesellschaft.«

»Ich habe im Keller mein eigenes Reich. Wir könnten zu mir gehen.«

»So, Hubertus, dann geh du mal wieder deiner Arbeit nach und wir unserer!«, sagte Maja scharf und wedelte mit der Hand. Hubertus erhob sich. »Ja dann, die Damen, frohes Schaffen.« Endlich verließ er unser Büro. Maja holte die Desinfektionsflasche hervor, sprühte großflächig ein und wischte mit einem Küchentuch nach. »Leo, ich habe da noch etwas, was mich belastet«, sagte sie mit einem Mal.

»Raus damit.«

»Timo hat ja am Samstag Geburtstag. Und er wollte eine kleine Party schmeißen. Die Kinder schlafen bei meinen Eltern.«

Ich sah meine Freundin an. »Und was belastet dich jetzt?«

»Wir möchten dich gerne einladen.«

»Dann macht das doch einfach.«

Maja nickte. »Matthias kommt auch.«

Ich tat so, als würde mich diese Nachricht in keiner Art und Weise erschüttern. Sie erschütterte mich. Sehr. Matthias. Dann würde ich ihn das erste Mal nach fünf Wochen der Trennung sehen. »Kommt sie mit?«

»Ja.«

Ich nickte und tat so, als würde ich konzentriert an einer Sache arbeiten.

»Hey!«, sagte Maja. »Du kannst doch mit dem Bert kommen, oder?«

»Ja. Könnte ich. Ich weiß noch nicht, ob wir da schon was vorhaben. Ich kann fragen. Samstag, ja?«

»Ja. Achtzehn Uhr.«

»Wir überlegen es uns.«

Meine Gelegenheit war schneller da, als ich geahnt hatte. Perfekt. Ich würde Lasse am Samstagabend für mich arbeiten lassen. Drei Stunden würde ich ihn brauchen. Um neun müssten wir dann gemeinsam die Party verlassen. Ich wollte nicht gleich so viele Stunden ausgeben. Wer wusste schon, wie oft ich Lasse noch brauchen würde?

Je näher es auf vierzehn Uhr zuging, desto nervöser wurde ich. Würde mich Lasse wirklich abholen und mit mir zur Wache fahren? Oder hatte er das gestern einfach nur so gesagt, war heute Morgen wach geworden und musste über sein Angebot, für mich zu arbeiten, nur noch mit dem Kopf schütteln?

Maja hatte, wie an jedem Arbeitstag, das Büro um Punkt zwölf verlassen. Ich würde bis vierzehn Uhr arbeiten.

Ein Blick auf die Uhr verriet, dass mir nur noch fünf Minuten blieben. Zitternd griff ich in meine Tasche und zog den kleinen Taschenspiegel hervor, den mir meine Oma geschenkt hatte. Ich schaute mich an und stellte zufrieden fest, dass das Make-up noch genauso aussah, wie am Morgen. Ein letztes Mal zog ich meine Lippen nach, dann fing ich an, den Computer runterzufahren und alles auszumachen.

#neun

Ein Fakt:
Ein Professionist ist jemand,
der eine Tätigkeit beruflich oder als
Erwerbstätigkeit ausübt.
Ein Dilettant hingegen übt eine Sache
um seiner selbst willen aus.

Die Nervosität rührte nicht nur daher, dass ich mit einem Schauspieler verabredet war, sondern auch, weil ich jetzt gleich wieder lügen würde. Und das auf einer Polizeiwache. Und ganz übel war, dass Lasse die Wahrheit kannte. Er meinte, ich sei ein schlechter Lügner. Man würde es mir ansehen. Ich war ein Dilettant. Er ein Professionist. Zumindest was das Schauspiel betraf. Ansonsten kannte ich meinen Geschäftspartner so gut wie gar nicht.

Ein kalter Wind schlug mir entgegen, als ich vor das Amtsgebäude trat, in dem ich seit immerhin schon sechs Jahren arbeitete. Ich sah mich um. Nirgends entdeckte ich den Schauspieler. Allerdings hatte mir die Nervosität es eingebrockt, viel zu früh zu sein. Es war erst viertel vor zwei. Mir blieb nichts anderes übrig, als mich eine viertel Stunde unablässig zu bewegen, damit meine Füße in den Lederstiefeln nicht einfroren.

Es waren vielleicht fünf Minuten, die ich immer wieder von links nach rechts und wieder zurücklief, als ich plötzlich meinen Namen hörte. Suchend sah ich mich um, bis mein Blick auf einer Ente haften blieb. Ente. Jawohl. Ein Citroën 2 CV. In Quietschgrün. Irgendwie schien mich nicht nur diese Farbe zu verfolgen, sondern auch noch Männer mit einem - zumindest was den fahrbaren Untersatz betraf - recht fragwürdigen Geschmack. Ich versuchte, mir nichts anmerken zu lassen und tat so, als würde mich dieses Gefährt in keiner Art und Weise irgendwie tangieren. Es dauerte gefühlt einige Minuten, ehe ich es schaffte, die Türe dieses Oldtimers zu öffnen. Ich setzte mich.

»Ganz schön eng hier drin«, entfuhr es mir, als ich gegen Lasse stieß. Den Schauspieler van Marweijk erkannte man erst auf den zweiten Blick. Er trug eine schwarze Mütze und eine Brille, die sein Gesicht leicht veränderte. Aber immer noch sah er gut aus. Das konnte ich nicht leugnen.

»Ich stehe auf alte Autos. Besonders auf die Französischen.«

Ich schnallte mich an, Lasse fuhr los.

»Jetzt sag noch mal schnell, was ich gleich erzählen muss. Nicht, dass unsere Aussagen sich widersprechen!«

Ich nickte und presste kurz die Lippen zusammen. Meine Güte, war ich nervös …

»Also dein Spitzname ist Bert, du hast häufig wenig Zeit, da du des Öfteren in Frankreich arbeitest. Wir waren vorgestern Abend zusammen im Park. Du hast mich begleitet, nachdem ich die Hercules, die nahe einem Gebüsch gelegen hatte, wiedergefunden habe. Ich wollte sie zur Tankstelle schieben, da sie keinen Treibstoff mehr hatte.«

Lasse schmunzelte. »Und woher kennen wir uns?«

»Glaubst du, das spielt eine Rolle?«

»Das weiß ich nicht, aber ich versuche, meine Rolle gut zu spielen!«

Ich machte eine lässige Bewegung mit der Hand. »Wir haben uns im Urlaub kennengelernt.«

»Gut. Und nach der Wache fahren wir zu dir und gehen den Vertrag durch? Hast du den fertiggemacht?«

»Habe ich.«

»Wie lange arbeite ich für dich?«

Wenn das Verkehrsaufkommen aufgrund von Rushhour recht hoch ist, fühlt man sich in einer Ente nicht sonderlich wohl. Dieses Auto war unter keinen Umständen mehr zeitgerecht. Ich blickte immer wieder nervös aus dem Fenster.

»Zehn«, sagte ich und zuckte zusammen, als von rechts ein Mercedes angerauscht kam.

»Zehn was? Stunden?«

»Ja. Zehn Stunden.«

»Mmh. Und du glaubst allen Ernstes, dass du nach zehn Stunden deinen Ex-Freund wiederhast?«

Ich sah Lasse leicht genervt an. »Hör zu, für Fragen wirst du nicht bezahlt. Du machst einfach nur deinen Job. Und wenn du doch lieber wieder einen Rückzieher machen willst, dann sag es bitte gleich, mir rennt nämlich die Zeit davon.«

»Nein, nein. Schon gut. Ich frage nicht mehr.«

Wir waren endlich bei der Wache angekommen und ich sehnte den Zeitpunkt herbei, wo zumindest das Lügen hier ein Ende hätte.

Mit einem mulmigen Gefühl betrat ich die Wache und entdeckte gleich jenen Beamten, der mich gestern noch mit Fragen und Belehrungen bombardiert hatte. Er hob die Hand und winkte uns zu sich.

»Ah, Frau Reifenrath, da sehen wir uns doch so schnell wieder.«

»Ja. Ich sollte Ihnen ja … Bert bringen.«

Lasse streckte sofort die Hand aus und reichte sie dem Polizisten, der nach erstem Zögern zugriff. Dann verharrte er und starrte Lasse an.

»Moment, sind Sie nicht … nein. Oder doch? Sie sind doch der … na, sagen Sie schon. Sind Sie es?«

»Wer?«, fragte Lasse und machte ein unwissendes Gesicht, dann zog er sich seine Mütze aus.

»Sind Sie nicht der Schauspieler aus der Serie … ach, sagen Sie schon … sind Sie das?«

Ich kickte mit der Schulter Lasse an.

»Dann stell dich doch jetzt endlich vor!«

»Lasse van Marweijk. Jetzt haben Sie mich aber erwischt Herr …« Lasse beugte sich runter, um das Schild, das der Beamte an seiner Polizeihemdtasche befestigt hatte, lesen zu können. »Herr Müller.«

»Frau Reifenrath nannte sie stets Bert. Deswegen bin ich etwas irritiert! Kommen Sie mal mit.«

Herr Müller ging schnellen Schrittes vor, konnte es aber nicht lassen, sich immer wieder zu Lasse umzudrehen und dabei zu murmeln: »Das glaubt mir kein Mensch!«

In seinem Büro angekommen, schnappte sich der Beamte gleich einen weiteren Stuhl und stellte den vor seinen Schreibtisch, sodass Lasse als auch ich einen Sitzplatz hatten. Nach Aufforderung setzten wir uns. Meine Beine kribbelten unangenehm und obwohl Lasse, was die Schauspielerei betraf, ein absoluter Profi war, hatte ich Sorge, dass er ausgerechnet diese Rolle hier nicht gut spielen würde. Auch Herr Müller nahm Platz, und rieb sich lächelnd die Hände.

»Also noch mal. Herr van Marweijk, Sie wurden mir als ein Bert vorgestellt. Wie kommt das?«

Lasse lachte laut auf. »Ja wissen Sie, Herr Müller, wenn man im Rampenlicht steht, entwickelt man gewisse Taktiken, nicht unbedingt sofort als Schauspieler ins Auge zu fallen. Ich bin Frau Reifenrath sehr dankbar, dass Sie mich nur Bert nennt. Ein Pseudonym quasi.«

Der Polizist nickte und auch fand ich, dass er dieses Mal seine Augenbrauen nicht ganz so tief im Gesicht trug. Er sah um einiges freundlicher aus, als bei unserer ersten Begegnung.

»Ja, Herr van Marweijk, das ist mir jetzt wirklich sehr unangenehm, aber ich müsste von Ihnen doch wissen, was sich vorgestern Abend zugetragen hat. Wenn Sie mir einfach sagen könnten, wo Sie waren, wäre ich Ihnen sehr dankbar. Berufliches Interesse. Nur Berufliches.«

Ich fing an, nervös mit dem Bein zu wippen.

»Also, ich hatte zufällig Frau Reifenrath im Park getroffen und ihr geholfen, das Mofa aus dem Gebüsch zu ziehen. Das war zuvor gestohlen worden. Ich meinte auch jemanden weglaufen gesehen zu haben, aber da kann ich Ihnen gar keine Angaben zu machen.«

»Das ist nicht schlimm. Mir geht es auch eher darum, wann Sie, Herr van Marweijk, mit Frau Reifenrath unterwegs waren.«

Lasse schaute mich an und tat ziemlich unwissend. Dann sah er zu Herrn Müller. »Ich meine, es war so ungefähr zwanzig Uhr. Vielleicht eine halbe Stunde später.«

»Und Sie sind sich da ganz sicher?«

Nun hatte der Beamte doch wieder jenen Blick drauf, der mir bereits bekannt war.

»Prima, dann hätten wir das ja geklärt. Nicht wahr?«, sagte ich und erhob mich.

»Hinsetzen!«, schrie er, vor Schreck fiel ich regelrecht auf den Stuhl zurück.

»Ob Sie sich sicher sind, bezüglich der Zeiten, Herr van Marweijk!«

»Ich bin mir sehr sicher. Warum sollte ich mir nicht sicher sein?«

»Nun, Frau Reifenrath erzählte, sie seien öfter im Ausland. Wo genau?«

Die Anspannung in mir stieg bis ins Unermessliche. Auch mein anderes Bein schaffte es nicht mehr, sich ruhig zu verhalten.

»Frankreich. Ich liebe Frankreich. L'occasion fait le larron!« Während Lasse den letzten Satz mit ausgebreiteten Armen aussprach, lächelte Herr Müller und nickte dabei unentwegt.

»Ich spreche leider gar kein Französisch. Aber ich höre es gerne.« Herr Müller stand auf und gab uns ein Zeichen, dass auch wir uns erheben durften.

»Gut, Frau Reifenrath, dann ist der Vorwurf der Sachbeschädigung und der anschließenden Fahrerflucht nicht Ihnen zugeschrieben.«

»Dann danke ich Ihnen.« Mir fiel weiß Gott nichts Besseres ein, das ich darauf hätte erwidern können.

»Also, Herr van Marweijk, meine Nichte ist ein Fan von Ihnen. Ein wirklich großer Fan. Wäre es vermessen, Sie nach einem Autogramm zu fragen und vielleicht, solange es keine großen Umstände bereitet, noch ein Foto mit Ihnen zu machen?«

Ich stand da und sah zwischen dem Polizisten und Lasse hin und her.

»Klar. Geben Sie mir die Adresse Ihrer Nichte, dann könnte ich ihr eine Autogrammkarte schicken. Die habe ich jetzt leider nicht bei mir.«

Herr Müller nickte euphorisch, drehte sich zum Schreibtisch um, nahm hektisch Zettel und Stift in die Hand und schrieb in Windeseile die Adresse seiner Nichte auf. Dann reichte er es Lasse. »Frau Reifenrath, wären Sie vielleicht so freundlich und könnten ein Foto von mir und Herrn van Marweijk machen?«

»Selbstverständlich.«

Herr Müller reichte mir sein Handy, dann stellte er sich reichlich umständlich neben Lasse und legte zusätzlich noch einen Arm um ihn.

»Ja dann, bitte lächeln!« Ich machte ein Foto, und falls es etwa schiefgegangen war, gleich noch zwei weitere. Lasse war absolut Profi und strahlte so schön, dass ich mir vorstellen konnte, wie die Nichte vom Polizisten ganz entzückt dieses Foto ansehen würde.

»Wissen Sie was, Herr Müller, ich müsste jetzt wirklich mal los. Ich muss noch einen Vertrag unterschreiben«, sagte Lasse und klopfte dem Polizisten freundschaftlich auf die Schulter. Ich hielt die Luft an. Meinte der jetzt den Vertrag, den ich angefertigt hatte? Den, der beinhaltete, dass Lasse für mich zehn Stunden à dreiundzwanzig Euro siebzig arbeitete? Als Lasse mir auch noch zuzwinkerte und dabei einmal nickte, war nun offensichtlich, dass er genau meinen Vertrag meinte. Der Beamte dachte wahrscheinlich, es ging um einen hoch dotierten Filmvertrag, wo Lasse dafür unterschrieb, die Hauptrolle anzunehmen.

Wir reichten uns alle die Hände und ich hatte nur noch ein Ziel vor Augen, so schnell es möglich war, diese Wache zu verlassen und nicht mehr wiederzukommen.

Wir waren

Schon fast aus dem Büro, als uns Herr Müller zurückrief. Um genau zu sein, rief er nur mich zurück …

»Frau Reifenrath, nur eine kleine Anmerkung. Wussten Sie, dass es sich bei dem beschädigten Wagen um das Auto der Freundin ihres ehemaligen Freundes handelt? Warten Sie, wie hieß er noch gleich? Ach ja, Matthias Schönberger. Das ist doch ihr ehemaliger Freund, liege ich richtig?«

»Äh ja. Ja, stimmt. Mit dem war ich mal zusammen.«

»Finden Sie nicht auch, dass es sich um einen wirklich großen Zufall handelt, dass ausgerechnet das Auto der neuen Partnerin von Herrn Schönberger beschädigt wurde?«

Ich sah Herrn Müller mit schief gelegtem Kopf an und suchte fieberhaft in meinem Hirn nach Wörtern, die jetzt passend wären, gesagt zu werden. Doch ich fand sie nicht. Umso dankbarer war ich, als sich Lasse einschaltete.

»Vielleicht hat ihr Ex-Freund, also der ehemalige von der neuen Partnerin von Herrn Schönberger, aus Wut darüber, dass er verlassen wurde, das Auto demoliert. Könnte sein. Wir Männer haben ja nur allzu oft das Gefühl, in brenzligen Situationen irgendetwas kaputtmachen zu wollen, oder?«

Ich nickte schnell, um dem Gesagten mehr Glaubwürdigkeit zu verleihen, doch Herr Müller sah immer noch nur mich an.

Ich und der Polizist zuckten zeitgleich zusammen, als Lasse laut nur einmal in die Hände klatschte. »Wie auch immer. Ich muss jetzt wirklich los. Sie wissen ja, Herr Müller, die Arbeit ruft!«

#zehn

Ein Fakt:
Überlasse dem die Führung,
der das Handwerk wirklich beherrscht.

Die Tatsache, dass ich im Grunde einen mir völlig fremden Mann mit in meine Wohnung nahm, empfand ich als nicht so schlimm. Schlimm war einzig, dass mein Plan jetzt Hand und Fuß bekam. Ich zweifelte immer stärker, ob es der richtige Weg war, Matthias wiederzugewinnen.

»Fühl dich wie zu Hause!«, sagte ich zu Lasse, als wir meine Wohnung betraten.

Er sah sich um. »Ganz schön groß für eine Person allein!«

»Matthias und ich haben hier zusammengewohnt. Ich bringe es einfach nicht übers Herz, woanders hinzuziehen. Außerdem hoffe ich ja, dass Matthias zurückkommt. Und für zwei Personen hat die Wohnung die richtige Größe.« Ich nahm Lasse die Lederjacke aus der Hand, während er im Flur jedes Foto einzeln betrachtete.

»Links ist das Wohnzimmer. Ich koche uns mal einen Kaffee.« Ich hing seine und meine Jacke an der Garderobe auf und schlenderte in die Küche, während der Schauspieler ins Wohnzimmer ging.

»Du hast ziemlich viele Fotos von deinem Ex hier überall hängen«, hörte ich Lasse aus dem Wohnzimmer rufen.

»Ja, das stimmt.« Ich befüllte die Kaffeemaschine.

»Da will ich gar nicht wissen, wie dein Schlafzimmer aussieht.«

Nein, das willst du wirklich nicht.

Mein Schlafzimmer war jener Ort, der nahezu mit Fotos von Matthias volltapeziert war. Von allen vier Wänden schaute er mich an. Es gab mir das Gefühl, nicht allein zu sein. Und da mein Gemütszustand abends stets zu bröckeln begann, halfen mir die vielen Bilder von Matthias, dies zu ertragen. Aber schräg war es schon. Ich wusste das.

Die Aufregung, einen richtigen Schauspieler in meiner Wohnung zu haben und sicher auch so einen, der gerade von den weiblichen Fans angehimmelt wurde, war verschwunden. Ich konnte nicht erklären, wieso es so war, aber ich konnte fast behaupten, mich in Lasses Gegenwart wohlzufühlen. Selbst wenn der Plan für den Hintern war, so lenkte mich Lasse hervorragend ab. Es würde mir guttun, zehn Stunden gegen Bezahlung mit ihm zu verbringen.

Als ich zurück ins Wohnzimmer kam, stand Lasse immer noch nahe einer Wand und sah sich, die Hände auf dem Rücken verschränkt, jedes Foto genauestens an.

»Dein Ex-Freund ist ja eine richtige Sportskanone.«

»Ja. Das stimmt.«

Ich setzte mich auf die Couch.

»Und du?« Lasse drehte sich zu mir um und schaute mich fragend an.

»Nicht so. Aber ich habe immer versucht, alles mitzumachen, was Matthias machen wollte. Ich meine, man will ja nicht unbedingt eine Spaßbremse sein.«

Warum Lasse den Kopf schüttelte und dabei auch noch grinste, wusste ich nicht. Aber ich hatte auch kein Bedürfnis, herauszufinden, warum ihn das belustigte. Schließlich waren wir nur Geschäftspartner. Nicht mehr und nicht weniger.

Während Lasse weitere Bilder an der Wand und auf dem Wohnzimmerschrank begutachtete, erhob ich mich und schlenderte erneut in die Küche, um den Kaffee zu holen.

»Mit Milch und Zucker?«, rief ich.

»Ja, bitte.«

Ich befüllte unsere Becher, bereitete Lasses Kaffee genauso zu, wie meinen auch, und kehrte zurück ins Wohnzimmer. Lasse war immer noch damit beschäftigt, Fotos anzusehen. Allerdings hatte er nun nicht mehr die Hände auf dem Rücken verschränkt, sondern beide in die Hüften gestemmt.

»Sollen wir mal den Vertrag durchgehen?«, fragte ich vorsichtig. Es war nicht so, dass es mich störte, dass er alle Fotos von mir und Matthias ansah, aber ich fühlte mich plötzlich, als würde ich mich vor einem fremden Mann ausziehen. Erleichtert nahm ich wahr, dass Lasse endlich von den Fotos abließ und sich neben mich auf die Couch setzte. Den Vertrag hatte ich in einer Folie auf dem Tisch liegen. Ich nahm die Vereinbarung in die Hand, zog beide Blätter hervor, eines für ihn, eines für mich und legte sie auf den Tisch. Lasse beugte sich sofort vor und las. Ab und zu nickte er, dann sah ich, wie er die Augenbrauen erstaunt hochzog. »Du stellst mich für zehn Stunden ein?«

»Ja. Zum einen hoffe ich, dass ich dann Matthias wiederhabe, zum anderen kann ich mir mehr nicht leisten. Schließlich muss ich diese Wohnung hier allein stemmen.«

»Warum ziehst du hier nicht aus und suchst dir was Kleineres?«

Ich schüttelte sofort den Kopf. »Matthias kommt bestimmt zurück. Dann wäre es schlecht, wenn ich eine kleinere Wohnung hätte.«

»Du meinst das wirklich ernst, oder?«

Ich schaute ihn nicht an, starrte auf den Vertrag und nickte nur. »Na schön. Dann gib mir mal einen Stift und ich unterschreibe.«

Ich reichte ihm augenblicklich den Stift, den ich am Morgen exakt neben den Vertrag gelegt hatte. Ich war gut vorbereitet.

Lasse unterschrieb gleich beide Verträge und reichte dann den Stift an mich weiter. Auch ich unterschrieb. Damit war unser Deal besiegelt. Zehn Stunden à dreiundzwanzig Euro siebzig. Wenn er die Stunden bei mir abgearbeitet hätte, würden wir wieder getrennte Wege gehen und die Abmachung wäre somit hinfällig.

Er lehnte sich auf der Couch zurück, verschränkte die Hände hinter dem Kopf und sah mich lächelnd an. Noch immer war es irgendwie seltsam, weil natürlich auch ich dieses Gesicht, diesen Körper, ausschließlich aus dem Fernsehen kannte, dass er hier, auf meiner Couch saß und mir bei meinem zugegeben unmöglichen Plan helfen wollte. Warum er das tat, wusste ich nicht. Möglich wäre, dass er tatsächlich ein sozialer Mensch war, der sich einfach gut fühlte, wenn er irgendeinem zur Hilfe kommen konnte.

»Gut. Wir sollten dann vielleicht mal darüber reden, wie du dir wünschst, wie ich mich verhalten soll.«

Ich sah ihn erstaunt an. Darüber, also über Details, hatte ich mir bis dato noch gar keine Gedanken gemacht.

»Äh, also du sollst meinen neuen Freund spielen.« Ich saß immer noch recht steif auf der Couch und schaffte es einfach nicht, mich ebenso nach hinten fallen zu lassen, um eine bequemere Sitzposition einzunehmen. Ich war nervös. Vor allem jetzt, da unser Deal ganz offiziell besiegelt war.

»Das ist mir klar. Aber wie soll ich denn sein? Vielleicht etwas anders, als dein Ex? Wie war er so?«

Tja, wie war Matthias?

»Ach, er war immer ganz lieb. Er hat nicht so viel gesprochen. Mehr so mit der Gestik. Ein … ein normaler Mann halt.«

»Gut, dann sollte ich vielleicht etwas flippiger sein. Etwas mehr herausstechen, oder? Vielleicht sollte ich auch etwas männlicher sein. Was meinst du?«

»Wie kommst du darauf, dass Matthias nicht männlich war?«

»Na, deiner Beschreibung zur Folge hört er sich nicht sehr männlich an. Ein lieber, stiller Mann, dem man aus dem Gesicht lesen muss, wie er empfindet?«

»So … so ist er einfach, okay? So ist Matthias nun mal.«

Lasse hob gleich beide Hände und setzte sich auch wieder aufrecht hin. »War nicht böse gemeint. Einfach nur eine Feststellung.«

Es klingelte. Ich erstarrte. Timo. Der die Post abholen wollte.

»Wer ist das?«, fragte Lasse. Ich sprang auf und wusste im ersten Moment nicht, wohin.

»Der beste Freund von Matthias und der Ehemann meiner besten Freundin. Er will die Post für Matthias abholen. Bleib einfach hier sitzen. Ich sage ihm, er soll vor der Tür warten.«

Ich stürmte in den Flur, drückte den Knopf, der die Haupttüre unten öffnete, sauste in die Küche und ergriff den Stapel Post, der von einer ganzen Woche gesammelt war. Dann ging ich versucht ruhig zur Wohnungstür und öffnete. Timo stand schon da. Sofort hielt ich ihm die Briefe entgegen, die er zögerlich nahm. »Lässt du mich nicht rein?«, fragte Timo und fuhr sich mit einer Hand durch seine Haare. Das machte er immer, wenn er verwundert war. Wenn man ihn zusammen mit Maja traf, passierte diese Geste an die zwanzig Mal.

»Ist gerade schlecht, Timo.« Zuerst nahm ich gar nicht wahr, dass das Wasser im Badezimmer lief.

»Willst du baden gehen?«

»Äh vielleicht.«

Wieso lief das Wasser im Badezimmer?

Timo lehnte sich an die Türzarge, während ich verzweifelt die Tür dicht bei mir hielt, sodass er die nicht einfach öffnen, geschweige denn in meine Wohnung schauen konnte.

»Leo, ich will dir nur sagen, dass es mir wirklich leidtut, dass Matthias nicht gerade fair zu dir war. Du musst mir glauben, dass ich dich auch unheimlich gerne habe. Und … also ich habe Matthias auch gesagt, dass du Samstag ebenfalls auf meine Geburtstagsparty kommst. Maja erzählte, dass du jemanden mitbringst? Wer ist es?«

Es klatschte plötzlich laut und eine Sekunde später spürte ich erst das leichte Ziehen auf meinem Allerwertesten, das Lasse veranlasst hatte, weil er mir mit der Hand einmal kräftig darauf gehauen hatte. Erschrocken drehte ich mich um und ließ natürlich die Tür los, die langsam aufschwang.

»Hey, Baby, komm endlich in die Wanne! Ich habe noch was vor mit dir!« Ich sah Lasse mit großen Augen an, der vor mir stand, nur in Unterhose bekleidet und mich breit angrinste, ehe er den Blick zu Timo schweifen ließ und ihm dirckt die Hand entgegenstreckte. Timo stand da wie angewurzelt und sah Lasse an. Kurz nur wanderte sein Blick, wie meiner zuvor, an Lasse herunter, ehe er ihn wieder ins Gesicht schaute.

»Hallo, Lasse van …«

»Marweijk.« Timo schaute nun nicht mehr, sondern starrte regelrecht.

»Und du bist?« Ich spürte eine Hand auf meinem Hintern und versuchte hinter meinem Rücken, mein

Hinterteil davon zu befreien, allerdings so, dass Timo das nicht unbedingt mitbekam.

»Ich … bin Timo. Der … Mann von Leo. Ich meine von Leos Freundin. Also von Maja. Meiner Maja.«

»Aha.« Lasse beugte sich zu mir runter, schob meine Haare zur Seite und küsste mich, noch ehe ich mich dagegen wehren konnte, auf den Hals. »Los, Baby, komm endlich ins Bad! Ich will dir die Klamotten vom Leib reißen und dich …«

»Geh doch schon mal vor!« Ich sah Lasse kurz fragend und leicht wütend an, ehe ich ihn mit der Hand an seiner Brust von mir schob. »Timo, ist echt schlecht gerade. Grüß Maja von mir. Und … ja, Matthias kannst du auch grüßen. Und Tschüss.« Ich wartete nicht mehr, ob Timo noch irgendetwas zu sagen hatte, sondern schlug ihm die Tür vor der Nase zu. Dann drehte ich mich leicht erregt - und an dieser Stelle muss ich sagen, dass es nichts Sexuelles war, was mich erregte - zu Lasse um. »Kannst du mir mal verraten, was dich da eben geritten hat?«

»Ein bisschen mehr Dankbarkeit wäre schön! Ich habe dir den Arsch gerettet. Jetzt weiß Timo, wer dein Neuer ist. War alles nur gespielt. Ich bin ein guter Schauspieler!«

»Mir auf den Hintern zu hauen und dann auch noch dran zu fassen, hättest du dir sparen können.« Ich hatte die Hände in die Hüften gestemmt und versuchte, ihm möglichst nur ins Gesicht zu schauen, was mir zugegebenermaßen schwerfiel. »Ich muss mich in das Schauspiel reinfinden. Das kann ich nicht, wenn ich befangen bin. Ich habe einfach freien Lauf gelassen!« Mein Kopf machte automatisch die Bewegung nach unten, und bevor es peinlich wurde, marschierte ich an Lasse vorbei. »Zieh dich wieder an und stell endlich das Wasser aus!«

»Wir könnten doch tatsächlich baden gehen! Ich bin da ganz frei von Zwängen!«, rief er mir nach.

Ich war kopfschüttelnd ins Wohnzimmer marschiert, setzte mich auf die Couch und vergrub mein Gesicht hinter meinen Händen. Timo würde jetzt sofort, auf schnellstem Wege, nach Hause fahren und Maja stotternd erzählen, was sich hier gerade abgespielt hatte. Oder er würde Maja vom Auto aus anrufen, ihr erzählen und auf direktem Weg zu Matthias und Sex-Bombe fahren und ebenfalls davon erzählen. Es war ja nicht nur die Tatsache, dass Timo mich mit einem anderen Mann gesehen hatte, sondern er hatte mich mit dem anderen Mann gesehen. Dem Schauspieler Lasse van Marweijk.

Ich sah auf, als Lasse ins Wohnzimmer kam, angezogen, sich neben mich setzte, als wären wir alte Freunde und den Arm um mich legte. »Du musst dich mehr auf das Spiel einlassen.«

Ich ergriff seine Hand und zog sie von meiner Schulter. »Und du musst nicht übertreiben, Lasse. Es hätte gereicht, wenn wir Samstag unser Debüt gefeiert hätten.«

Lasse beugte sich nach vorne und trank seinen Kaffee aus. »Ich fand mich sehr überzeugend. Schließlich sollst du was für dein Geld bekommen, nicht wahr?«

»Das hörte sich jetzt an, als seist du eine männliche Hure! Ach, vergiss es. Wahrscheinlich ist der Plan ohnehin zum Scheitern verurteilt.«

Mein Telefon klingelte. Wütend. So kam es mir vor. Ich hörte es genau. Es klingelte deshalb wütend, weil Maja mich zur Schnecke machen wollte, schlicht aus dem Grunde, weil ich ihr nichts von Lasse erzählt hatte. Ich stand auf. Lasse ergriff sofort meine Hand und zog mich zurück auf die Couch.

»Hey, was soll das?«

»Wer, glaubst du, ist es?«

»Maja. Warum?«

»Geh nicht dran. Wir liegen in der Badewanne und ich mache gerade mit dir unanständige Dinge! Schon vergessen?«

Das mit den unanständigen Dingen ließ ich außer Acht, aber Lasse hatte recht. Es wäre eigenartig, wenn ich jetzt in der Lage wäre, ans Telefon zu gehen. Und ich kannte Timo genau. Wenn er etwas erzählte, so vergaß er kein einziges Detail. Das Telefon verstummte. Kurz. Dann klingelte es wieder von vorne.

»Das geht jetzt die nächste Stunde so. Ganz bestimmt. Ich leg es mal weg.«

Ich stand auf, griff das Telefon und ging ins Schlafzimmer. Dort versteckte ich es unter meinem Kopfkissen. Ich erschrak fast ein wenig, als ich mich wieder zur Tür wendete und Lasse sah, der ein wenig erstaunt die Wände meines Schlafzimmers begutachtete. »Warum hängen hier nur Bilder von ihm? Und warum hat er auf den meisten kaum was an?«

Ich schob Lasse aus meinem Schlafzimmer und schloss schnell die Tür hinter mir. »Die meisten der Bilder hingen schon an den Wänden, als Matthias hier noch wohnte.«

Wir gingen zurück ins Wohnzimmer und setzten uns, wie zuvor schon, nebeneinander auf die Couch.

»Was ist das für ein Typ, der es liebt, von sich Bilder im Schlafzimmer aufzuhängen?«

»Er mag es halt, schöne Bilder von sich zu sehen! Was ist daran verwerflich?«

»Ich finde das narzisstisch. Tut mir leid. Das ist wirklich komisch. Aber na ja. Wenn wir das Zusammensein glaubwürdig spielen wollen, müsstest du deine Wohnung von ihm befreien! Sonst glaubt dir kein Mensch, dass du einen neuen Partner hast!«

Ich sah ihn mit großen Augen an. »Das … das kann ich nicht.«

»Selbst, wenn ich nicht hier bin und beispielsweise deine Freundin zu Besuch kommt, wäre es wirklich merkwürdig, wenn hier überall dein Matthias hängt.

Ich würde das als dein neuer Freund nicht dulden. Sag ich dir ganz ehrlich.«

Ich schluckte den kleinen Kloß in meinem Hals herunter. Es machte mir Angst, mich von allen Bildern, die Matthias zeigten, zu trennen. Meine Wohnung, vielmehr die Wände und Ablageflächen, wären dann wahnsinnig leer.

»Krieg ich noch einen?«, fragte er plötzlich.

»Was?«

»Kaffee.«

»Klar.«

Ich stand auf, lief in die Küche und brachte gleich die ganze Kaffeekanne mit. Dann schüttete ich ihm ein, mir auch und setzte mich nachdenklich hin. Wieder legte mir Lasse den Arm um die Schulter und es wunderte mich im ersten Moment, dass sich das gar nicht fremd anfühlte. Ich musste lachen, wenn auch etwas traurig.

»Was?«, fragte er belustigt und zog mich dichter zu sich.

»Ich sitze hier mit Lasse van Marweijk auf meiner Couch. Oh Mann. Tausende Teenies wären traurig darüber, dass sie nicht hier säßen.« Ich drehte mich leicht zur Seite, um ihn anzusehen. »Sag mal, gibt es auch jemanden in deinem Leben?«

»Du meinst eine Partnerin?«

»Ja.«

»Nein, gibt es nicht. Aber es gab mal eine.« Lasse zog seinen Arm von meinen Schultern.

»Eine Kollegin von dir, richtig?« Ich fand in einer Ritze der Couch noch ein Haargummi und band mir meine langen Haare zusammen.

»Wie ich höre, bist du auch eine von denen, die aufmerksam die Presse verfolgen.« Er beugte sich vor, nahm die Tasse in die Hand und trank fast nachdenklich.

»Na ja, eine Zeit lang gab es da nur Berichte über dich und Nadja. Selbst wenn es einen nicht interessiert hätte, kam man nicht drum herum, es zu sehen. Ihr habt ja sämtliche Zeitungen gefüllt. War das nur zu PR-Zwecken?«

Er stellte die Tasse zurück.

»Nein. Hatte mit PR gar nichts zu tun. Wir waren wirklich ein Paar. Das Ganze hielt aber nur ein gutes Jahr.«

»Und warum ist es auseinandergegangen?«

»Wir hatten verschiedene Sichtweisen.«

»Das tut mir leid.«

Lasse klopfte sich mit beiden Händen auf die Oberschenkel und drehte sich halb zu mir um. »Also, wann habe ich meine nächsten Stunden zu arbeiten?«

#elf

Ein Fakt:
Liebesblindheit lässt einen die
unmöglichsten Ideen entwickeln,
um den Ex wieder von sich zu überzeugen.

»Die Party ist am Samstag. Da würde ich dich gerne für drei Stunden buchen.«

»Okay! Samstag also. Irgendwelche Wünsche, wie ich mich verhalten soll?«

»Ja! Pack mir nicht mehr an den Hintern!«

Lasse fing plötzlich an, laut zu lachen. »Du musst dich davon freimachen. In meinem letzten Film lag ich mit einer recht attraktiven Frau im Bett und musste spielen, wie wir miteinander schlafen. Der habe ich auch an den Hintern gefasst. Gehörte eben zur Rolle. Hat keinen interessiert!«

Ich knuffte ihn in die Seite. »Aha, jetzt weiß ich Bescheid. Du bist nur Schauspieler geworden, um Frauen an den Hintern zu fassen. So einer bist du also!«

»Na klar! Hattest du etwa gedacht, ich würde schauspielern, weil mich der Job als solches so mitreißt?«

Ich trank einen Schluck Kaffee und ließ mich anschließend wieder zurückfallen. Ich schüttelte lächelnd den Kopf. Lasse lehnte sich auch wieder zurück. Schulter an Schulter saßen wir da … wie ein altes Ehepaar …

»Ich passe schon auf, dass ich dich nicht zu sehr begrapsche. Keine Sorge. Aber es wird mir erlaubt sein, deinen Ex etwas heiß zu machen, oder?«

»Tu, was du nicht lassen kannst. Du bist der Profi. Ich spiele einfach mit.«

Lasse erhob sich. Ich sah ihn fragend, immer noch sitzend, an. »Ich muss jetzt mal los. Du wolltest ja nicht mit mir baden gehen, dann muss ich das wohl allein tun.«

Ich stand auch auf. »Wo wohnst du überhaupt?«

Er zwinkerte mir zu und kam mit seinem Mund dicht an mein Ohr. Augenblicklich bekam ich Gänsehaut. »Das bleibt mein Geheimnis.«

Um dieser Gänsehaut zu entfliehen, klatschte ich laut in die Hände. »Tja, mein Lieber, das geht nun leider nicht. Ich brauche eine Adresse. Schließlich arbeitest du für mich und ich hätte natürlich niemanden eingestellt, der keinen festen Wohnsitz hat.«

Lasse grinste mich kurz an und ging in den Flur. Schade, dass er schon gehen wollte. Irgendwie war es witzig mit ihm.

»Auf dem Vertrag steht ganz unten meine Nummer. Das dürfte fürs Erste reichen. Also, den Samstag halte ich mir für dich frei?«

»Ja. Samstag.«

Er nahm seine Jacke vom Haken und zog sie sich über. Anschließend holte er aus seiner Tasche eine schwarze Mütze und setzte sie sich auf. Er sah anders aus. Vermutlich eine Art Verkleidung, um nicht direkt entdeckt zu werden.

»Solltest du mich vorher brauchen, einfach anrufen.« Er zwinkerte mir zu und streckte seine Hand aus, die ich nach kurzem Zögern ergriff. »Also dann, Katja, bis Samstag.«

Ich lachte kurz verlegen auf und zog meine Hand zurück. »Ja, Bert, bis Samstag.«

Dann war er verschwunden. Erst als ich die Haupttür ins Schloss fallen hörte, schloss ich meine Tür. Lasse. Sympathisch. Gutaussehend. Erfolgreich. Und er wollte mir helfen, Matthias zurückzugewinnen. Warum? Nachdenklich schlenderte ich wieder ins Wohnzimmer, bis mir einfiel, dass ich das Telefon noch im Schlafzimmer liegen hatte. Ich machte augenblicklich kehrt.

Natürlich hörte man es immer noch gedämpft klingeln. Selbst das Kopfkissen kam gegen die Wut des

Klingelns nicht an. Ich zog es unter dem Kopfkissen hervor und ging dran.

»Ja?«

»Ich bin es.« Mehr sagte Maja nicht.

»Kommt, noch was?«, fragte ich deshalb und hielt mir das Telefon ein gutes Stück vom Ohr weg, weil ich genau wusste, dass diese Frage der Start für einen Redeschwall meiner Freundin war.

»Ob noch was kommt? Ob noch was kommt? Natürlich kommt noch was. Du … du … wieso … Lasse van Marweijk? Wie kommst du dazu? Ich meine, wie hast du ihn kennengelernt? Wie lange geht das schon mit euch? Warum hast du mir nichts erzählt? Timo rief eben an und ich konnte gar nicht glauben, dass das wahr ist. Ihr wart baden? Also du und der Schauspieler?«

Ich hatte ernsthaft in Erwägung gezogen, das Telefon auf mein Bett zu legen, in aller Ruhe in die Küche zu schlendern und mir eine Tüte mit Plätzchen aufzureißen, da ich einen kleinen Hunger verspürte. Und hätte ich es gemacht, es wäre Maja noch nicht mal aufgefallen, dass ich für eine gewisse Zeit gar nicht mehr zuhörte. Sie redete ununterbrochen. Sie stellte tausend Fragen, die ich auf einmal ohnehin gar nicht beantworten konnte. Ich ließ mich auf das Bett fallen und starrte die Decke an. Geduldig wartete ich, bis Majas Stimme verstummte. Und wenn dem so war, entstand eine kurze Denkpause und dann kam die Frage aller Fragen. So auch dieses Mal.

»Wieso hast du mir das nicht erzählt?«

»Ich konnte nicht«, sagte ich leise.

»Leo, ich dachte, du wärst wegen der Trennung von Matthias unendlich traurig. Ich habe hier nachts wach gelegen und darüber nachgedacht, was ich tun könnte, damit Matthias zu dir zurückkommt.«

Was sollte ich ihr jetzt sagen? Was sagte man seiner besten Freundin? Die Wahrheit.

»Okay, Maja, das bleibt jetzt absolut unter uns, verstanden?«

»Was. Ist. Los?«

Ich holte tief Luft, ließ sie zwischen spitzen Lippen entweichen, zählte innerlich bis drei und ließ die Wörter über meine Lippen purzeln. »Lasse ist mein Plan.«

»Hä? Wie? Plan?«

Hä, wie, Plan, hieß übersetzt so viel wie: Ich bin irritiert. Was für einen Plan meinst du denn, beziehungsweise, wie sieht der Plan noch mal aus?

»Der Plan! Wenn mich Matthias mit einem neuen Partner sieht, wird er vielleicht eifersüchtig und kommt zu mir zurück. Dann können wir ganz in Ruhe Weihnachten feiern. Und weil ich keine kaltschnäuzige Frau bin, so wie du angenommen hast, als du sagtest, es wäre gemein von mir, irgendeinen armen Mann zu benutzen und ihm anschließend, wenn

Matthias wieder bei mir wäre, den Laufpass zu geben, habe ich entschieden, einen einzustellen. Da kam mir Lasse gerade recht. Ich meine, er ist schließlich ein Profi! Und ich bezahle ihn dafür. Er ist aus dem Schneider, ich bin aus dem Schneider. Perfekt!«

»Du ... du hast ihn eingestellt? Hä?«

»Ja. Ich habe ihn eingestellt. Ich bezahle ihn stundenweise. Wenn du das irgendeinem erzählst, Maja, waren wir die längste Zeit Freundinnen!«

»Weißt du was, Leo, das ist so was von schräg, da brauchst du dir keine Sorgen machen, dass ich das irgendeinem erzähle. Das ist ... mir fehlen die Worte. Das ist krank, Leo. Wirklich krank!«

Ich setzte mich auf. »Krank? Ich bin krank? Hast du dich in der Zeit, in der mich Matthias betrogen hat und du davon wusstest, nur einmal gefragt, ob es vielleicht, ich meine, eventuell, auch krank ist, diese Tatsache der besten Freundin zu verheimlichen? Ist das auch krank?«

»Das habe ich getan, um dich zu schützen!«

»Mich? Schützen? Schütz du dich mal lieber! Und übe noch mal, eine verantwortungsvolle Freundin zu sein!«

»Na schön!«, schrie Maja.

»Na schön! Sehr schön!«, schrie ich zurück und drückte sofort den roten Hörer auf meinem Telefon. Noch ehe ich meinem Gehirn raten konnte, die Tränen fließen zu lassen, war es mal wieder schneller und hatte dies schon veranlasst. Ich schob das Telefon heulend wieder unter mein Kopfkissen, stand auf, verließ das Schlafzimmer und knallte, in der Hoffnung mich dann besser zu fühlen, die Tür hinter mir zu. Das gute Gefühl blieb natürlich aus.

Seit Stunden regnete es ununterbrochen und in den Nachrichten wurde das erste Mal das Wort: Wintereinbruch erwähnt. Ich hatte einige Zeit auf der Couch gesessen, lächelnd gesehen, dass Lasse mir seine Nummer aufgeschrieben und darunter einen Smiley mit Brille gemalt hatte. Außerdem hatte er nicht mit Lasse unterschrieben, sondern mit Bert. Ich speicherte seine Nummer und konnte es nicht verhindern, ihn automatisch unter B wie Bert zu ordnen. Dann legte ich das Handy weg und sah mich im Wohnzimmer um. Lasse hatte geraten, alle Fotos von Matthias zu entfernen, für den Fall, jemand würde mich besuchen. Alles sollte so echt wie nur irgendwie möglich rüberkommen. Ich war verknallt, hatte meinen Ex vergessen und lebte nun eine neue zarte Beziehung, mit Lasse. Lasse van Marweijk. Und weil Lasse durch und durch Profi war, würde es keiner hinterfragen. Außer Maja. Maja hätte hinterfragt. Sie kannte mich einfach zu gut. Sie hätte sofort gewusst, dass etwas an der Beziehung zum Schauspieler nicht stimmte. Deswegen war es gut, dass sie nun Bescheid wusste. Und der Streit, den wir hatten, wäre sicher morgen wieder vergessen. Jedenfalls hoffte ich das. Ich wollte ab diesem Zeitpunkt auch ein Profi sein. Ebenso, wie es Lasse war. Und dieser Gedanke war es auch, der mich aufstehen und aus der Küche einen großen schwarzen Müllbeutel holen ließ. Ich würde die Wohnung jetzt von Matthias befreien. Insgeheim wusste ich, welches der vielen Bilder ich heimlich in meinem Nachttisch aufheben würde, um ihn wenigstens noch kurz vor dem Einschlafen sehen zu können.

Ganze zwei Stunden war ich mit dem Befreien der Vergangenheit beschäftigt. Zwischendurch hatte ich mir eine heiße Dosensuppe gegönnt. Und dann hielt ich mein Lieblingsbild von uns in den Händen. Ich sank auf die Knie und brach in Tränen aus. Ich liebte dieses Bild. Matthias und ich. Auf zwei Pferden. In der Extrema Dura in Spanien. Er auf einem braunen Pferd, ich auf einem Weißen. Ich kringelte mich auf dem Teppich ein, das Bild an meine Brust gedrückt und schloss die Augen. Ich vermisste ihn so sehr. Ich vermisste Matthias so, wie ich noch nie in meinem Leben irgendetwas vermisst hatte. Das war mal wieder ein Augenblick, in dem ich das Gefühl bekam, sterben zu wollen.

Nach endloser Zeit – und einzig, weil mir furchtbar kalt wurde – stand ich auf, ging ins Schlafzimmer und zog mir den Schlafanzug an. Ich versuchte nicht, mich umzusehen. Die Wände waren allesamt nackt, nicht mehr angezogen. Fremd sah alles aus. Fremd und einsam. Ich ging ins Bad, stellte das Bild von Matthias und mir nahe dem Waschbecken und begann, mir die Zähne zu putzen. Innerlich, weil ich genau spürte, dass der Kloß nur darauf wartete, erneut platzen zu dürfen, versuchte ich mich damit glücklich zu machen, dass Matthias Weihnachten ganz bestimmt wieder bei mir wäre. Und Sylvester wäre dann der Start für einen Neuanfang. Am einunddreißigsten Dezember durfte man alles vergessen, was das Jahr Schlechtes mit sich gebracht hatte. So würde es kommen. Matthias würde den Anblick nicht ertragen können, mich mit einem anderen Mann zu sehen. Und ich konnte mir gut vorstellen, dass es ihm sogar egal wäre, wer der Neue in meinem Leben war. Er sah nur, ich hatte auch wieder einen Partner. Matthias war immer sehr besitzergreifend gewesen. Er hatte des Öfteren anderen Frauen hinterhergesehen. Ich durfte mich nicht nach anderen Männern umdrehen. Mir war es verboten und ich hatte es akzeptiert.

Kurz bevor mir die Augen zufielen, kam mir der Gedanke, am nächsten Tag Lasse anzurufen, um noch mal alles mit ihm bezüglich der Party bei Timo durchzusprechen. An diesem Samstag musste alles perfekt laufen. Ich musste hervorragend aussehen, Lasse auch und wir mussten enorm glücklich zusammenwirken. Glücklich und vertraut. Ich würde mich voll und ganz auf Lasse verlassen. Er war der Profi.

Ich kam überpünktlich am nächsten Morgen im Büro an. Maja war natürlich schon da. Wie immer reichte sie mir einen Kaffee, noch ehe ich meine Jacke ausgezogen hatte.

»Vielen Dank«, quetschte ich hervor. Ich nahm es Maja immer noch übel, dass sie geäußert hatte, ich sei krank. Vielmehr, das was ich vorhatte, sei krank. Ich stellte meinen Kaffeebecher auf meinen Schreibtisch, zog meine Jacke aus und hängte sie auf. Dann setzte ich mich und schaltete sofort den Computer an.

»Wollen wir uns jetzt den ganzen Vormittag lang hier anschweigen?«, fragte Maja auf einmal.

»Da habe ich überhaupt kein Problem mit!« Ich sah sie nicht an, sondern starrte nur auf den Bildschirm.

»Hör zu, Leo, es tut mir leid, was ich da gestern gesagt habe. Ich … das meinte ich nicht so. Aber du musst zugeben, dass es schon ein wenig schräg ist, was du da vorhast.«

Ich presste die Lippen zusammen und schüttelte nur den Kopf. Das war einer jener Moment, in denen ich nur allzu deutlich spürte, dass mir unser Streit natürlich nicht am A... vorbeiging. Ganz im Gegenteil. Es belastete mich enorm.

»Ich hab dich lieb, Leo!«

Das war dann der Satz, der mich in Tränen ausbrechen lies. Maja stand sofort auf und kam zu mir. Sie hockte sich hin und sah mich mitleidig an.

»Wie kann man ein Arschloch so sehr lieben, dass man auf so verrückte Ideen kommt, wie du?«

Ich zuckte nur mit den Schultern. Natürlich war mir klar, dass Matthias sich absolut danebenbenommen hatte. Natürlich würde auch ich meiner Freundin raten, wenn ihr Freund so eine Nummer abgezogen hätte, diesem Mann keine einzige Träne mehr hinterher zu heulen. Aber all die vernünftigen Gedanken halfen nichts. Ich würde ihn mit Kusshand wieder zurücknehmen. So war es nun mal. So war ich nun mal.

»Findest du diesen Lasse nett?«

Ich griff mir gleich vier Tücher aus der Box und putzte kräftig meine Nase. »Der ist sehr nett.«

»Wo hast du ihn kennengelernt?«

Ich biss mir auf die Lippe. Was sollte ich Maja jetzt erzählen? Im Grunde müsste ich ihr auch den Fauxpas mit der Hercules erzählen. Oder ich müsste ihr die gleiche Version erzählen, die ich Herrn Müller auf der Wache erzählt hatte. Aber wenn das aufflog ... und die beste Freundin anlügen, war auch nicht so superfair.

»Im Park. Ich war im Dunkeln spazieren, Lasse war auch da und hat mich bis zum Ausgang begleitet. So sind wir ins Gespräch gekommen. Da wusste ich aber noch nicht, dass es der Schauspieler ist. Einen Tag später bin ich wieder in den Park gegangen und dort wurde eine Filmszene gedreht. Er hat eine Rolle in

dem Film. Wir sind ins Gespräch gekommen und ja …
er will mir helfen.«

Maja erhob sich und musterte mich ausgiebig. »Findest du das nicht komisch?«

»Was?« Ich sah meine Freundin fragend an.

»Dass er dir helfen will. Warum sollte er das tun? Nicht, dass der ganz andere Hintergedanken hat.«

Ich zuckte mal wieder nur mit den Schultern. Ich wusste es wirklich nicht. Ich wusste nicht, warum Lasse das für mich tat. Aus Nächstenliebe vielleicht.

»Na ja, wie auch immer, also Timo nimmt euch voll ab, dass ihr jetzt ein Paar seid. Er meinte, deine Augen hätten endlich mal wieder geleuchtet und du hättest das Traurige abgelegt.«

Seltsam … ich hatte ja gar nicht gespielt. Ich war zu überrumpelt.

»Alles gespielt. Maja, ich muss dir noch was sagen. Lasse denkt, auch du wüsstest nichts von unserem Deal. Im Grunde genommen solltest du das auch gar nicht wissen. Aber egal jetzt. Es wäre schön, das könnte unser Geheimnis bleiben.«

»Ich sage nichts. Aber …«

»Ich weiß, dass es schräg ist. Ich will nur Weihnachten wieder mit Matthias zusammen sein. Mehr nicht.«

»Mach wie du meinst. Ich kann es nicht nachvollziehen. Den solltest du sonst wohin wünschen. Da wäre es mir als deine Freundin sogar lieber, du würdest mit einem Schauspieler zusammenkommen!«

Ich fing laut an, zu lachen. »Lasse und ich sind nur Geschäftspartner. Vielmehr bin ich sein Vorgesetzter. Mehr ist da zwischen uns nicht.«

»Aber du musst zugeben, dass er wirklich heiß aussieht. Und laut Presse soll er unheimlich sympathisch sein. Habe ich jetzt neulich noch gelesen.«

»Ist er. Er ist wirklich nett. Du wirst ihn sicher mögen.«

Während wir endlich mit unserer Arbeit begannen, fiel mir auf, dass Maja mich permanent ansah. Zudem schüttelte sie öfter den Kopf. Ich wusste genau, dass das Kopfschütteln ausschließlich mit dem Plan zusammenhing. Sonst schüttelte meine Freundin eher selten den Kopf.

Um zwölf Uhr machte Maja Feierabend, weil sie eines ihrer Kinder aus der Kita abholen musste. Ich saß noch weitere vier Stunden im Büro, versuchte irgendwelche Vorgänge zu bearbeiten und konnte mich nur schlecht konzentrieren, weil mir immer wieder der eine Gedanke durch den Kopf spukte: Würde Matthias eifersüchtig werden, wenn er mich mit Lasse zusammen sah? Samstag. Samstag sollte ich mehr wissen.

Da ich meine Eltern am Dienstag ziemlich übel versetzt hatte, entschied ich, den Besuch an diesem Tag nachzuholen. Ich wusste, dass es meinen Eltern viel bedeutete, wenn ich vorbeikam. Und meine Eltern wiederum wussten, dass das Thema Matthias tabu war. Ganz und gar. Ich lief also nicht Gefahr, dass ich vor meinen Eltern heulend zusammenbrach und kaum noch ein Wort über die Lippen bringen konnte, so wie es bereits zweimal kurz nach der Trennung geschehen war.

Ich kaufte beim nahegelegenen Bäcker einiges an Gebäck und fuhr um halb fünf in die große Einfahrt meines Elternhauses. Meine Mutter sah mich bereits durch das Küchenfenster ankommen. Sie verschwand und nur Sekunden später öffnete sie mir die Haustüre.

#zwölf

Ein Fakt:
Das Sprichwort,
›Liebe macht blind‹, stimmt.
Das Sprichwort, ›Aus den Augen aus dem Sinn‹,
stimmt auch.

Ich fühlte mich gut, als ich abends nach Hause kam. Und es störte mich auch nicht mehr ganz so sehr, dass meine Wohnung nackt war. Ich überlegte sogar, ob ich nicht einfach die Wände streichen und vielleicht mal das Wohnzimmer umstellen sollte. Auch das wäre ein untrügliches Zeichen für jene, die mich besuchten und immer noch davon ausgingen, ich wäre Matthias bis aufs Letzte verfallen, dass ich die Trennung akzeptiert hatte.

Der Nachmittag bei meinen Eltern war schön gewesen. Wir hatten über alles gesprochen, nicht jedoch über Matthias, geschweige denn über irgendwelche Männerbekanntschaften, die ich eventuell gemacht habe und, die eventuell potenzielle Nachfolger sein könnten. Wir hatten über die Arbeit gesprochen. Wir hatten über Gerlinde gesprochen, die Nachbarin meiner Eltern, die mit einundsechzig Jahren noch mal heiraten wollte. Wir hatten über den Garten geredet.

Nachdem ich meine nasse Jacke – der Regen hatte es tatsächlich geschafft, obwohl es nur fünf Meter waren, die ich bis zur Haustür brauchte, den Stoff komplett zu durchnässen – im Badezimmer aufgehängt hatte, schlenderte ich ins Wohnzimmer und fixierte den Vertrag, der immer noch auf dem Tisch lag. Lasse hatte seine Handy-Nummer darauf geschrieben. Wenn das irgendwelche Groupies wüssten, sie würden mich angreifen, nur um an die Telefonnummer von Lasse zu kommen.

Ich setzte mich auf die Couch und nahm den Vertrag in die Hand. Ich lächelte. Warum sollte ich ihm nicht einfach eine Nachricht schreiben? Immerhin hatte ich ihn eingestellt. Außerdem hatte er gesagt, ich solle anrufen, wenn er vor Samstag noch arbeiten kommen sollte. Ich überlegte, ob es sinnvoll wäre, eine oder zwei Stunden dafür zu opfern, dass er mir beim Umgestalten des Wohnzimmers helfen könnte. Allerdings fiel diese Arbeit nun so gar nicht in seinen Aufgabenbereich. Ich stand auf, holte mein Handy aus meiner Handtasche, kehrte zurück, setzte mich wieder. Ich überlegte, was ich ihm schreiben könnte.

Guten Abend. Wir haben gar keine
Uhrzeit für Samstag ausgemacht. LG
Katja :-)

Ich schickte die Nachricht auf den Weg. Nur kurze
Zeit später sah ich, dass er sie gelesen hatte und zurückschrieb. Ich wackelte leicht nervös mit dem Bein
und kaute auf meiner Unterlippe herum.

Guten Abend. Stimmt. LG Bert :-)

Ich musste schmunzeln. Diese beiden Namen, also
Katja und Bert, kannten nur wir. Kein anderer. Wir
hatten unser erstes Geheimnis. Das fühlte sich irgendwie gut an. Ich kauerte mich in eine Ecke meines
Sofas, zog die Beine an und tippte erneut eine Nachricht. Lasse war immer noch online.

Könntest du um neunzehn Uhr bei
mir sein?

Nur Sekunden später kam seine Nachricht.

Klar. Neunzehn Uhr. Und vorher
brauchst du mich nicht?

Nein. Eigentlich nicht. Ich werde
Matthias ja erst Samstag sehen. Auf
der Party.

Gut. Sollten wir vielleicht vorher noch über Details sprechen? Ich könnte dich anrufen.

Wieso fragten Männer immer. Wieso konnten sie nicht einfach machen? Vor meinen inneren Augen tanzte eine Domina mit Peitsche in der Hand, die schrie: RUF MICH AN!

Dann tu es doch einfach.

Noch ehe ich auf das Wort SENDEN tippen konnte, brummte mein Handy. Ich ging lachend dran.

»Hallo?«

»Hallo Katja, hier ist Bert. Ich dachte, so ist es einfacher, als wenn wir jetzt hin und her schreiben.«

»Ja, da hast du recht.«

Ich fummelte leicht nervös – ich meine, ich sprach mit einem richtigen Schauspieler – an meiner Hose rum.

»Also, ich habe mal ein wenig recherchiert. Keine Sorge, das mache ich immer so, wenn ich eine neue Rolle annehme. Ich kenne den Besitzer vom Fitnessstudio, wo dein Ex trainieren geht. Er ist ziemlich ehrgeizig, ist das richtig?«

»Ja, das ist er. Er sagt über sich selbst, wenn er sich ein Ziel setzt, erreicht er es auch, selbst dann, wenn er dafür über Leichen gehen muss.«

Eine kurze Pause entstand.

»Und das hat dir in der Beziehung gefallen?«

»Na ja, was heißt gefallen? So … also so ist er nun mal. Kann man nicht ändern.«

»Okay. Dann sag mir mal genau, was du so an ihm mochtest. Ich muss ja dann auch irgendetwas an mir haben, sodass man denken könnte, es gibt Ähnlichkeiten zu Matthias, auch wenn mir das, unter uns gesagt, echt zuwider ist.«

»Du verstehst das nicht. Er hatte auch seine guten Seiten. Er war nicht nur schlecht!«

Ich merkte, wie eine leichte Wut in mir hochstieg.

»Dann nenn mir doch seine guten Seiten!«

»Ja. Mache ich auch.«

Okay, okay, denk nach. Was mochte ich an Matthias?

»Er kann unheimlich gut kochen. Und wenn ich mal länger gearbeitet oder noch meine Eltern besucht habe, hat er für uns gekocht. Und das war sehr lecker!«

»Aha. Und was noch?«

»Er war immer durchstrukturiert. Für mich ist so ein Partner wichtig, weil ich eher der chaotische Typ …«

Lasse unterbrach mich.

»Weißt du was, Leo, sei mal ganz ehrlich. So wirklich was Spezielles fällt dir an ihm nicht ein, oder? Es gibt viele Männer, die kochen können. Und Männer sind häufig durchstrukturierter als Frauen. Das ist nun mal so. Kann das sein, dass gar nichts mehr gut an ihm war und du dir nur was vorgemacht hast? Sagen wir, aus der Gemütlichkeit heraus, einen Partner zu haben?«

Ich schnappte nach Luft.

»Das stimmt überhaupt nicht! Es gibt ganz vieles, was ich an ihm gut finde! Und es gibt ganz vieles, was er an mir gut findet. Ich weiß es!«

»Mmh. Und was findet er an dir gut?«

Ich täuschte einen Hustenanfall vor und hoffte, in der Zeit, etwas Sinnvolles in meinen Gedanken zu finden.

»Das ist etwas sehr Intimes, was ich dir mit Sicherheit nicht sagen werde! Davon ganz abgesehen bezahle ich dich dafür nicht. Du sollst nur deine Rolle spielen. Mehr nicht.«

»Wenn ich die Rolle spielen soll, brauche ich Details, Leo. Sonst wirkt es zu gekünstelt.«

»Er konnte wunderschön küssen«, flüsterte ich und wischte mir schnell die Tränen mit einer Hand aus dem Gesicht.

Wieder entstand eine Pause und ich bekam das Gefühl, als wolle Lasse geduldig warten, bis meine Traurigkeit zumindest an Intensität verlor. Ich griff nach einer der Taschentuchboxen, die seit der Trennung in meiner ganzen Wohnung an verschiedenen Orten deponiert waren, zog ein Tuch heraus und schniefte hinein.

»Entschuldigung«, schluchzte ich.

»Kein Problem. Ich hoffe nur, dieser Matthias weiß irgendwann mal zu schätzen, wie sehr du ihn liebst.«

Innerlich strafte ich mich selbst für diesen emotionalen Ausbruch. Das durfte in nächster Zeit einfach nicht mehr passieren. Ich musste mich auf den Plan konzentrieren. Da waren Tränen und Traurigkeit völlig fehl mal Platz.

Ich lachte kurz auf, ehe ich wieder ernst wurde. »Ich sollte nicht vor meinem Angestellten weinen, oder? Als Chefin sollte ich Stärke zeigen.«

»Da ist mir eine Chefin lieber, die authentisch bleibt. Ganz ehrlich! Ich hoffe nur, Leo, dein Plan geht für dich auf.«

Ich nickte und fummelte wieder an einer Falte rum, die meine Hose warf. »Na ja. Schauen wir mal. Aber, du wirst es nicht glauben, ich habe alle Bilder in meiner Wohnung von ihm entfernt. Soviel zum Thema authentisch sein. Und ich glaube, ich habe gerade für mich entschieden, morgen Farbe und ein paar neue Möbel zu kaufen, damit ich die Wohnung so umgestalten kann, wie sie mir gefällt.«

Ich hörte von Lasse einen irritierten Laut. »Habt ihr die Wohnung nicht zusammen eingerichtet? Müsste sie dir nicht gefallen?«

»Ne. War Matthias` Werk. Er mag es lieber, wenn alles puristisch und kühl rüberkommt. Aber das Schlafzimmer durfte ich einrichten. Deswegen gibt es da auch nur warme Farben und viel Holz!«

»Ich sage besser nichts dazu. Und im Grunde muss ich gar nicht mehr wissen, was dir an ihm gefallen hat. Ich glaube, jeder Mann ist besser als er. Entschuldige, steht mir als Angestellter sicher nicht zu, so zu reden. Ich mache dir einen Vorschlag. Was würdest du davon halten, wenn ich morgen mit dir einkaufen gehe und dir helfe, deine Wohnung so zu gestalten, dass sie dir mehr zusagt?«

»Das ist sehr lieb von dir, aber da gehen mir zu viele Stunden drauf. Ich weiß zum einen nicht, wie lange es am Samstag dauert, zum anderen könnte es ja sein, dass ich dich nächste Woche noch mal herbestellen muss. Und wie ich schon sagte, mehr als zehn Stunden kann ich mir nicht leisten.«

»Pass auf, Leo. Das mit morgen würde ich umsonst machen. Dafür brauchst du mich nicht bezahlen. War ja mein Vorschlag, dir zu helfen.«

Es war seltsam, aber ich meinte, Lasse in diesem Moment zu sehen, wie er sich mit einer Hand durch seine wuscheligen braunen Haare strich. Wie er in einem Sessel saß, das Bein lässig über das andere geschlagen. Wie er den Blick durch einen Raum schweifen ließ …

»Warum tust du das alles für mich? Du kennst mich doch gar nicht.«

»Ich sagte doch schon, ich helfe gerne. Und es war sehr überraschend für mich, jemanden zu treffen, dessen erste Frage nicht die ist: Kann ich ein Autogramm von dir haben? Das fand ich irgendwie cool. Also, wann soll ich dich morgen wo abholen?«

Ich konnte es einfach nicht verhindern, laut loszulachen. Lasse und ich, in seiner Ente, die aus allen Nähten platzt, weil wir definitiv zu viel eingekauft hatten.

»Du, in deine Ente bekommen wir nicht sehr viel rein. Vielleicht wäre es besser, wenn ich fahre. Ich habe zwar auch nur einen Kleinwagen, aber doch deutlich größer als deine Ente.«

Ich hörte auch Lasse lachen. »Keine Sorge, ich würde dich mit meinem Combi abholen.«

»Na schön, dann um sechzehn Uhr vor dem Rathaus?«

»Prima. Ich werde pünktlich sein.«

Der meinte das wirklich ernst. »Ja dann, bis morgen.«

»Bis morgen, Leo, schlaf gut.«

»Du auch.«

Ich nahm mein Handy vom Ohr und wischte über das Display, um das Telefonat zu beenden. Dann legte ich es nachdenklich auf den Tisch. Warum machte er das? Warum wollte er mir helfen? Kopf-schüttelnd stand ich auf, lief in die Küche und machte mir, wie so oft in letzter Zeit, ein Mikrowellengericht warm.

Ich hatte die Zeit genutzt und vor dem Zubettgehen den Wohnzimmerschrank leergeräumt, von der Wand gezogen und begonnen, die Fußleisten abzu-kleben. So konnten wir morgen direkt mit der Verän-derung des Wohnzimmers loslegen. Es fühlte sich auf merkwürdige Art und Weise gut an. Und die vielen Bilder von Matthias, die allesamt in einem großen schwarzen Müllbeutel lagen, den ich in den Keller verfrachtet hatte, fehlten mir in der Wohnung über-haupt nicht. Es war, als hätte ich mich von Ballast be-freit. Als wäre ich leichter. Als wäre das Leben leich-ter. Und das war der Punkt, der mir Angst machte. Schließlich wollte ich Matthias zurückhaben. Weih-nachten sollte das Fest unserer Liebe werden. Ver-mutlich, so dachte ich mir, hing dieses Gefühl nur mit dem Plan zusammen. Mein Gehirn gaukelte mir ein-fach vor, ich sei glücklich, mich von allen Dingen zu trennen, die mit Matthias zusammenhingen. Das lag einzig am Plan. Ein Schauspielerdenken. Mehr nicht. Das macht man so, um voll und ganz in seiner Rolle aufzugehen. Und auch ich spielte nur eine Rolle. Die Rolle jener Frau, die sich ebenfalls einen neuen

Partner gesucht hatte und augenscheinlich glücklich war. Total.

#Dreizehn

Ein Fakt:
Um sich auf eine Rolle
perfekt vorzubereiten, empfiehlt es sich,
im realen Leben ebenfalls diese Rolle anzunehmen.

Als ich am nächsten Morgen noch reichlich müde im Badezimmer vor dem großen Spiegel stand und mich begutachtete, kam mir tatsächlich in den Sinn, meine Haare wieder so zu färben, dass es meiner natürlichen Farbe entsprach. Ich hatte mich damals, als ich mit Matthias zusammenkam, dazu entschlossen, sie blond zu färben. Alle, meine Eltern eingeschlossen, hatten mit dem Kopf geschüttelt und ganz ehrlich geäußert, dass mir blond gar nicht stünde. Und dass es etwas Besonderes sei, blaue Augen und braune Haare zu haben. Mit dem blond sähe ich gewöhnlich aus. Vielleicht könnte ich Lasse fragen, was ihm besser an mir gefiele. Schließlich war ich in der Rolle seine Partnerin.

Ich hatte mich, ohne es geplant zu haben, schick gemacht. Meine Haare trug ich offen, was nur selten der

Fall war, etwas geschminkt hatte ich mich auch und eine moderne Jeans angezogen, dazu ein recht enges Langarmshirt, das meinen Busen gut zur Geltung brachte, auch wenn der nicht sonderlich groß war. Viel zu früh, und ich hoffte, dass ich Maja an diesem Morgen auch mal wieder mit einem Kaffee überraschen konnte, fuhr ich zur Arbeit.

Ein eigenartiges Kribbeln machte sich in meiner Bauchgegend breit und ich erklärte mir selbst, dass das Kribbeln einzig daher rührte, dass ich mit einem Schauspieler verabredet war, der mit mir zum Baumarkt fahren wollte, um Farbe zu kaufen. Und vielleicht, der Gedanke kam mir in der Nacht, könnten wir noch zum schwedischen Einrichtungshaus fahren, um das eine oder andere Möbelstück zu ergattern.

Ich war viel zu früh. Um nicht zu sagen, ich war so früh, wie noch nie. Wir hatten gerade mal halb acht und die meisten Mitarbeiter waren noch gar nicht da. Maja wäre sehr überrascht und würde mich natürlich direkt danach fragen, warum ich so früh dran war. Was sollte ich ihr dann sagen? Die Wahrheit wäre, ich freute mich darauf, mit Lasse einkaufen zu gehen und meiner Wohnung ein neues Gesicht zu verleihen. Eine Lüge wäre, ich konnte nicht mehr schlafen, weil ich Matthias so sehr vermisste.

Ich setzte in unserer kleinen Küche eine große Menge Kaffee auf, dann setzte ich mich an meinen Computer, schaltete ihn an und schaute aus dem Fenster, obwohl man kaum etwas erkennen konnte, denn draußen war es noch dunkel. In den Nachrichten hatten sie erwähnt, dass es durchaus sein konnte, dass es noch diese Nacht zu schneien begann. Ich freute mich auf Schnee. So bekam man meines Erachtens erst so richtig Lust auf Weihnachten.

Um mir noch eine viertel Stunde die Zeit zu vertreiben, recherchierte ich über Lasse van Marweijk. Im Internet gab es viele Artikel über ihn. Mich interessierten aber mehr die Bilder. Auf vielen sah man ihn mit seiner Kollegin und Ex-Freundin. Sie war wunderschön und ich fragte mich in diesem Moment, warum es zwischen diesem schönen Paar nicht funktioniert hatte. Lasse sagte, sie hätten verschiedene Sichtweisen gehabt. Einige Bilder zeigten Lasse sehr spärlich bekleidet nur in Unterhose. Ich öffnete eines der Bilder, um es größer zu sehen. Er war ein schöner Mann. Auch ohne Klamotten. Und als er in Unterhose in meinem Flur stand und eine erste Kostprobe seines schauspielerischen Könnens gezeigt hatte, musste ich mich zwingen, ihn nicht von oben bis unten anzuschauen, weil ich ihn höllisch attraktiv fand, so ganz ohne Klamotten. Mein Blick schweifte von Lasses Brust, bis hin zu seiner Körpermitte. Ich legte den

Kopf schräg und sah genau hin. Ziemlich männlich sah es aus.

Beinahe wäre ich von meinem Schreibtischstuhl gefallen, als ruckartig die Türe aufgerissen wurde. Maja.

»Herrgott, musst du mich so erschrecken?«, entfuhr es mir, gleichzeitig ließ ich die Bilder von Lasse schnell mit einem Mausklick verschwinden.

»Guten Morgen. Leo, was machst du schon hier?«

Maja zog ihren Mantel aus und schüttelte ihn. Erst da sah ich, dass etwas Weiß zu Boden fiel und kurz darauf verblasste.

»Schneit es draußen?«

Maja zeigte nur zum Fenster und schüttelte den Kopf. »Verrückt, dass es schneit. Na ja, die Kinder freuen sich sicherlich. Auf den Straßen herrscht jetzt schon totales Chaos.« Maja lief in die Küche, ich folgte ihr.

»Haben sie ja in den Nachrichten schon gesagt, dass es zum Wintereinbruch kommen soll. Deshalb bin ich heute Morgen auch früher los.« Maja schüttete uns Kaffee ein und rührte Milch und Zucker dazu. Dann reichte sie mir meinen Becher. »Danke. Ich hatte vor, dich heute Morgen mit Kaffee zu überraschen.«

Meine Freundin blies grinsend in ihren Becher, ehe sie ihn an die Lippen setzte und trank. Dann setzte sie kurz ab und sah mich lächelnd an.

»Warum bist du heute wirklich so früh?«

Da war es wieder. So sehr ich mich auch bemühte, Maja etwas Falsches vorzugaukeln, sie durchschaute mich direkt. Wie zum Teufel sollte das Schauspiel am Samstag funktionieren?

»Na gut. Ich bin etwas aufgeregt.«

Dieser Satz führte natürlich nicht dazu, dass Maja von mir abließ.

»Warum?«

»Lasse holt mich nach der Arbeit ab und dann wollen wir Farbe und Möbel für meine Wohnung kaufen. Also, ich mache das, damit keiner, der mich besucht, sieht, dass Matthias noch virtuell zugegen ist. War Lasses Vorschlag.«

Maja grinste weiter und nickte dabei. »Ja, ja, klar. Deswegen machst du das.«

Ich ging auf das Gegrinse nicht mehr ein und kehrte zurück an meinen Arbeitsplatz. Sollte Maja doch denken, was sie denken wollte. Ich freute mich auf jeden Fall auf die Veränderung in meiner Wohnung … und auf Lasse.

Der Morgen lief wie jeder andere auch. Hubertus kam mal wieder ins Büro, setzte sich auf beide Schreibtische, versuchte mich zu einem Date zu überreden und erklärte, dass er im Keller seines Elternhauses eine schicke Wohnung habe. Anschließend desinfizierte ich alles wieder. Um zwölf Uhr ging Maja und gab mir noch den Tipp, Timo zum Geburtstag einen Gutschein zu schenken. Den konnte man im

Fitnessstudio kaufen. Mit dem Gutschein konnte er zwei Kurse mitmachen. Maja erwähnte, er habe jetzt Spaß an Spinning, genauso wie Matthias und Sex-Bombe. Vielleicht wäre es gut, mit Lasse ins Fitness-studio zu fahren, für den Fall, Matthias wäre auch da. Dann würde er schon mal sehen, dass ich jetzt auch einen neuen Partner hatte.

Um Viertel vor vier verließ ich das Büro. Ich wollte pünktlich unten stehen. Leider hatte mir Lasse nicht gesagt, was für einen Combi er fährt und so blieb mir nichts anderes übrig, als die Augen offen zu halten, in der Hoffnung, ihn auf dem großen Parkplatz zu ent-decken. Als ich allerdings vor dem Rathaus stand, musste ich nicht lange suchen. Eine kleine Menschen-traube (Mädchentraube wäre besser, zu sagen) stand auf dem Parkplatz und unschwer zu erkennen, weil er so groß war, entdeckte ich Lasse mittendrin, der versuchte, jedem Fan ein Autogramm zu überreichen. Ab und zu sah man einen Blitz, vermutlich, weil jeder versuchte, ein Foto von Lasse zu erwischen. Ein klein wenig war ich stolz. Ich würde mit diesem Mann, der da von so vielen angehimmelt wurde, meine Woh-nung neugestalten. Außerdem würde dieser Mann am Samstag mit mir auf eine Party gehen.

Ich beobachtete das Treiben noch bis genau sech-zehn Uhr, dann löste sich endlich die Menschen-menge auf. Einige der Mädchen weinten vor Glück, andere liefen zwar weg, drehten sich aber immer wieder nach Lasse um, vermutlich um sich zu überzeugen, dass dies kein Traum war. Ich näherte mich ihm und endlich sah er mich. Er hob lachend die Hand.

»Katja!« Ein paar der hartnäckigen Fans, die immer noch dastanden und Lasse anstarrten, drehten sich zu mir um. Dann fingen sie an, zu tuscheln. Jetzt war ich auch ein kleiner Star. Allein aus dem Grund, weil ich mit einem Schauspieler befreundet war.

Ich ging auf ihn zu und war froh, als Lasse mich kurzerhand am Arm festhielt und mit mir auf einen dunkelblauen Combi zuging. Er öffnete mir die Beifahrertür und ich stieg schnell ein. Immer noch standen an die zehn jungen Frauen da und beobachteten uns. Lasse stieg ein und schloss schnell die Tür.

»Ich hätte vielleicht doch besser die Mütze aufsetzen sollen. Damit erkennt man mich nicht so schnell. Hallo erst mal. Gut siehst du aus.«

Ich lächelte verlegen. »Vielen Dank. Stört dich das nicht, überall entdeckt zu werden?« Wir schnallten uns beide an, Lasse grüßte noch mal seine Fans, dann fuhren wir vom Parkplatz.

»Nein. Das stört mich nicht. Manchmal, wenn man selbst nicht unbedingt die beste Laune hat, ist es schwierig, freundlich zu bleiben. Aber, das ist nun mal Teil des Jobs. Und je mehr mich gut finden, umso öfter werde ich für Filme oder Serien gebucht. Damit verdiene ich mein Geld!«

»Ich stelle mir das ziemlich anstrengend vor.«

»Ja, manchmal ist es wirklich anstrengend. Aber das ist ja jeder Job. Ich versuche halt, Everybody's Darling zu sein.« Lasse schaute mich kurz an und zwinkerte mir zu.

»Das hätte bei mir nicht funktioniert. Glaube ich jedenfalls.«

»Wieso?«

»Na ja, im dunklen Park, als wir uns das erste Mal begegnet sind, kam mir deine Stimme schon sehr bekannt vor. Ich wusste nur nicht genau, dass es sich um dich handelte. Ich meine, wer rechnet schon damit, abends, in einem verlassenen Park, auf Lasse van Marweijk zu stoßen.«

Lasse lachte. »Ich bin ein Mensch, wie jeder andere auch. Also zum Baumarkt?«

»Ja. Und vielleicht, also nur, wenn du Lust hast, könnten wir noch zum schwedischen Einrichtungshaus? Aber wenn du keine Zeit hast, ist das in Ordnung. Du hast sicher auch Besseres zu tun, als mit mir in ein Möbelhaus zu fahren.«

»Nein, nein, ich habe Zeit. Ganz ehrlich. Und ich finde, es gibt doch nichts Besseres, als in einen Baumarkt und anschließend noch in ein schwedisches Möbelhaus zu fahren.«

Und wieder spukte die Frage in meinem Kopf herum, warum er das tat. Würde ich ihn erneut fragen, würde ich vermutlich wieder die Antwort bekommen, dass er eben sehr hilfsbereit sei. Deswegen sparte ich mir, die Frage zu stellen.

»Hast du dir schon überlegt, welche Farbe du haben willst? Oder sollen wir nur alles weiß streichen?« Lasse riss mich aus meinen Gedanken. Nicht, dass was er gesagt hatte, holte mich wieder ins Hier und Jetzt, sondern seine Hand auf meinem Bein. Sie lag einfach da, wie bei einem Paar. Ich sagte nichts dazu. Es fühlte sich nicht fremd an und ich übte schon mal für den Samstag. Für diesen Tag war es gar nicht schlecht, schon mal im Vorfeld zu proben, wie es sich anfühlte, mit Lasse zusammen zu sein. Und wenn mich dann schon seine Hand auf meinem Oberschenkel stören würde, wäre dies eine, um es mal dezent auszudrücken, beschissene Voraussetzung.

»Ich mag gerne Erdtöne. Warme Farben. Aber so wirklich Gedanken habe ich mir noch nicht gemacht. Vielleicht ein goldbraun für die Wohnzimmerwand? Und dann Bilder, die in Sepia sind, aufhängen? Das sieht bestimmt schön aus.«

Lasse nickte und lenkte den Combi auf den großen Parkplatz, der zum Baumarkt gehörte.

»Hey, Katja, nur so ein Vorschlag. Du bist in der Schauspielerei ja noch nicht ganz so sicher. Was hältst du davon, wenn wir jetzt im Baumarkt shoppen gehen und so tun, als wären wir ein Paar? Hast du Lust dazu?«

Ich schnallte mich ab und überlegte. Im Grunde war es eine gute Übung. Warum aber machte er den Vorschlag?

»Du … du hast nicht irgendwelche Hintergedanken, oder?«

Lasse lachte und schnallte sich ebenfalls ab.

»Was soll ich denn für Hintergedanken haben?«

Ich öffnete die Tür. »Ach, schon gut. Ja, lass uns spielen, wir wären ein Paar. Bekomme ich einen Tipp vom Meister?« Gerade als ich mich aus dem Auto schwingen wollte, zog mich Lasse zurück.

»Ja. Einen Tipp habe ich.«

Ich war plötzlich wahnsinnig euphorisch. Ich wollte es gut machen. Ich wollte eine gute Schauspielerin sein.

»Okay, lass hören!« Ich wäre am liebsten auf dem Autositz hoch- und runtergesprungen, versuchte aber natürlich, dieses kindische Verhalten zu unterdrücken. Stattdessen wackelte ich mit gleich beiden Beinen.

»Wenn du eine bestimmte Rolle spielst, musst du diese Rolle ganz und gar annehmen. Also, wenn du beispielsweise eine taffe Agentin spielen müsstest, dann musst du diese Rolle fühlen. Du musst dir vorstellen, wirklich eine Agentin zu sein. Nicht drüber nachdenken, welchen Schritt du als Nächstes tust. Einfach eins werden mit der Rolle. Deswegen wäre es wichtig, dass du dich selbst fragst, wer du sein

166

möchtest. Du möchtest natürlich nicht die verlassene, traurige Leo sein, die sich nichts sehnlicher wünscht, als mit Matthias wieder zusammenzukommen. Du willst eine selbstbewusste Frau sein, die weiß was sie will und die sich in einen Mann verliebt hat und am liebsten der ganzen Welt ihr Glück zeigen möchte. Richtig?« Meine Beine hatten längst aufgehört, aufgeregt zu wackeln. Ich sah Lasse nur an und klebte ihm förmlich an den Lippen. Ich hatte verstanden, was er gemeint hatte. Man musste die Rolle fühlen. Man musste sich vorstellen, im wahren Leben auch so zu sein. Ich war selbstbewusst. Ich war stark. Ich war … eine Agentin.

»Verstanden. Habe ich auf jeden Fall verstanden!« Ohne es selbst veranlasst zu haben, spürte ich, wie ich instinktiv den Kopf etwas hob, dir Brust rausstreckte und den Bauch einzog. Ich war eine Agentin! Eine taffe Agentin!

»Dann mal los!« Lasse zwinkerte mich noch einmal an, dann stiegen wir aus. Ich schloss eine Sekunde die Augen und atmete tief ein. Dann öffnete ich sie wieder und spürte die neue Rolle in mir. Ich lächelte Lasse kokett an. Er kam um das Auto auf mich zu und ich streckte ihm meine Hand entgegen. Er ergriff sie grinsend. Dann liefen wir Hand in Hand zum Eingang. Die Aufregung, die kurz aufkam, als Lasse den Vorschlag zum jetzigen Schauspiel gemacht hatte, war wie weggeblasen. Ich fühlte mich richtig gut.

Immer wieder schaute ich mich um. Meine Augen waren überall. Ich meinte sogar, eine Büroklammer, die einer der Mitarbeiter des Baumarktes fallen ließ, zu hören. Ich beobachtete jeden Kunden. Meine Hand verkrampfte sich um Lasses Hand. All meine Sinne liefen auf Hochtouren. Ich bekam das Gefühl, als würden sich alle Menschen im Baumarkt in Zeitlupe bewegen. Ich ließ die Hand von Lasse los, legte sie auf seinen unteren Rücken und schob ihn in einen der Seitengänge.

»Leo, was machst du denn?«, fragte er irritiert.

»Psst!« Ich sah mich hektisch um. »Bleib da stehen!« Ich schubste Lasse zurück, bis er nahe einem Regal mit Kiessäcken stand. Dann hechtete ich nach vorne, um den vermeintlichen Terroristen zu beobachten.

»Hast du dich jetzt über die Zementsäcke gerollt?«, fragte Lasse, stand aber immer noch da und sah mich mit großen Augen an.

Ich spähte um die Ecke. Mein Herzschlag glich einem Presslufthammer. Ich ging in meiner Rolle voll auf und fühlte mich stark, wie noch nie zuvor. Jener Mann, der mir suspekt vorkam, war weg. Ich winkte, ohne mich umzudrehen, Lasse zu.

»Was ist denn los?«, fragte er und kam zu mir.

»Die Luft ist rein, wir können weiter!«, flüsterte ich und erschrak, als Lasse mich plötzlich an beiden Oberarmen festhielt und mich zu ihm umdrehte.

»Leo, was machst du denn hier?«

Ich schaute in seine Augen und es war in diesem Moment, als fiele ein Schleier von meinem Gesicht.

»Ich spiele die Rolle?«

»Welche Rolle?«

»Die der … Agentin?«

Lasse lachte, schloss die Augen dabei und schüttelte den Kopf. Losgelassen hatte er mich immer noch nicht. Dann wurde er wieder ernst und sah mich an. »Leo, wir wollten doch spielen, ein Paar zu sein. Nicht, dass du eine Agentin bist. Du solltest spielen, dass du dich in mich verliebt hast und wir ein Paar sind.«

»Ach so. Ich … du hattest doch irgendwas von einer Agentin gesagt.«

»Das war ein Beispiel. Nur ein Beispiel.«

Ich spürte genau, wie mein Gesicht rot anlief und ich den Gedanken hatte, dir Erde möge sich bitte auftun und mich verschlucken.

»Hör zu, Leo, das funktioniert auch so am Samstag. Wir müssen das nicht üben. Ich dachte, es würde dir etwas die Angst vor dem Schauspiel nehmen. Mehr nicht.«

Ich nickte mehrfach hintereinander. »Ja, gut.«

»Okay. Dann komm, such dir Farbe für dein Wohnzimmer aus.«

Zu sagen, es war mir unendlich peinlich, reichte schon nicht mehr aus. Ich war so vertieft in der Rolle der Agentin, dass mein Gehirn es tatsächlich geschafft hatte, die Realität vollkommen auszublenden. Das einzige Positive daran war, dass ich nun sehr gut nachvollziehen konnte, wie sich manche Schauspieler in ihren Rollen fühlten. Einen Serienmörder wollte ich definitiv nicht spielen müssen.

Obwohl wir die Rolle des Paares ja nicht mehr üben wollten, ergriff Lasse meine Hand und zog mich in die Richtung, in der es allerhand Farben gab.

#vierzehn

Ein Fakt:
Gold ist eine schöne Farbe.
Nicht aber auf einer Wohnzimmerwand.

Seit der Aktion im Baumarkt bekam ich doch arge Schwierigkeiten Lasse anzuschauen. Aus den Augenwinkeln sah ich jedoch, dass er sich ein Grinsen nicht verkneifen konnte. Ich versuchte nicht, darauf einzugehen.

Dank der Mütze, die Lasse die ganze Zeit trug, wurde er von keinem erkannt. Manche schauten ihn intensiv an und überlegten offensichtlich, ob es sich tatsächlich um Lasse van Marweijk handeln könnte. Aber angesprochen hatte ihn keiner.

Ich hatte mich für einen zarten Goldton entschieden, womit ich die eine Wand im Wohnzimmer streichen wollte, außerdem kam ich nicht drum herum, weil es so hübsch aussah, mir ein riesiges Blumen-Tattoo zu kaufen, das optisch hervorragend zu der neuen Farbe passte.

Als wir wieder im Auto saßen, Lasse seine Mütze abgezogen und auf die Ablage gelegt hatte, fasste er mir wieder auf den Oberschenkel. Ich starrte nur nach vorne.

»Leo, du würdest wirklich eine gute Schauspielerin abgeben. Das muss ich dir lassen. Die Rolle der Agentin habe ich dir voll abgekauft.«

Ich vergrub mein Gesicht hinter meinen Händen. »Ich habe mich da zu sehr reingesteigert. Es hat mich auf einmal so gereizt, die Rolle richtig zu fühlen. Tut mir echt leid.«

Lasse lachte und zog mir die Hände vom Gesicht. Dann fasste er an mein Kinn und zwang mich, ihn anzusehen. Mit Sicherheit war ich rot im Gesicht. Rot und fleckig.

»Was tust du, wenn du die Rolle der verliebten Frau annimmst? Springst du mich dann an?«

Wenn es noch röter ginge, war dies der Moment, wo meine Gesichtsfarbe zur Höchstform auflief. Ich schluckte kurz und zog meinen Kopf zurück.

Um nicht auf diese Frage antworten zu müssen, stellte ich eine Gegenfrage. Kommt immer gut an. Das Gegenüber vergisst seine Frage und antwortet auf meine!

»Sollen wir denn noch zum schwedischen Möbelhaus fahren, oder lieber nicht?«

Lasse grinste schon wieder. Es war kein Grinsen, das sagte, ich freue mich, sondern vielmehr eines, was aussagte: Du hast meine Frage nicht beantwortet.

»Du hast meine Frage nicht beantwortet.« Na prima, jetzt hatte er auch noch meinen Gedanken laut ausgesprochen. Er schnallte sich an, und weil es eine hervorragende Art war, sich zumindest für eine Sekunde nach rechts drehen zu dürfen, tat ich es ihm gleich.

»Du meine auch nicht«, murmelte ich und tat so, als müsste ich den Gurt einige Male drehen.

»Ja, wir fahren jetzt zum schwedischen Möbelhaus und nein, du brauchst nicht mehr auf meine Frage zu antworten. Aber ich bin echt gespannt, wie es Samstag mit dir wird!«

Ich schnallte mich schnell an und sah wieder starr aus dem Fenster. Lasse fuhr los.

»Vergiss bitte nicht, dass du bei mir angestellt bist, Lasse. Mehr nicht. Schließlich dienen die Stunden dazu, dass Matthias wieder auf mich aufmerksam wird.«

Ich sah mal wieder aus den Augenwinkeln sein Grinsen und dieses Mal unterstrich er es mit einem vagen Kopfnicken. »Habe ich verstanden. Es ist nur ein Spiel. Ein Schauspiel. Mehr nicht. Danach, wenn ich zehn Stunden für dich gearbeitet habe, gehen wir wieder getrennte Wege.«

»So sieht es aus!«, sagte ich dazu nur noch und versuchte, mich selbst zu fragen, wie es eben im Baumarkt zu so einem Fauxpas kommen konnte.

Ich hatte mich für einen neuen Teppich entschieden und außerdem einige Wandbilder gekauft. Zu mehr hatte mein Erspartes leider nicht gereicht. Nur einmal war es im schwedischen Einrichtungshaus dazu gekommen, dass Lasse erkannt wurde. Wie auf Knopfdruck war er voll Profi gewesen, hatte ein Selfie mit einer etwas korpulenteren Dame über sich ergehen lassen und ihr auf dem Unterarm ein Autogramm geschrieben (mit Edding!). Es würde mich nicht wundern, für den Fall, ich sähe diese Dame einmal wieder, sie hätte sich dieses Autogramm tätowieren lassen. Sie schien wahnsinnig auf Lasse zu stehen, wie es ja viele taten.

Lasse hatte mich zuerst zur Arbeit gebracht, damit ich mein Auto holen konnte. Dann war er hinter mir hergefahren. Nach fast zwei Stunden, die es gebraucht hatte, Farbe und Möbel zu kaufen, kamen wir endlich bei mir an. Während der Fahrt hatte ich überlegt, Lasse zu fragen, ob er am nächsten Abend mit mir zum Fitnessstudio fahren und den Gutschein holen könnte. Somit hätte ich zwei Fliegen mit einer Klappe geschlagen. Ich hätte das Geschenk und Matthias könnte schon mal sehen, dass ich einen Neuen hatte. Ferner er dann im Studio wäre.

Vielleicht wäre es sinnvoll, Maja einzuweihen. Sie könnte Timo zum Sport schicken, und so viel ich wusste, tat er das ja gar nicht mehr ohne Matthias und Sex-Bombe.

Ganze drei Mal mussten Lasse und ich in den ersten Stock laufen, bis wir alles, was ich gekauft hatte, in meiner Wohnung hatten.

»Ich habe schon mal abgeklebt. Wir können also gleich mit Streichen beginnen. Ich bezahle dir das auch gerne.«

Lasse hob sofort die Hand. »Alles gut, das mache ich umsonst. Kein Problem.« Er stemmte die Hände in die Hüften und sah sich im Wohnzimmer um. Dann marschierte er in den Flur. Ich lief ihm nach.

»Du hast echt alle Bilder von deinem Ex weggetan. Wie sieht dein Schlafzimmer aus?«

»Ist auch befreit. Eines habe ich mir aufgehoben. Ich liebe dieses Bild und habe es nicht übers Herz gebracht.«

Dass Lasse mich plötzlich in den Arm nahm und einmal im Kreis herumwirbelte, hatte ich nicht kommen sehen. »Ich bin stolz auf dich. Super!«

Ich drückte ihn schnell von mir weg und hob beide Hände. »Bitte die Contenance bewahren. Ich bin schließlich deine Vorgesetzte.«

Etwas verlegen fuhr er sich mit beiden Händen durch die Haare. »Selbstverständlich. Ich vergaß. Entschuldige.«

Ich klatschte in die Hände. »Sollen wir anfangen?«

»Gut. Fangen wir an.« Er packte das Ende seines Pullovers und zog ihn sich über den Kopf. Dann stand er nur noch mit Unterhemd bekleidet da. Nett anzusehen war er. Auf jeden Fall. Erwähnte ich schon, oder?

»Ja. Ich … geh dann mal ins Schlafzimmer und ziehe mir alte Sachen an!« Ich eiste mich vom wirklich sehr eng anliegenden Unterhemd los und marschierte in mein Zimmer. Weshalb meine Beine plötzlich anfingen, leicht zu zittern, wusste ich nicht. Aber, das Gefühl machte mir irgendwie Angst. Ich kannte das Gefühl. Ich wusste nur nicht auf Anhieb, woher ich es kannte.

In Windeseile zog ich meine älteste Jeans und mein ältestes T-Shirt an, band meine Haare zu einem hohen Zopf zusammen und ging wieder ins Wohnzimmer. Lasse war gerade damit beschäftigt, die Farbe umzurühren. Ich verharrte einen Moment und schaute die riesige Wand an, die noch einen Tag zuvor gesäumt war mit Bildern von Matthias. Auch wenn der ursprüngliche Gedanke, der war, den Schauplatz neu zu gestalten, damit ich die Lüge, einen neuen Partner gefunden zu haben, auch bei jenen aufrechterhalten konnte, die meine Wohnung sahen, so dachte ich in diesem Moment, dass es etwas Befreiendes hatte. Ich war bereit, meinen eigenen Geschmack auszuleben. Und der war …

»Das ist ziemlich Gold, oder?« Ich schaute in den Eimer.

»Ziemlich.« Lasse zog den Holzstab, mit dem er die Farbe umgerührt hatte, raus und begutachtete ihn. Dann tunkte er einen der neuen Pinsel in den Eimer, stand auf und ging zur Wand. Er setzte den Pinsel an. Ich verschränkte die Arme vor der Brust und legte den Kopf mal nach links, mal nach rechts. Lasse hatte groß und schräg Bert an die Wand geschrieben. Ich schmunzelte.

»Also, das ist echt Gold. Um nicht zu sagen, ziemlich Gold. Willst du wirklich die ganze Wand in der Farbe haben?« Lasse sah mich fragend an. Ich biss mir auf die Unterlippe. Die ganze Wand in Gold wäre schon ziemlich auffällig. Dekadent. Es hatte etwas Dekadentes.

Ich griff mir ebenfalls einen Pinsel, tauchte ihn in den Eimer und ging zu ihm. Dann schrieb ich neben das Wort Bert Katja. Lasse lachte.

»Wir lassen um die beiden Namen etwas Anthrazit. Dann können wir uns immer an diesen Abend erinnern. Was meinst du?«, fragte ich.

Lasse ging einige Schritte zurück und schaute sich die Namen an. »Na ja, hinsichtlich dessen, dass ich nach zehn Stunden, die ich für dich gearbeitet habe, vermutlich deine Wohnung nicht mehr betreten werde, erinnerst nur du dich.«

Warum mein Gehirn immer wieder ausblendete, dass ich den engagierten Schauspieler nach getaner Arbeit nicht mehr wiedersehen würde, wusste ich nicht. Aber der Gedanke war eigenartig. Vermutlich, so dachte ich, rührte es daher, dass es zur Gewohnheit geworden war. Ich war es gewohnt, mit Lasse zu tun zu haben, trotz der kurzen Zeit. Ich musste wieder mehr an meinen Plan denken. Und der war nun mal, Matthias zurückzugewinnen.

»Ja, stimmt, dann erinnere nur ich mich.«

»Aber weißt du, woran ich mich gerne erinnern würde?«, fragte er. Ich sah ihn kopfschüttelnd an. Er ging wieder zum Eimer und tunkte seinen Pinsel hinein. Dann kam er auf mich zu, und noch ehe ich reagieren konnte, um einen Schritt nach hinten zu machen, hatte ich die Wange voller Farbe. Lasse lachte laut.

»Im Gesicht sieht die Farbe weitaus besser aus, als an der Wand!«

Ich schnappte nach Luft und fasste vorsichtig in mein Gesicht.

»Na warte!« Ich tunkte meinen Pinsel ebenfalls in den Eimer, zog ihn voll mit Farbe heraus und lief auf Lasse zu, der dabei war, zu flüchten. Doch ich war schneller.

Binnen kürzester Zeit waren unsere Gesichter nahezu komplett mit goldener Farbe überzogen, und als ob das nicht reichen würde, tunkte ich meine ganze

Hand in den Eimer und verewigte mich auf seinem Unterhemd, an der Stelle, an der seine Brust war.

»Hey, das war ziemlich neu!« Lasse hielt seine Hand ebenfalls in den Eimer. Ich war auf der Hut und tanzte lachend um den Wohnzimmertisch herum.

»Du verdienst so viel Geld bei mir, du kannst dir ein Neues kaufen«, gab ich kichernd von mir. Noch ehe ich es mir versah, spürte ich plötzlich eine Hand auf meiner linken Brust. Erschrocken sah ich Lasse an. »Hast du mir jetzt an die Brust gepackt?« Er lachte und zeigte mit seiner goldenen Hand auf mein T-Shirt. »Nein, natürlich nicht, wie kommst du darauf?« Plötzlich klingelte es. Lasses Lachen verstummte. »Erwartest du noch jemanden?« Ich zuckte mit den Schultern. Leicht außer Atem liefen wir in den Flur. Ich wischte, so gut es ging, meine rechte goldene Hand an meiner Hose ab und öffnete langsam.

Ein gellender Schrei, wie der einer zu höchst erschrockenen Frau, hallte durch den Flur. Nicholas wich zurück, fiel über seine eigenen Füße und lag auf dem Boden. Mit weit geöffneten Augen starrte er mich und Lasse an. »Herrgott, jetzt steh auf, Nicholas, ich bin es!« Lasse trat an mir vorbei und reichte dem Studenten die Hand. Zögerlich ergriff er sie und ließ sich hochziehen. »Was willst du denn?« Nicholas starrte auf die Hand auf meiner Brust, dann schaute er Lasse an und man sah, dass sein Hirn – kommt ja selten genug vor – überlegte, woher er diesen goldenen großen Mann neben mir kannte.

Er hielt mir zitternd zehn Euro hin. »Wollte ich dir wiedergeben.« Ich nahm ihm den Schein aus der Hand. »Danke. Sonst, noch was?«, fragte ich.

»Willst du uns nicht vorstellen?« Ich sah Lasse an und stöhnte leicht. Ich war mir fast sicher, dass jetzt, nachdem der Student die Stimme des goldenen Männchens gehört hatte, genau wusste, dass es sich um Lasse van Marweijk handelte. Seine Stimme war markant und tief. Eine Stimme, die man sich schnell einprägen konnte.

»Ja, also das ist Nicholas, ewiger Student und stolzer Besitzer einer Hercules, und das ist …«

Lasse streckte die Hand aus, die Nicholas nach erstem Zögern ergriff. »Bert. Hallo, Nicholas.«

»Du … du siehst aus wie dieser eine …«

Ich schnitt dem Studenten sofort das Wort ab. »So, danke Nicholas, du siehst ja, wir haben noch einiges zu tun.«

»Du meinst sicher Lasse van Marweijk? Den Schauspieler?«, fragte Lasse.

Nicholas streckte den Zeigefinger aus und tat so, als tippe er auf eine Wand. »Ja. Genau den. Den meine ich. Du siehst aus wie er!«

Lasse lachte. »Mit dem verwechseln mich viele. Ganz ehrlich, ich habe den Schauspieler mal gesehen. Der sieht im Fernsehen ganz anders aus. Viel besser.

Schminke und so, du verstehst? In Wirklichkeit sieht der ziemlich blöd aus.«

Nicholas nickte vage mit geöffnetem Mund. Man sah dem Studenten förmlich an, dass er noch nicht so recht wusste, ob er diese Geschichte glauben sollte, oder nicht.

»Mach es gut, Nicholas. Ich mache mich mal wieder an die Arbeit.«

Ich hüpfte ein Stück nach vorne, als Lasse mir kurz und züchtig auf den Allerwertesten haute und mit den Worten: Komm Baby, wir haben noch einiges vor, ins Wohnzimmer ging.

»Ich wusste gar nicht, dass du einen neuen Freund hast!«, flüsterte Nicholas.

»Das ist auch noch nicht so ganz raus!«, flüsterte ich zurück und wollte die Türe schließen, aber der Student drückte sie wieder auf.

»Wo hast du ihn kennengelernt? Entschuldige, aber vor ein paar Tagen sahst du noch so unglücklich aus.«

»Ich … ich kenne ihn schon länger. So, ich muss mal Las…, ich meine Bert, helfen. Schließlich soll er nicht die ganze Arbeit allein machen.« Wieder versuchte ich, die Wohnungstüre zu schließen, wieder drückte Nicholas dagegen.

»Sorry, Leo, aber hast du vielleicht noch Quark im Haus?«

»Nein!« Ich schubste den Studenten zurück und knallte schnell die Tür zu. Ich kehrte zurück ins

Wohnzimmer, wo Lasse damit beschäftigt war, in wolkenform etwas Anthrazit, um unsere Fake-Namen zu markieren und anschließend begann, mit der großen Rolle die ganze Wand zu streichen.

»Warum muss du mir immer auf den Hintern hauen?«, fragte ich nicht gerade freundlich.

»Na, ich dachte, ich soll etwas gegensätzlich sein. Also anders, als dein Ex. Und nach deinen Erzählungen scheint Matthias ein ziemliches Weichei zu sein. Dann spiele ich doch die Rolle des Bad-Boys.«

»Die Rolle des Bad-Boys? Und was spiele ich dann?«

Lasse legte die Rolle auf ein Stück Zeitungspapier und kam auf mich zu. Dann packte er mich an meinen Hüften und zog mich zu sich. »Du? Du spielst dich selbst!« Er legte einen Arm um mich, zog umständlich sein Handy aus der Tasche, lehnte seinen Kopf gegen meinen und machte ein Foto von uns. »Wir sehen goldig aus, findest du nicht?«

#fünfzehn

Ein Fakt:
Die erste Szene,
die man spielt, ist die Schwerste.

Etwas verlegen löste ich mich aus Lasses Umarmung, nahm eine der verpackten Rollen, befreite sie vom Plastik, tauchte sie in den Farbeimer und begann mit dem Streichen.

Nach einer guten Stunde waren wir fertig. Etwas oberhalb der Wand stachen die Namen Bert und Katja hervor, die mit etwas Anthrazit drum herum gut zur Geltung kamen, ansonsten war die ganze Wand goldig gestrichen. Wir hatten uns beide einige Schritte entfernt hingestellt, die Arme vor der Brust verschränkt, und bestaunten unser Werk. Sehr, sehr golden.

»Na ja, wenn du jetzt noch diesen schrecklichen Metallschrank durch einen weißen ersetzen würdest, glaube ich, dass es gar nicht so schlecht aussehen würde.«

Ich nickte. »Den Schrank hat Matthias ausgesucht. Ist auch nicht unbedingt mein Geschmack.«

»Warum hast du heute im schwedischen Möbelhaus nicht einfach einen Weißen gekauft?«

Ich kickte Lasse mit der Schulter an. »Weil ich einen wahnsinnigen Schauspieler eingestellt habe, der für seine Stunden bezahlt werden will. Spaß beiseite. Mein Erspartes, was nicht unbedingt viel war, ist für Farbe, Bilder und Teppich draufgegangen. Ich muss erst wieder sparen. Vielleicht funktioniert es in zwei Monaten. Dann würde ich mir einen Schrank kaufen.«

Lasse kickte mich ebenfalls an. »In zwei Monaten wird doch sicher Matthias wieder hier sein. Wieso willst du dann einen neuen Schrank kaufen?«

Ich sah Lasse nachdenklich an. Matthias. Den hatte ich für den Moment ganz vergessen.

Nachdem wir alles sauber gemacht und den Schrank zumindest wieder nahe der Wand stehen hatten, verabschiedete sich Lasse von mir, immer noch golden im Gesicht.

»Also brauchst du mich jetzt vor Samstag noch, oder nicht?«

Jetzt oder nie.

»Wenn du morgen Abend so gegen neunzehn Uhr Zeit hättest, wäre das schön. Wenn nicht, dann nur Samstag. Ist kein Problem. Aber ich könnte dann

morgen noch den Gutschein für Timo besorgen. Im …
Fitnessstudio. Matthias ist bestimmt auch dort.«

Ich reichte Lasse ein feuchtes Tuch, sodass er zumindest etwas Farbe aus seinem Gesicht wischen konnte, wobei er immer wieder betonte, dass es die perfekte Tarnung sei und er so golden er war, sicher von kaum einem Fan erkannt wurde.

»Okay, dann hole ich dich morgen Abend um neunzehn Uhr ab.« Er zwinkerte mir zu.

»Prima. Ich freu mich«, entfuhr es mir.

»Freu dich nicht zu früh. Denk dran, ich bin der Bad-Boy!« Er zog mich an sich und küsste mich auf beide Wangen, dann grinste er mich noch einmal an, wandte sich zur Tür und ging.

Ich stand regungslos im Flur und lauschte. Ich hörte die Haustür, wie sie ins Schloss fiel. Ich lief in die Küche und schaute aus dem Fenster. Ich sah, wie er in seinen Combi einstieg und kurz darauf losfuhr.

Ich schnaufte laut und stemmte die Hände in die Hüften. Ich spürte selbst, wie der Plan immer weiter in den Hintergrund trat und das wollte ich nicht. Aber hätte ich Lasse vor Matthias getroffen, was sicher ausgeschlossen war, aufgrund seines Berufes, er wäre der Typ Mann gewesen, den ich gut gefunden hätte. Wobei ich ja immer noch nicht wusste, wie er war, wenn er nicht gerade die Rolle des Bad-Boys eingenommen hatte. Vielleicht war er ähnlich wie Matthias. Ein … wie sagte Lasse noch? Weichei?

Als ich frisch geduscht im Bett lag, spürte ich wieder mal dieses eigenartige Kribbeln in den Beinen und dieses Mal auch in der Bauchgegend, was sicherlich daherkam, dass ich morgen Abend nach über vier Wochen, Matthias wiedersehen würde. Obwohl ich mich im Dunkeln schon auf die Seite gedreht hatte und im Begriff war, einzuschlafen, machte ich noch einmal meine Nachttischlampe an, zog die Schublade vom Nachttisch auf und nahm das Bild von Matthias und mir in die Hand. Minutenlang starrte ich auf sein Gesicht, das fröhlich war. Ich hingegen sah wie immer leicht gequält in die Kamera, weil ich auf dem riesigen Pferd Angst hatte. Dieser Spanienurlaub war unser erster gemeinsamer Urlaub gewesen. Und nach dem Urlaub hatte ich das Gefühl, bei den vielen Aktivitäten, die wir gemacht hatten, dass ich noch mal Urlaub bräuchte, um mich vom Urlaub zu erholen. Morgen würde ich ihn sehen. Ich war gespannt.

Der nächste Tag ging überraschend schnell um. Maja war eingeweiht und hatte versprochen, dafür zu sorgen, dass Timo sich mit Matthias und Sex-Bombe im Fitnessstudio um neunzehn Uhr verabreden würde.

Bei mir machte sich, vor allem, als ich nach der Arbeit nach Hause fuhr, Aufregung breit. Wie würde Matthias reagieren? Was sollte ich anziehen? Wie sollte ich meine Rolle spielen? Im Grunde musste ich mich voll und ganz auf Lasse verlassen. Ich musste nur ich selbst sein. Allerdings wusste ich seit ungefähr vier Wochen nicht mehr, wer ich überhaupt war.

Da ich freitags bereits um vierzehn Uhr Feierabend machte, hatte ich noch genügend Zeit, das Wand Tattoo und die neuen Bilder anzubringen. Die Neugestaltung meiner Wohnung machte mir richtig Spaß. Es war das erste Mal, dass ich etwas machen konnte, ohne einen Mann im Nacken zu haben, der mir sagte, alles, was ich vorhatte, sähe nicht gut aus.

Ich hatte nach zwei Stunden nicht nur das Wand Tattoo angebracht, sondern auch alle Bilder aufgehängt und den neuen Teppich im Wohnzimmer ausgebreitet. Das Wohnzimmer gefiel mir so viel besser und ich nahm mir vor, Stück für Stück die ganze Wohnung zu verändern. Damit müsste Matthias dann zurechtkommen. Wenn er wieder nach Hause wollte, so müsste er die Veränderung der Wohnung akzeptieren.

Ich nahm mir viel Zeit, mich so zurechtzumachen, dass es alltagstauglich war. Ich wollte natürlich im Fitnessstudio nicht den Eindruck vermitteln, dass ich mich extra für Matthias schick gemacht hätte. Deswegen erschienen mir die engen Jeans und der schwarze, ebenfalls enge Rolli als sehr geeignet für diesen Abend. Meine Haare trug ich offen, denn ich wusste, dass Matthias über meinen hohen Pferdeschwanz immer gemeckert hatte und ich entschied mich, obwohl es draußen frostig war, für etwas höhere schwarze Stiefel. Leicht nervös saß ich in der Küche an der Theke und trank einen letzten Kaffee. Innerlich versuchte ich ganz klar zu unterscheiden, woraus sich die Nervosität zusammensetzte. Zum einen war ich natürlich nervös, gleich auf Matthias zu treffen. Ich war nervös, gleich auf Sex-Bombe zu treffen. Ich war nervös, ob ich meine Rolle, mich selbst zu spielen, glaubwürdig vortragen konnte. Und ein klein wenig, ich meine, wir sprechen ja immerhin von einem Schauspieler, war ich nervös, Lasse gleich zu sehen.

Als es um kurz vor neunzehn Uhr klingelte, wäre ich fast vom Hocker gefallen. Auf wackeligen Beinen lief ich in den Flur und drückte den Knopf, der die Haustür unten öffnete. Dann stöckelte ich zurück in die Küche und suchte verzweifelt meine Handtasche. Es klopfte an meiner Wohnungstür. Ich tippelte wieder in den Flur und öffnete schnell. Nur einen kurzen Blick warf ich auf Lasse, der in einer coolen Jeans, die Haare ziemlich wuschelig, offene Schnürstiefel an den Füßen und einer ziemlich heißen Lederjacke an, dastand.

»Ich suche noch meine Handtasche. Ich bin sofort fertig.«

»Meinst du diese hier?«

Ich drehte mich um und sah Lasse erstaunt an, der im Flur stand. »Woher hast du sie?«

»Hing unter deiner Jacke am Haken. Ich habe übrigens noch ein Geschenk für dich.« Als ich Lasse meine Handtasche abnahm, sah ich, dass er in der anderen Hand ein Geschenk hielt. Erstaunt nahm ich es ihm ab.

»Wie komme ich zu der Ehre?«

Er lachte. Grübchen zeichneten sich links und rechts seiner Wangen ab. »Zu welcher Ehre meinst du denn?«, fragte er.

»Na ja, zu der Ehre, vom großen Schauspieler ein Geschenk zu bekommen.«

Er kam einen Schritt auf mich zu. »Wenn ich ganz ehrlich bin, es ist kein Geschenk im herkömmlichen Sinne. Es ist mehr ein Requisit!«

»Oh.« Ich ging ins Wohnzimmer und hörte, dass Lasse mir folgte.

Wir setzten uns auf die Couch und ich begann, das Präsent zu öffnen. Noch ehe ich es ganz vom Papier befreit hatte, musste ich lachen. Dann hielt ich das Bild hoch. »Das Selfie von gestern Abend!«

»Kannst du dir auf den Schrank stellen. Dann ist unser Schauspiel noch echter!«

Ich legte es lachend auf den Wohnzimmertisch und küsste Lasse auf die Wange. »Vielen Dank für das Requisit!« Er drehte den Kopf und sah mich an.

»Sehr gerne. Sollen wir los und deinen Ex heißmachen?«

Wieder kribbelte es in meinem Magen, fast schon unangenehm. Sicher, weil ich jetzt gleich Matthias sehen und meine erste Rolle im Leben spielen würde. Die Rolle der neuen Leo.

Schnee lag leider nicht mehr auf den Straßen, stattdessen waren überall riesige Pfützen und es nieselte leicht, trotz der Kälte. Lasse war wieder mit seiner Ente gekommen. Mit dem Auto, das für mich besser in einem Museum aufgehoben wäre. Da ich aber gespürt hatte, dass die 2CV Lasses ganzer Stolz war, sparte ich mir einen lustigen Spruch. Und irgendwie fand ich es ja süß, dass er dieses alte Auto bevorzugte. Sicher könnte er sich locker ein nagelneues Auto kaufen. Jung und modern.

»Und? Bist du aufgeregt?«, fragte er, als wir im Fahrzeug saßen und er losfuhr.

»Ja. Etwas. Ich hätte lieber eine andere Rolle und nicht die, mich selbst zu spielen. Ich glaube, es ist einfacher, in eine Rolle zu schlüpfen, die man im wahren Leben so ganz und gar nicht ist!«

»Dann such dir einfach eine Rolle aus, die du gerne spielen würdest! Aber bitte nicht mehr die der Agentin. Irgendwie stand dir die Rolle ganz und gar nicht.«

Und ich wurde wieder rot.

»Ich verlasse mich einfach auf dich. Wird schon funktionieren.«

Den Rest der Fahrt sprachen wir nicht mehr. Lasse konzentrierte sich nur darauf, mit seiner Ente durch den immer noch zähfließenden Verkehr der Stadt zu kommen, ich machte mir Gedanken darüber, wie es gleich sein würde, Matthias zusammen mit seiner neuen Freundin zu sehen.

Nach zwanzig Minuten waren wir endlich da. Sofort stach mir der rote SUV ins Auge und ich wusste genau, dass ich es nicht verhindern konnte, zumindest einen kurzen Blick auf die Motorhaube zu werfen. Hoffentlich war der Schaden behoben, denn immer noch hatte ich ein schlechtes Gewissen, ausgerechnet das Auto von Viktoria beschädigt zu haben. Allerdings ahnte ich an dem Abend zum einen nicht, dass es sich um ihr Auto handelte, zum anderen, dass ich es fertigbringen und es beschädigen würde.

Als der Motor verstummte, meinte ich, meinen Herzschlag nicht nur zu fühlen, sondern auch zu hören.

»Alles klar?«, fragte Lasse. Wir schnallten uns ab.

»Ich bin nervös. Gibt es irgendwelche Tricks des Meisters, wie man diese Nervosität loswird?«

Lasse lachte. »In der Filmbranche begrüßt man die Nervosität. Ist man nervös, ist man meist konzentrierter. Also, mein Tipp für dich, mach dir die Nervosität zunutze!«

Ich nickte, atmete noch einmal tief ein und aus, dann stiegen wir aus der Ente aus, die mich irgendwie beschützt hatte. So fühlte es sich zumindest an. Als ich im Freien stand, zitterten meine Beine so stark, dass ich bezweifelte, den Weg bis zum Studio laufen zu können. Lasse kam um das Auto rum und streckte mir seine Hand entgegen. »Paare gehen immer Hand in Hand, ist doch so, oder?«

»Ja, ich glaube schon.« Matthias und ich waren nur selten Hand in Hand gegangen. Er meinte, es wäre ekelig, weil man an den Händen auch schwitzte.

Ich ergriff seine Hand, die sich gottseidank anfühlte, wie ein Beschützer, dann liefen wir zum Eingang und ich übte heimlich den Blick der verliebten Freundin.

Das Studio war so aufgebaut, dass man von der Information und Bar einen guten Überblick hatte. »Ein kleines Lächeln wäre schön, du bist immerhin verliebt!«, flüsterte mir Lasse ins Ohr, legte den Arm um mich und zog mich dicht zu sich. Ich gab meinen Mundwinkeln die Information, nach oben zu wandern.

Als wir am Empfang standen und auf denjenigen warteten, der für diesen Bereich zuständig war, sah ich ihn plötzlich. Matthias. Mit Sex-Bombe.

»Showtime. Da ist die Sportskanone. Kommen wir also zur ersten Szene!«

Lasse packte mich plötzlich, hob mich hoch und setzte mich auf die Theke. Mir blieb kurzzeitig der

Atem weg, aber ich sah, dass Matthias zu uns rüber schaute. Showtime.

Ich schlang die Arme um Lasses Nacken und versuchte, ihn verliebt anzusehen, konnte es aber nicht lassen, immer wieder zur Seite zu schauen, ob unser Schauspiel auch von Matthias bemerkt wurde. Und es wurde bemerkt.

Lasse fasste plötzlich an mein Kinn und zog meinen Kopf wieder nach vorne. Dann umfasste er mit beiden Händen mein Gesicht und küsste mich auf den Mund. Erschrocken wich ich zurück und sah ihn fragend an.

»Was ist los, Baby, bist du immer noch sauer auf mich?« Ich spürte zwei Hände auf meinem Hintern, die mich mit einem Ruck nach vorne zogen. »Du bist in mich verliebt, vergiss das nicht!«, flüsterte er. Ich nickte und wusste nichts Besseres zu tun, als meine Lippen auf seine zu pressen. Jetzt war Lasse derjenige, der etwas erschrocken war. Ein Gequietsche ließ uns mit einem Mal auseinanderweichen. Wir zuckten beide zusammen und sahen perplex zu Sex-Bombe, die wie eine Furie auf uns zu lief. »Ich habe Angst«, entfuhr es mir und selbst Matthias, den ich die ganze Zeit versucht hatte, aus den Augenwinkeln zu beobachten, war für den Moment Geschichte.

Viktoria hüpfte wie ein kleines Kind vor uns her und strahlte Lasse an. »Oh Gott! Oh Gott! Herr van Marweijk! Oh Gott! Ich bin Ihr größter Fan. Ich habe alle Filme von Ihnen gesehen. Oh Gott! Das glaubt mir kein Mensch. Oh Gott!«

Mir klappte die Kinnlade nach unten. Ich wusste in diesem Moment nicht, ob es daran lag, dass sie wie ein Kleinkind vor Lasse auf und ab hüpfte oder daran, dass sie mit enorm piepsiger Stimme sprach. Und als Lasse dann auch noch meinen Hintern losließ und sich zu Sex-Bombe drehte, fühlte ich mich irgendwie verlassen. Ich sprang von der Theke und starrte Viktoria an, die vor Lasse rumtanzte, mit den Augenlidern klimperte und um ein Autogramm bettelte. Und als ob das nicht reichte, kam Matthias auf uns zu. Seltsamerweise bekam ich in diesem Moment das Gefühl, weglaufen zu wollen.

»Ha … hallo Herr van Marweijk. Was für eine Ehre, Sie hier zu sehen!« Dann sah Matthias mich an, fragend, irritiert, völlig von den Socken. »Leo. Hallo.«

Ich nickte ihm nur zu. »Matthias.« Und noch ehe ich nur den Satz: ›Wie geht es dir?‹, über die Lippen bringen konnte, zog mich Lasse wieder dicht zu sich und küsste zu allem Überfluss auch noch meine Schläfe.

Und zu guter Letzt, wie konnte es auch anders sein, kam Timo zu uns, in Begleitung so ziemlich aller, die an diesem Abend im Fitnessstudio waren. Irgendwie lief so gerade alles schief, was nur schieflaufen konnte. Das Einzige, das ich wirklich sehr nett von Lasse fand, er ließ mich trotz der Menge, die uns umzingelte, nicht los. Er hatte seinen Arm schützend um mich gelegt, in der anderen Hand hielt er einen Stift, den der Betreiber des Studios ihm schnell gegeben hatte und unterschrieb auf den unmöglichsten Dingen. Mal auf einem verschwitzen T-Shirt, mal auf einer Trainingshose, mal klassisch auf einem Papier, eine hielt ihm ihr Fitnessbuch hin und ein anderer, der schoss nun wirklich den Vogel ab, hatte tatsächlich sein Shirt ausgezogen und streckte ihm die Brust entgegen. Als dann Viktoria in hoher Stimme schrie: Selfie! Selfie, wand ich mich aus der Umarmung und stellte mich etwas entfernt an die Theke. Ich sah dem Treiben nur noch kopfschüttelnd zu. Ich hätte es mir denken können. Unser Schauspiel konnte nur schiefgehen.

#sechzehn

Ein Fakt:
Bekannte Schauspieler
haben einfach kein Privatleben.

Ich trommelte genervt mit den Fingern auf der Theke rum und hoffte, dass mal irgendeiner kam, der mir diesen Gutschein ausstellen konnte. Ich wollte, so schnell es möglich war, nach Hause. Hinter mir blitzte es nahezu ununterbrochen, weil alle Handys gezückt worden waren, und jeder ein Foto vom Schauspieler haben wollte.

»Ist bestimmt nicht einfach, mit einem berühmten Mann zusammen zu sein, oder?« Ich drehte den Kopf. Neben mir stand Matthias und lächelte mich an. Ich wartete darauf, dass meine Beine fast nachließen, dass mir von den vielen Schmetterlingen im Bauch schlecht wurde, dass ich spürte, wie mein Gesicht vor lauter Aufregung fleckig wurde. Doch nichts von all dem trat ein. Ich sah ihn nur kurz gelangweilt an, ehe ich wieder nach vorne starrte. »Man gewöhnt sich daran. Und wie geht es dir?« Ich musste mich regelrecht dazu zwingen, ihn wieder anzusehen.

Matthias lachte und nickte in jene Richtung, in der Viktoria immer noch euphorisch hüpfte und Lasse anhimmelte.

»Man gewöhnt sich daran.« Ich beugte mich nach vorne und stützte meinen Kopf auf beide Hände. Ich war müde. »Ihr kommt auch morgen, oder? Auf die Party? Zu Timo?«

»Ja. Wir kommen auch. Ihr auch?«

»Ja. Wir auch. Viktoria liebt Partys. Jedes Wochenende sind wir unterwegs. Da freue ich mich, dass es morgen mal nur eine kleine Party bei Timo und Maja ist.« Matthias kam dichter zu mir und beugte sich ebenso über die Theke, wie ich es tat. »Du, Leo, auch wenn du denkst, das wäre nicht so, aber ich vermisse …«

Ein Schrei entfuhr mir, als Lasse mal wieder ausholte und mir feste auf den Hintern schlug. Erschrocken drehte ich mich um und war im Begriff, zurückzuschlagen, allerdings zwinkerte mich Lasse so intensiv an, um mir zu signalisieren, dass wir mitten im Schauspiel seien, dass ich versuchte, den Reflex zu unterdrücken. Matthias starrte nur Lasse an. »Hat diese Frau nicht den geilsten Arsch von allen? Ich liebe ihn! Ich liebe diesen Arsch. Und damit kann man Sachen anstellen … fantastisch. Nicht wahr, Baby?«

In mir rief eine Stimme: Spiel mit! Egal was kommt, spiel mit!

Ich lächelte Lasse leicht gequält an.

»Ich habe heute Bauch, Beine, Po trainiert! Herr van Marweijk, fühlen Sie mal. Alles fest!«, piepste Viktoria und streckte Lasse tatsächlich ihr Hinterteil entgegen, der auch noch in ihre linke Backe kniff und anerkennend lächelte. Jetzt war es wirklich an der Zeit, mich meiner Rolle mit Leib und Seele zu nähern. Ich boxte Lasse feste gegen die Brust.

»Ey, was soll das?« Lasse lachte laut auf, zog mich an sich und küsste mich auf den Mund.

»Mein Baby ist echt eifersüchtig. War sie das bei Ihnen auch? Leo ist doch Ihre Ex-Freundin, richtig?«

Matthias Mund stand offen und er schaffte es, nur mit dem Kopf zu nicken. So hatte ich ihn noch nie gesehen und das tat gut. Sehr gut.

Viktoria kicherte ununterbrochen und schien allen Frauen im Fitnessstudio zu erzählen, dass der Schauspieler, Lasse van Marweijk, ihr an den Hintern gepackt hatte.

»Ich fände es echt stark, wenn jetzt langsam mal einer käme und mir den Gutschein ausfüllen würde«, entfuhr es mir laut.

»Alles klar, Baby?«, fragte Lasse und haute mir dieses Mal nicht ganz so feste auf den Hintern, wie zuvor. Langsam gewöhnte ich mich fast daran.

»Nein. Nichts ist klar. Ich möchte nur noch nach Hause.«

»Könnte uns jemand bedienen?«, rief Lasse laut, kurz darauf kam endlich einer, der zumindest so aussah, als hätte er etwas zu sagen.

»Wie kann ich helfen?«

»Ich …«, begann ich, wurde aber von Lasse unterbrochen.

»Wir wollten einen Gutschein kaufen.«

Der junge Mann zog eine Schublade auf und holte einen ganzen Block hervor. »Über wie viel darf ich den Gutschein ausfüllen?«

Lasse schaute mich an. Ich zuckte mit den Schultern. Mein Kopf war leer. Völlig leer. Diese ganze Situation im Studio hatte mich schlicht und ergreifend überfordert.

»Stellen Sie ihn bitte auf hundert Euro aus.«

»Sehr gerne.« Ich sah, dass die Hände des jungen Mannes zitterten und das Ausfüllen des Gutscheins für ihn zu einer fast unlösbaren Aufgabe wurde. »Sind Sie nervös?«, fragte Lasse lächelnd. Ich boxte ihm in die Seite. So etwas galt es, in meinen Augen zu ignorieren.

»Es kommt nicht oft vor, dass ein Schauspieler zu uns kommt, Herr van Marweijk«, sagte der junge Mann und lächelte Lasse an, ehe er erneut versuchte, die Zahl Hundert in die vorgesehenen Kästchen einzutragen. Irgendwie hatte er es dann geschafft, haute mit rasanter Geschwindigkeit den Stempel auf den Gutschein, riss ihn ab und hielt ihn zitternd Lasse entgegen, der schon einen hundert Euro Schein auf die Theke gelegt hatte. »Herr van Marweijk?«

Ich konnte es einfach nicht vermeiden und rollte mit den Augen, begleitet von einem kläglichen Stöhnen. Der junge Mann strahlte verlegen Lasse an. Wie schon die ganze Zeit.

»Ja?« Ich spürte Lasses Hand an meiner und ergriff sie, ohne daran zu denken, dass es ja nur gespielt sein sollte. Ich hatte keine Lust mehr, zu spielen. Selbst Matthias war mir egal und ich hoffte, dass wenigstens morgen auf der Party das Gefühl aufkam, wenn ich ihn sah, dass da immer noch Liebe im Spiel war.

»Könnte ich ein Bild mit Ihnen machen?«

Auch Lasse merkte man an, dass er langsam an seine Grenzen kam, jedoch glaubte ich, dass nur ich das bemerkte und keiner der anderen.

»Klar.« Lasse ließ mich los und beugte sich so über die Theke, dass sein Kopf mit auf das Bild passte. Ein anderer machte das Foto.

»Hey«, piepste es hinter mir. Ich drehte mich um. Viktoria. »Ich weiß, das klingt jetzt unheimlich blöd, aber könnten wir nicht Freundinnen werden?« Im ersten Moment sah ich mich um und suchte die versteckte Kamera. Sex-Bombe fuhr ungehindert fort. »Ich weiß, ist ein bisschen seltsam jetzt, weil ich dir ja Matthias ausgespannt habe, aber ich wäre wirklich gerne deine Freundin! Also, mir tat das auch echt leid, dass du so geweint hast. Matthias hat mir das natürlich erzählt und ...« Ich hob die Hand, um dieses Weibchen zu stoppen und spürte im gleichen Moment, wie mich eine unglaubliche Wut packte. Wut auf Matthias, Wut auf Sex-Bombe, vor allem aber Wut auf mich selbst.

»So, jetzt hör mir mal zu, Viktoria. Du hast mir den Freund ausgespannt! Du wusstest höchstwahrscheinlich auch, dass ich mit diesem Mann seit sage und schreibe sieben Jahren zusammen war! Das ist alles Okay. Nicht schön, aber okay. Aber hör auf, mich zu fragen, ob wir befreundet sein wollen. Das machst du doch nur, weil du scharf auf den Schauspieler bist! Nur deswegen. Ich mag naiv sein, aber mit Sicherheit nicht blind! Also nimm deinen scheißharten Arsch und geh mir aus den Augen! Verstanden?« Mir selbst war nicht aufgefallen, dass ich geschrien hatte und alle anderen um mich herum verstummt waren. Ich wollte einfach nur diese Wut loswerden. Mehr nicht.

»Du, Leo, darf ich dich mal anrufen?«, flüsterte mir plötzlich Matthias ins Ohr. Ich drehte den Kopf und sah meinen Ex-Freund an.

»Tu, was du nicht lassen kannst, Matthias. Lasse?«

Lasse, der nur noch mit hochgezogenen Augenbrauen dastand und mich anstarrte, nickte. »Wir gehen!« Ich streckte die Hand aus, die er nach einigem

Zögern ergriff. Dann zog ich ihn zwischen den Studio-Besuchern hinter mir her.

»Herr van Marweijk? Wir sehen uns dann morgen auf der Party. Ich bin ja auch eingeladen.«

Ich wirbelte herum und sah Viktoria so wütend, wie es nur ging, an. Sie hatte Lasse am Oberarm berührt. »Nimm deine Scheißflossen von meinem Freund! Und jetzt zisch ab!«

Viktoria sah mich verängstigt an, ehe sie wieder die Fassung gewann und fast schon wütend Matthias rief, der wie ein Hündchen zu ihr eilte und versuchte, sie zu beruhigen. Ich legte den Arm um Lasse und ging energisch zum Ausgang.

Erst, als wir in Lasses Auto saßen, lachte er und klopfte mir anerkennend auf den Oberschenkel. »Du warst großartig! Wirklich! Genial! Du hast so gut gespielt, dass ich mir sicher bin, jeder hat dir deine Rolle abgekauft. Du bist ein echtes Naturtalent. Wie du wütend geworden bist, wegen der neuen Freundin deines Ex … also, du hast mich ganz ehrlich sprachlos gemacht. Du wärst eine wirklich gute Schauspielerin!«

Ich wusste nicht, ob ich in diesem Moment lachen oder heulen sollte. Nichts war gespielt gewesen. Gar nichts. Die Situation im Studio war in meinen Augen in eine völlig andere Richtung gelaufen, als ursprünglich erwartet. Und nicht ein Gedanke in meinem leeren Hirn war da gewesen, der nüchtern über die

Schauspielkunst nachgedacht hatte. Aber jetzt würde ich spielen.

Ich lachte Lasse an und klopfte ihm ebenso auf den Oberschenkel. »Wow, vielen Dank für das Kompliment. Das bedeutet mir sehr viel!« Innerlich sagte ich mir immer wieder, dass ich dies hier nur noch zwanzig Minuten aushalten müsste und dann wäre Schluss mit dem Theater. Dann, wenn ich endlich in meiner Wohnung war. Allein.

Lasse fuhr los. »Ich verstehe nur nicht, was es mit der Wut auf sich hatte. Also, was wolltest du damit bezwecken?«

Scheiße!

»Also, ich dachte, wenn ich wütend auf Viktoria bin, dass es dann nicht ganz so auffällt, dass ich Matthias wieder zurückhaben will. So nach dem Motto ist mir egal. Verstehst du?«

Was für ein Nonsens!

»Ne, das verstehe ich nicht so ganz, aber egal. Wenn es funktioniert, ist es ja nur umso besser für dich.«

Ich sagte daraufhin nichts mehr, sondern vertraute jetzt mal einfach darauf, dass Lasse mit meiner durchaus bescheuerten nicht einleuchtenden Antwort zufrieden war. Und er war es. Er sprach nicht mehr und ich auch nicht. Erst als Lasse die Ente in die Einfahrt lenkte, die zum Innenhof unseres Hauses führte, ergriff er das Wort.

»Also morgen wieder?«

Ich war kurz davor, einfach mit Nein zu antworten. Nein deswegen, weil in mir ein einziges Chaos herrschte. Aber ich versuchte, ein Profi zu sein. Ebenso, wie Lasse einer war.

»Ja. Morgen wieder.« Ich zog mein Portemonnaie aus der Handtasche und suchte achtundvierzig Euro zusammen. Dann hielt ich es ihm hin. »Zwei Stunden à dreiundzwanzig Euro siebzig. Vielen Dank, Lasse, dass du so kurzfristig heute für mich gearbeitet hast!«

»Kein Thema. Warte, du bekommst noch was wieder.«

Ich winkte mit der Hand ab. »Lass mal. Ist Trinkgeld. Die Hundert Euro für den Gutschein gebe ich dir morgen. So viel habe ich jetzt nicht dabei.«

Lasse schaute auf seine Hand, in der sich das Geld befand. Dann nickte er und sah mich lächelnd an. »Lass mal, das passt schon so. Ich bin ja auch eingeladen. Also, wann darf ich dich morgen abholen?«

Definitiv war das, das an diesem Abend geschehen war, zu viel gewesen. Ich spürte genau, wie sich ein kleiner Kloß in meinem Hals einnistete und auf Gedanken wartete, die ihn fütterten, damit er schön fett wurde und sich dann erleichtern konnte.

In diesem Moment wünschte ich mir sehr, einfach nur ein Profi zu sein, der sich zusammenreißen konnte, bis er einsam und allein in seiner Wohnung wäre.

Sei ein Profi!

Kein Dilettant!

»Die Party beginnt um achtzehn Uhr. Aber vielleicht wäre es sinnvoll, erst so gegen neunzehn Uhr aufzutauchen. Rechne mal mit drei Stunden.«

Ich zwang mich regelrecht dazu, den Schauspieler anzusehen, der leicht lächelte, das ich einzig an den kleinen Grübchen in seinem Gesicht erkennen konnte und anschließend energisch nickte.

»Vielleicht wird die Party ganz nett und wir bleiben länger da. Könnte doch sein, oder?«

»Wenn wir morgen drei Stunden da sind, habe ich von den zehn Stunden, die ich dich beschäftigen will, schon fünf verbraucht. Deswegen denke ich, es reicht von neunzehn bis zweiundzwanzig Uhr.«

Meine Hand hatte sich schon an dem seltsamen Hebel gelegt, den man nach oben ziehen musste, damit sich die Beifahrertür der Ente öffnete.

»Okay, wie du meinst. Dann machen wir morgen deinen Ex wild. Heute lief es doch schon ganz gut. Findest du nicht? Ich habe gesehen, wie er dich nahezu die ganze Zeit beobachtet hat. Dein ... wie heißt er noch gleich?«

Ich hatte das Gefühl, als lachte Lasse mich für meinen Plan aus. Und ebenfalls hatte ich das Gefühl, er lachte auch über meinen Ex-Freund.

»Matthias, Lasse! Er heißt Matthias. Aber all das, das zwischen Matthias und mir ist, hat dich nicht im

205

Geringsten zu interessieren. Du bist nur angestellt. Vergiss das nicht.«

»Wie könnte ich das vergessen? Du erinnerst mich ja glücklicherweise oft genug daran. Ich fand einfach, dass du heute gar nicht so glücklich ausgesehen hast, das ist alles. Ich wunder mich etwas. Normalerweise hättest du doch im siebten Himmel sein müssen.«

Ich sah Lasse nur kurz an und überlegte, was beziehungsweise ob ich darauf überhaupt noch etwas erwidern sollte. Mir fiel nichts ein. Und ich ärgerte mich darüber. Warum? Er hatte recht.

#siebzehn

Ein Fakt:
Solche Ereignisse,
die mit starken Emotionen verbunden sind,
bleiben eher im Gedächtnis hängen.

»Gute Nacht, Lasse. Bis morgen dann.« Ich zog am Hebel und die Tür ging quietschend auf. Doch ich wagte mich nicht, Lasse darum zu bitten, mich morgen doch bitte mit dem Kombi abzuholen. Mein Gefühl sagte mir, dass er seine Ente liebte. Ich streckte meinen Kopf ins Auto und sah ihn fragend an, als Lasse mich noch mal zurückrief.

»Das mit deinem Arsch war im Übrigen ernst gemeint.« Ein leichtes Lächeln und ein Zuzwinkern. Ich konnte nicht anders und nickte lachend. Der kleine Kloß in meinem Hals verschwand, ohne noch etwas gegessen zu haben.

»Hat funktioniert. Danke für die Aufheiterung. Schlaf gut.«

Jetzt aber schlug ich die Türe zu und Lasse fuhr augenblicklich los.

Gedankenlos schloss ich die Haustür auf, tastete nach dem Lichtschalter, fand ihn schließlich und atmete auf, als der Flur hell erleuchtet war. Dann lief ich in den ersten Stock, schloss meine Wohnungstür auf und war froh, als ich meine Jacke aufgehängt und meine Schuhe ausgezogen hatte. Und dann passierte das, womit ich längst gerechnet hatte. Das Telefon klingelte. Es klingelte so, dass man meinen könnte, es sei wütend oder besser noch ungeduldig. So ungeduldig, dass ich das Gefühl bekam, wenn ich nicht augenblicklich abnahm, dass es explodieren würde. Also tat ich es, drückte schnell auf Annehmen und hielt mir das Telefon ans Ohr, während ich in die Küche schlenderte.

»Hallo?«

»Hallo? Du sagst nur Hallo? Nachdem, was gerade eben im Studio geschehen ist? Ein einfaches Hallo?«

Maja.

»Du lässt mir ja noch nicht mal die Möglichkeit, dich anzurufen. Ich bin gerade erst reingekommen.«

»Ja? Dann mach mal deinen berühmten Kalorien-Kakao, ich meine den mit Sahne und Marshmallows. Ich bin nämlich in fünfzehn Minuten bei dir!«

»Maja können wir das nicht auf morgen früh versch … Hallo? Maja? Bist du noch dran?«

Maja hatte aufgelegt. Ich warf das Telefon genervt in die Ecke, in der die Kaffeemaschine stand, holte einen kleinen Topf aus dem Schrank, befüllte den mit

Milch und begann das Kakaopulver anzurühren. Das Besondere an meinen Kalorien-Kakaos war die Tafel Schokolade, die ich in der heißen Milch schmelzen ließ. Deswegen schmeckte mein Kakao so hervorragend und jeder, der einmal in den Genuss kam, bei mir einen zu bekommen, wollte nirgendwo anders mehr einen Kakao trinken.

So wirklich Lust auf Maja, beste Freundin hin oder her, hatte ich nicht. Ich hätte durchaus einige Zeit allein gebraucht, um Revue passieren zu lassen, was heute Abend geschehen war. Und ich hätte vor allem gerne Zeit dazu gehabt, darüber nachzudenken, warum mich die Gegenwart von Matthias nicht völlig aus den Socken gehauen hatte.

Nur zehn Minuten später klingelte es Sturm. Ich hastete in den Flur und drückte den Knopf, der die Haustür mit einem Surren zum Öffnen brachte, und öffnete gleichzeitig meine Wohnungstür. Noch ehe man die alte Eichentür unten ins Schloss fallen hörte, hörte man die schnellen Schritte meiner Freundin. Dann stand sie kopfschüttelnd und leicht außer Atem vor mir. Ich öffnete die Wohnungstür ganz und zeigte mit der Hand in die Küche. Noch einmal warf mir meine Freundin einen fragenden Blick zu, ehe sie energisch in die Küche lief, sich währenddessen ihren Mantel auszog und über einen der Stühle warf. Dann lehnte sie sich gegen die Arbeitsplatte mit verschränkten

Armen vor der Brust und sah mir dabei zu, wie ich den Kakao vollendete. Wir setzten uns an die Theke und tranken beide, denn keiner wollte das Gespräch beginnen.

»Tut gut«, hörte ich Maja flüstern. Ich nickte. Dann stellte sie den Becher auf die Theke, drehte sich etwas und sah mich an. Ich tat ihr alles gleich und zuckte nur mit den Schultern.

»Was, Leo, was war das eben im Fitnessstudio?«

Ich rieb mir mit beiden Händen durch das Gesicht, ehe ich meinen Kopf auf meine Hände stützte und nach vorne starrte.

»Es war … eigenartig? Seltsam? Unerwartet? Ich habe keine Ahnung. Vermutlich eine Mischung aus allem.«

»Wie war es für dich, Matthias zu sehen?«

Das war meine beste Freundin. Ich wusste, sie hätte gerne drauflosgeredet, laut, teilweise vorwurfsvoll, doch sie spürte mal wieder, dass es mir nicht gut ging. Und am meisten fürchtete ich mich vor genau dieser Frage. Warum ging es mir nicht gut? Ich wusste es selbst nicht. Aber glücklich war ich nicht. Obwohl ich Matthias nach fünf Wochen das erste Mal gesehen hatte und er mir sagen wollte, er würde mich vermissen. Allerdings kam es dazu nicht mehr, weil mir Lasse auf den Hintern gehauen hatte.

»Ich weiß nicht. Es ist komisch, aber es hat mich gar nicht so getroffen, wie ich anfangs angenommen hatte. Lag vielleicht aber auch daran, dass es ein einziger Tumult war, weil jeder Lasse erkannt hat.«

»War er nett?«

»Matthias war sehr nett.«

»Ich meinte den Schauspieler.«

Ich sah Maja an, ehe ich in meinen Kakao starrte und instinktiv begann, die kleinen Marshmallows zu zählen. Sieben an der Zahl.

»Ja. War er. Also er hat ja nur eine Rolle gespielt. Aber er spielt gut. Ich bin mir sicher, alle haben mir abgenommen, dass ich nun mit Lasse zusammen bin. Das Einzige, das wirklich stört, ist, dass jeder ein Autogramm haben und Fotos mit ihm machen will. Mich nervt das ziemlich.«

Maja hatte mir aufmerksam zugehört, wobei sie zum Ende hin lächelnd den Kopf schüttelte. »Was erwartest du? Wenn man sich als Plan einen sehr bekannten Schauspieler nimmt, muss man sich nicht wundern, wenn alle wie verrückt darauf reagieren. Ganz ehrlich? Ich glaube, wenn ich den morgen auf der Party sehe, dass ich auch nervös sein werde. Ich meine, kommt ja nicht jeden Tag vor, dass man Lasse van Marweijk in seinem Haus begrüßen darf.«

»Der ist wirklich cool drauf. Du merkst gar nicht, dass er so berühmt ist.«

»Ist ja ein Hübscher. Habe neulich Bilder von ihm in einer Zeitung gesehen. Sah ziemlich sexy aus.«

»Ja, er ist wirklich hübsch. Und auch sehr nett.«

Kurz legte sich wieder Stille über uns und wir tranken den Kakao, bis ich merkte, wie Maja die Nase rümpfte.

»Sag mal, hast du irgendwas gestrichen? Es riecht hier so stark nach Farbe.«

Ich nickte. »Lasse und ich haben eine Wand im Wohnzimmer gestrichen. Willst du es sehen?«

Maja sprang begeistert auf. »Klar will ich das sehen.« Noch ehe ich meine Tasse Kakao auf die Theke stellen konnte, war meine beste Freundin schon im Wohnzimmer angekommen und ich hörte einen erstaunten Aufschrei. »Wo sind alle Fotos von Matthias hin?«, rief sie. Ich ging ebenfalls ins Wohnzimmer und stemmte die Hände in die Hüften.

»Die habe ich in einen Müllbeutel gesteckt und in den Keller gestellt. Lasse meinte, es wäre besser so, sonst würde keiner, der meine Wohnung betritt, mir abnehmen, dass ich nun mit ihm zusammen bin. Er meinte, er würde es als Partner nicht dulden, wenn hier überall noch mein Ex-Freund hängen würde.«

Maja trat näher an die Wand und schaute irritiert auf die beiden Namen. »Unsere Pseudonyme«, erklärte ich.

»Na ja, egal. Hauptsache, du bist glücklich mit deinem Plan und erreichst dein Ziel, auch wenn ich es überhaupt nicht nachvollziehen kann!« Und dann entdeckte sie das Requisit auf dem

Wohnzimmerschrank. Sie nahm das Bild, was in einem Holzrahmen eingefasst war, in die Hand und starrte darauf.

»Da würde dir die Presse ein Vermögen für zahlen. Wahnsinn. Du hast ein Foto mit Lasse van Marweijk. Hat er dir das geschenkt oder hast du es selbst gemacht?«

Ich stellte mich neben Maja und sah auf das Bild von Lasse und mir. »Nein. Lasse hat es mir geschenkt. Aber nicht im herkömmlichen Sinne, sondern eher, damit ich ein Beweis in der Wohnung habe, dass wir zusammen sind. Ein … Requisit, sagte er.«

Maja nickte und stellte den Bilderrahmen wieder auf den Schrank. »Du siehst glücklich aus auf dem Bild«, bemerkte sie und sah sich erneut im Raum um. »Wie sieht dein Schlafzimmer aus?«

Ich lachte. »Ist auch befreit.«

»Jetzt erzähl mal von Matthias gestern. Wie war es denn?« Meine Freundin setzte sich auf die Couch und klopfte neben sich. Ich nahm an ihrer Seite Platz.

»Ich hatte total die Schmetterlinge im Bauch, als Lasse mich abgeholt hat. Und dann, als wir im Studio waren, war da kein Gefühl mehr in mir. Komisch. Wie gesagt, es war viel los. Vermutlich lag das daran.«

Maja stieß mich mit der Schulter an. »Oder«, sagte sie gedehnt, »es lag daran, dass die Schmetterlinge wegen Lasse in deinem Bauch waren.«

Maja war nach immerhin zwei Stunden, die wir größtenteils darüber gegrübelt hatten, wer nun verantwortlich gewesen war, für den Schwarm Schmetterlinge in meinem Bauch, nach Hause gefahren. Mich hatte der ganze Abend erschöpft und ich wunderte mich, weil in mir eine absolute Leere herrschte. Langsam zog ich mich aus, wusch mich, schlüpfte in meinen Schlafanzug und lag nur dreißig Minuten später in meinem Bett, die Decke hochgezogen bis zum Hals. Ich rief mir den Abend ins Gedächtnis. Ich meinte, als ich Matthias Stimme gehört hatte, dass da irgendetwas in mir aufgeflammt war. Kurz. Eine kleine Freude darüber, ihn zu hören. Mehr aber auch nicht. Allerdings hatte Lasse mir keinerlei Zeit gegönnt, mich mit meinem Ex zu unterhalten. Gerade als Matthias mir etwas Schönes sagen wollte, funkte der Schauspieler dazwischen. Und am schlimmsten war, dass es mich nicht mal sonderlich gestört hatte. Ganz im Gegenteil. Ich war froh, dass Lasse uns unterbrochen hatte. Gut, der Schlag auf den Hintern war jetzt nicht die beste Wahl gewesen, aber im Nachhinein empfand ich es als nicht so schlimm, wie in dem Augenblick. Ich musste lächeln. Lasse hatte eine sehr drastische Art, zu unterbrechen.

#achtzehn

Ein Fakt:
*Eifersucht ist nicht nur **ein** Gefühl.*
Es ist eine Mischung aus verschiedenen Gefühlen.
Hierzu zählen Angst, Misstrauen, Wut …
um nur drei aufzuzählen.

Wenn ich freihatte, konnte es durchaus passieren, dass ich bis mittags im Bett liegen blieb. Es war nicht so, dass ich enorm lange schlief, aber das Rumgammeln, Lesen und auch das Frühstücken im Bett war ein Luxus, den ich mir nach der Trennung von Matthias nahezu jeden Samstag und Sonntag gönnte. An diesem Samstag jedoch tat ich nichts von den Dingen, die ich sonst tat. Ich lag im Bett und überlegte, wie die Party an diesem Abend ablaufen würde. Was mir einen beträchtlichen Strich durch die Rechnung machte, war die übertriebene, wie ich fand fast schon fanatische Art von Viktoria gegenüber Lasse. Sie hatte gar keinen Blick mehr für Matthias über, als ich mit Lasse da war. Sie himmelte nur den Schauspieler an. Vielleicht wäre es deshalb besser, Lasse zu bitten, er solle mit Viktoria was anfangen und ich würde mir dann Matthias zurückschnappen. Allein der Gedanke führte bei mir dazu, dass eine leichte Übelkeit aufstieg. Ne. Viktoria würde nicht auch noch Lasse bekommen.

Ich wälzte mich aus dem Bett und hatte das aufkommende Gefühl, eine Änderung an mir vornehmen zu wollen.

Kurzerhand machte ich mich fertig und verließ eine halbe Stunde später meine Wohnung mit dem Vorhaben, zum Friseur zu gehen. Braun. Ich wollte wieder braun sein. Nach über sieben Jahren.

Nach drei Stunden kehrte ich zurück und konnte es nicht lassen, immer wieder in den Spiegel zu schauen. Der Friseur hatte das Kunststück vollbracht, meine langen Haare so zu färben, dass es meiner natürlichen Haarfarbe am nächsten kam. Ich gefiel mir gut und sah anders aus. Hoffentlich gefiel es Lasse. Nicht, dass er auch lieber blonde Frauen mochte. Seine Ex-Freundin, mit der er letztes Jahr noch permanent in den Zeitungen zu sehen war, war blond. Nadja. In meinen Augen auch eine Sex-Bombe. Großer Busen, schmale Taille, lange Beine, ergo: ein Hingucker.

In meinem Magen begann es zu kribbeln, je näher es auf den Abend zuging. Den Gutschein, den Lasse bezahlt hatte, versteckte ich in einem Umschlag und band eine rote Schleife darum. Dann überbrückte ich die letzten Stunden damit, meine Wohnung sauber zu machen. Was ich an diesem Abend anziehen würde, wusste ich ganz genau. Ein dunkelgrünes, halblanges Strickkleid, darunter eine blickdichte Strumpfhose in der gleichen Farbe und meine schwarzen Lederstiefel, die bis kurz unter das Knie reichten.

Um halb sechs fing ich an und takelte mich auf. Das Kribbeln in meinem Bauch wurde immer stärker, obwohl es mich etwas irritierte, dass ich gar nicht so sehr an Matthias denken musste. Vermutlich war das der allgemeinen Aufregung zuzuschreiben.

Als ich fertig war, lief ich ins Schlafzimmer, denn dort hatte ich einen Spiegel, in dem man sich im Ganzen sehen konnte. Ich sah wirklich gut aus. Ich fühlte mich hervorragend. Das Kleid hatte einen etwas gewagten Ausschnitt, aber, ohne eingebildet zu klingen, den konnte ich mir durchaus erlauben. Einzig eine Kette fehlte irgendwie. Mein Ausschnitt war zu nackt und so entschied ich mich für die Goldkette, die mir Matthias zu unserem einjährigen Zusammensein geschenkt hatte. Mal sehen, vielleicht reagierte er ja darauf.

Um kurz vor neunzehn Uhr klingelte es. Meine Aufregung stieg bis ins Unermessliche. Auf wackeligen Beinen stiefelte ich zur Tür, drückte die untere auf und öffnete meine Wohnungstür.

Ich schloss ganz kurz die Augen, atmete tief ein und wieder aus und machte gleichzeitig mit der Hand die Bewegung, dass ich mich definitiv beruhigen musste.

»Hallo, schöne Frau!«

Lasse. Er stand vor mir, gegen die Türzarge gelehnt und begutachtete mich von oben bis unten. Er nickte anerkennend.

»Warte, ich hole noch schnell meine Handtasche, dann können wir los. Ach ja, das Geld gebe ich dir jetzt schon mal, dann brauche ich da nicht mehr dran denken.« Meine Handinnenflächen waren nass vom Schweiß. Überhaupt hatte ich das Gefühl, meine Nervosität sei bereits jetzt schon auf dem Höhepunkt. Jetzt schon, obwohl ich noch gar nicht auf der Party war, geschweige denn Matthias gesehen hatte.

Lasse trat ein und schloss hinter sich die Türe. Ich hatte nur gewagt, einen kurzen Blick auf ihn zu werfen. Er sah einfach gut aus. Er trug ein lässiges Langarmshirt in Grau, darüber seine wirklich sehr coole Lederjacke, von der ich gar nicht wissen wollte, wie teuer sie war und die Jeans, die er anhatte, war mit den Löchern am Knie recht modern. Am schönsten fand ich seltsamerweise seine Haare. Sie sahen immer irgendwie unordentlich aus. Eben nicht so perfekt. Natürlich. Matthias blonde Haare waren stets in Perfektion gekämmt. Nie hatte er die Wohnung verlassen, ohne jede Strähne zu kontrollieren, ob sie auch wirklich dasaß, wo sie sitzen sollte. Matthias legte sehr viel Wert auf das Äußere. Nicht nur bei sich selbst, sondern auch bei anderen. Und allein diese Tatsache hatte damals dazu geführt, dass ich mich unsinnigerweise auch im Fitnessstudio angemeldet hatte. Das war die Zeit, in der ich zwei Kilogramm zugenommen hatte. Matthias mag keine dicken Frauen.

Ich kramte in meinem Portemonnaie, das in der Küche lag und rechnete im Kopf aus, was der Spaß heute Abend kosten würde. Drei Mal dreiundzwanzig Euro siebzig. Einundsiebzig Euro und zehn Cent. Viel Geld. Aber das war mir der Abend wert.

Ich hatte nicht bemerkt, dass Lasse ebenfalls in die Küche gekommen war. Er griff nach meinen Händen und nahm mir die Geldbörse aus der Hand. Ich sah ihn erstaunt an, ehe ich auf meine Hände schielte, die von seinen gehalten wurden. »Was hältst du davon, wenn du mich erst nach den zehn Stunden bezahlst? Wäre mir lieber.«

Ich blickte zu ihm auf und nickte. »Na gut. Okay. Bin ich mit einverstanden.« Ich zog meine Hände schnell zurück und verstaute mein Portemonnaie in meiner Handtasche.

»Hast du den Gutschein?«

Meine Finger zitterten immer stärker. Ich warf einen Blick in meine Tasche und nickte.

»Bist du nervös?«, fragte er. Grübchen zeichneten sich auf seinen Wangen ab.

»Etwas.«

»Wegen dem Schauspiel?«

»Auch. Und bitte hau mir heute nicht wieder auf den Hintern, es ist kalt und ich habe eine schwache Blase.«

Lasse verharrte in der Bewegung und beugte sich etwas zu mir runter. »Was war das?«

»Ach, vergiss es.« Aus der Aufregung heraus war es leider bei mir so, dass ich des Öfteren Dinge aussprach, die es galt, geheim zu halten. Und ebenfalls besaß das Gegenüber dann so viel Feingefühl, diese unliebsame Sache an mir nicht mehr anzusprechen. Lasse allerdings tat es. Und auch wenn er sich mit ›Ach, vergiss es‹, zufriedengab, blieb bei mir natürlich nicht unbemerkt, dass er die ganze Zeit grinste. Wir verließen die Wohnung, und als er die Haustüre aufzog, stach mir sofort die Ente ins Auge. Aus Anstand hielt ich den Mund. Er öffnete mir die Tür. »Junge Frau, wenn ich bitten dürfte?« Ich setzte mich, und obwohl über Lasse in den Medien ununterbrochen gesprochen wurde, fiel mir in diesem Moment ein, dass ich gar nicht wusste, wie alt er war.

Lasse setzte sich hinter das Steuer und schaute mich an. »Na dann, bringen wir es hinter uns. Eins vorweg, du siehst hervorragend aus. Ganz ehrlich. Ich hoffe, dein Ex weiß zu schätzen, dass du dich nur für ihn so hübsch gemacht hast. Und deine Haarfarbe gefällt mir um Längen besser, als das Blonde!«

Nicht ein Gedanke hatte mehr Matthias gegolten. Es war, als sei es mir sogar egal, ob er nun heute ebenfalls auf der Party war, oder nicht. Aber all das behielt ich für mich. Schließlich hatte ich Lasse nur deswegen eingestellt. Er sollte meinen Freund spielen, damit Matthias eifersüchtig würde. Mehr nicht. Und meine Angst war, weshalb auch immer, groß, dass, wenn ich Lasse erzählte, ich würde gar nicht mehr an meinen Ex denken, er sagen könnte, unser Vertrag sei damit hinfällig. Das wollte ich nicht. Es war schön, mit dem Schauspieler zusammen zu sein. Er war eben ... mein Bert.

»Vielen Dank, Lasse, für deine Komplimente. Das baut mich wirklich ungemein auf.« Ich schnallte mich an, Lasse wartete netterweise. (In einer Ente kann sich immer nur einer anschnallen, der andere muss warten. Für eine weitere Hand ist einfach kein Platz!)

Ich schaute aus dem Fenster. Lasse fuhr los.

»Wie alt bist du überhaupt? Da vorne bitte links.«

»Siebenunddreißig. Zu alt für dich?«

Ich lachte verlegen. »Na ja, du hast ja sicher auch mal mit jüngeren Schauspielern zu tun, oder?«

»Ja. Habe ich. Die letzte Partnerin, die ich in einer Rolle hatte, war fünfundzwanzig.«

Innerlich schnaufte ich. Lasse war knappe zehn Jahre älter als ich. »Da vorne wieder links. Ist nicht mehr weit. Und bist du gewappnet für den Riesenfan namens Viktoria?«

Lasse lachte. »Die, mit dem Knackarsch?«

»Die hat ein Hinterteil, wie jede andere Frau auch. Unfassbar, dass du da drangefasst hast. Ach, und bevor ich das vergesse, mach das bitte heute nicht, denn schließlich sollen alle denken, dass du mein Freund bist.«

»Man könnte meinen, du wärst eifersüchtig.« Ich sah aus den Augenwinkeln die Grübchen, die sich mal wieder in seinem Gesicht abzeichneten.

»Das hat doch nichts mit Eifersucht zu tun. Aber ich bezahle dich mit Sicherheit nicht dafür, dass du anderen Frauen an den Hintern fasst! Zweite rechts!«

»Das darf ich heute Abend nur bei dir machen, ja? Also natürlich wahnsinnig vorsichtig. Deine schwache Blase darf ich nicht vergessen.«

Ich schlug ihm locker auf den Oberarm. »Das ist erblich. Es gibt nun mal Menschen, die eine schwache Blase haben.«

»Ich verspreche dir hoch und heilig, dass ich auf deine Blase heute Abend Rücksicht nehme.«

Ich schüttelte lachend den Kopf. »Du bist doof. Da vorne, wo die Autos stehen. Nummer fünfzehn.«

Wir parkten etwas entfernt, da offensichtlich die meisten Gäste bereits da waren und es unmittelbar vor dem Haus keine Parkmöglichkeiten mehr gab. Meine Aufregung hielt sich in Grenzen, aber auch nur, weil sie ohnehin die ganze Zeit bereits auf einem hohen Level war.

Lasse stieg zuerst aus, holte mich ab und half mir aus dem Auto, das mit einem Kleid längst nicht so einfach war, als wenn man eine Hose trug. Dann legte er den Arm um mich und wir gingen zum Haus, aus dem bereits laute Musik tönte.

»Showtime. Das zweite Mal, dass ich für dich arbeite. Ich bin nervös. Hoffentlich meistere ich das gut!«

»Machst du dich etwas lustig?«

Ich spürte, wie er mich noch dichter an sich ran zog, seinen Kopf neigte und mir zuflüsterte: »Ich laufe heute Abend zur Höchstform auf. Ich sagte doch, deinen Ex mache ich richtig wild!«

Ich lächelte nur verlegen und hatte am ganzen Körper Gänsehaut, die vermutlich deswegen aufkam, weil wir vor der Haustüre standen. Ich atmete tief ein und wieder aus, nickte dem Schauspieler zu und klingelte. Noch ehe der Ton der Klingel ganz verebbt war, riss Maja die Tür auf.

»Schön, da seid ihr ja endlich. Man hat schon sehnsüchtig auf euch gewartet. Ich bin Maja. Die beste Freundin von Leo.« Maja streckte Lasse die Hand entgegen und ich sah genau, dass meine Freundin nervös war. Nervös deswegen, weil sie einem Schauspieler die Hand reichte.

»Lasse.« Er lächelte Maja offen an und sie schmolz dahin. Sie legte den Kopf mal nach links, mal nach rechts und schaffte es nicht, ihren Mund zu schließen. Ich kannte meine Freundin so gut!

»Hallo Maja.« Wir küssten uns auf beide Wangen. »Wo ist das Geburtstagskind?«

»Im Wohnzimmer. Gebt mir eure Jacken, die hänge ich auf. Und dann einfach geradeaus.«

Wir zogen unsere Jacken aus und gaben sie Maja, die sich dicht zu mir beugte. »Diese Viktoria ist furchtbar. Die geht mir voll auf den Geist!«

»Ach«, erwiderte ich nur.

Lasse ergriff meine Hand und zog mich ins Wohnzimmer, wo auf einmal circa zwanzig Gäste plötzlich klatschten. Lasse hob profimäßig die Hand und lächelte einmal in die Runde. Dann kam Timo auf uns zu. Ich nahm ihn in den Arm. »Herzlichen Glückwunsch, Timo. Alles Gute zum Geburtstag!«, und überreichte ihm den Gutschein. Lasse reichte ihm die Hand, mit der anderen klopfte er ihm freundschaftlich auf die Schulter. »Herzlichen Glückwunsch!«

»Vielen Dank Herr van Mar…«

»Oh bitte, Lasse reicht. Irgendwie sind wir ja jetzt fast eine Familie. Nicht wahr, Leo?« Lasse zog mich an sich und küsste mich auf die Stirn. Ich musste mich schnell in meine Rolle finden. Zwar war es mir auf eigenartige Weise nicht fremd, wenn Lasse mir so nahe kam, aber das Schauspiel an sich fiel mir schwer.

Es dauerte nahezu zehn Minuten, ehe jeder Lasse zumindest einmal die Hand gereicht hatte, ehe wieder versucht wurde, die Party ans Laufen zu bringen. Matthias hatte ich gesehen. Er blieb in einer Ecke stehen und hob nur sein Wasserglas empor, um mir zuzuprosten. Viktoria himmelte mal wieder Lasse an und ich hatte beobachtet, wie sie immer wieder versuchte, ihn irgendwie anzufassen. Ich zwang mich zur Ruhe, fragte mich aber ganz bewusst, ob ich es als wahrhaftige Freundin von Lasse dulden musste, dass sie sich ausgerechnet an meinen Freund so ranschmiss. Überhaupt ... musste sie immer meine Männer nehmen? War sie nicht in der Lage, sich einen Eigenen zu suchen?

Da es immer noch einige Gäste gab, die scharf darauf waren, mit Lasse ein Foto zu bekommen und mir das schlicht und ergreifend auf den Keks ging, schlenderte ich zu Matthias, der das Treiben aus sicherer Entfernung argwöhnisch verfolge. »Hi!«

»Hi, Leo. Wie geht es dir?«

»Sehr gut. Und dir?«

Er nickte in die Richtung, in der Lasse stand und damit beschäftigt war, ein Foto nach dem anderen mit sich machen zu lassen. »Dein neuer Freund kommt ja gut an.«

Ich lachte mehr aus Verlegenheit. »Ja. Vor allem bei deiner Freundin.«

Ich sah, dass Viktoria versuchte, Lasse in ein Gespräch zu verwickeln und ich konnte es mir nicht erklären, warum mich dies massiv störte.

»Na ja, das musst du verstehen. Viktoria hat alle Filme zu Hause, in denen Lasse van Marweijk mitspielt. Sie ist halt ein Fan von ihm.«

»Stört dich das nicht? Warst du nicht immer jemand, der nicht gerne geteilt hat?« Ich sah meinen Ex mit hochgezogenen Augenbrauen an. Matthias zuckte nur mit den Schultern. Fast machte es den Anschein, als sei es ihm egal.

»Da lobe ich mir doch unsere langweiligen Abende, die wir zu Hause verbracht haben«, sagte Matthias und schaute mich lächelnd an. »Braune Haare stehen dir übrigens richtig gut!«

Ich war froh darüber, dass Maja plötzlich neben mir auftauchte und mir ein Glas Bowle reichte.

»Also, ein Glas Bowle würde ich auch nehmen«, sagte Matthias und sah Maja auffordernd an.

»Ja?«, fragte Maja provokant. Und ich kannte diesen Ton. Der war nicht, gar nicht gut. »Hol dir besser selbst was zu trinken, ich wäre nämlich durchaus in der Lage, dir die Bowle ins Gesicht zu schütten!« Ich zuckte regelrecht zusammen, so laut hatte Maja gesprochen. Einige sahen zu uns, nicht jedoch Lasse, der damit beschäftigt war, Viktoria anzugrinsen. Ich trank meine Bowle in einem Zug auf, kippte mir das Obst in den Mund, verlor eine Weintraube auf dem Weg, was nicht allzu schlecht war, die mag ich nämlich nicht, kaute in Windeseile und schluckte runter. Jetzt reichte es mir.

»Lasse?«, schrie ich, um zum einen die Musik zu übertönen, zum anderen, um wirklich auch gehört zu werden. »Kommst du mal?« Nichts. Lasse drehte sich nicht mal nach mir um und Viktoria umarmte ihn plötzlich. »Lasse!« Immer noch nichts. »BERT!« Endlich drehte er sich um und sah mich fragend an. »Komm hier hin, Mensch!«

Matthias wich erschrocken zur Seite, Maja verließ uns kopfschüttelnd. Und endlich kam er. Ich griff ihm in den Nacken und zog ihn zu mir runter. »Wenn ich jetzt noch einmal sehe, dass du diese Viktoria in den Arm nimmst, bezahle ich dir für den heutigen Abend keinen Cent! Hast du mich verstanden? Du arbeitest für mich! Und jetzt reiß dich am Riemen und tu so, als wärst du mein Freund! Klar?«

»Ich habe die doch gar nicht umarmt. Sie hat sich mir an den Hals geworfen. Da kann ich ja nun nichts für.«

»Erste Abmahnung, mein Freund! Erste Abmahnung!« Ich sah Lasse böse an.

»Du … du gibst mir eine Abmahnung? Ist das dein Ernst?«

»Ja, das ist mein voller Ernst.«

»Bitte. Dann schriftlich.«

»Was?«

»Die Abmahnung. Ich will sie schriftlich haben!«

»Kriegst du, verlass dich drauf. Könnten wir jetzt bitte mit dem Schauspiel fortfahren?«

Mir wurde dann doch etwas mulmig zumute, als ich in Lasses Gesicht blickte und nicht den Hauch eines Lächelns entdeckte. »Dein Schauspiel kriegst du. Und wehe, du spielst nicht mit, Leo!«, flüsterte er fast schon wütend. Am anderen Ende des Wohnzimmers stand Viktoria mit Matthias und winkte Lasse zu.

Ich schreckte zusammen, als ich unerwartet eine Hand auf meinem Allerwertesten spürte, die fast schon zärtlich über eine meiner Backen streichelte. Die andere Hand von ihm fasste mir zart unters Kinn und hob meinen Kopf an, dann kam er mir immer näher, bis seine Lippen sanft meine berührten. Ich hielt die Luft an und hörte mein Bewusstsein brüllen: Spiel mit! Nur kurz warf ich einen Blick zu Matthias und Viktoria und sah, dass Matthias nicht gerade glücklich in unsere Richtung schielte. Perfekt. Genau das, was ich mir gewünscht hatte. Jedoch blieb für Freude darüber kaum Zeit, weil ich damit beschäftigt war, den Schauspieler zu küssen.

#neunzehn

Ein Fakt:
Auch wenn man denkt,
in Filmen wird richtig geknutscht,
es ist nicht so. Es sieht nur für den Zuschauer so aus.
In Wirklichkeit versucht der Schauspieler zu umgehen,
mit Zunge zu küssen.

Ich fügte mich meiner Rolle voll und ganz. Nicht etwa, weil ich ein Naturtalent war – das war ich mit Sicherheit nämlich ganz und gar nicht - sondern weil Lasse es mir überaus leicht machte, mitzuspielen.

Seine Lippen küssten mich bis hin zum Ohr.

»Weißt du, was ich jetzt mit dir machen würde, wenn wir allein wären?«

Ich zog meinen Kopf ein Stück zurück.

»Entschuldige, aber gehört das jetzt mit zum Stück?«

Lasse verdrehte die Augen und sah mich intensiv an. Offensichtlich sollte das Teil der Rolle, die ich zu spielen hatte, sein. Allerdings fragte ich mich, wieso, denn keiner hörte, was Lasse zu mir sagte. Aber, ich spielte mit. Ich versuchte es jedenfalls.

Ich räusperte mich kurz »Ja ... äh was? Also, was würdest du mit mir machen, wenn wir allein wären?«

Ich spürte einen kurzen Schmerz in meinem Ohrläppchen, anschließend die warme Zunge von Lasse, die darüberfuhr. Mein Gott, der gab sich ja wirklich alle Mühe!

Er drehte mich plötzlich um, sodass er genau hinter mir stand. Eine Hand von ihm packte meine langen Haare zusammen, die andere lag sanft auf meiner Kehle. Ich war so überrumpelt davon, dass mir kurzzeitig die Luft zum Atmen fehlte. Wieder kam er mit seinem Mund dicht an mein Ohr. Ich schaute direkt auf Matthias und Viktoria. Matthias sah grimmig aus, Viktoria schmachtend.

»Siehst du die Seile an der Wand?«

Ich versuchte zu nicken, was nicht funktionierte, denn Lasse zog an meinen Haaren, sodass mein Kopf in den Nacken fiel.

»Da ... da ... das sind T ... Taue. Also Timo segelt. So ab und ... zu.«

»Mmh. Und siehst du die Rückenlehne der Couch, auf der dein Ex sitzt?«

»D ... die sehe ich. Ja. Sehe ich.«

Seine Hand, die bis dato noch ruhig auf meiner Kehle lag, wanderte nach unten, soweit, bis sie meine rechte Brust erreicht hatte. Ich zuckte erschrocken zusammen, als Lasse an meinen Haaren noch heftiger zog, sodass ich automatisch ins Hohlkreuz fiel und mit meinem Hintern in seinem Schritt landete.

»Darf ich dir noch eine Bowle bringen, Leo?« … Matthias …

Lasse ließ augenblicklich von mir ab. Matthias stand vor uns und warf erst Lasse einen missbilligenden Blick zu, ehe er mich versucht lieb und fragend ansah.

»Oh ja, gerne, Matthias, vielen Dank.«

Matthias lächelte mich an und lief zum Bowle-Topf in der Küche. Ich schaute zu Lasse. Er zwinkerte mir zu. Eine Hand ruhte sanft auf meiner Hüfte. Was sich für mich wirklich als Problem erwies, Lasse war so ein Meister darin, zu schauspielern, dass man selbst gespielt und nicht gespielt durcheinanderbrachte. Ob mir die Szene gefallen hatte, die Lasse kurz zuvor zum Besten gegeben hatte? Ja, hatte sie. Sehr sogar. Auch wenn es mich irgendwie verunsicherte, aber ich war ja der Dilettant und nicht der Profi, so wie er.

Matthias kam wieder, in der Hand hielt er ein volles Bowle-Glas. Gerade als ich danach greifen wollte, schob sich Viktoria an mir vorbei und nahm Matthias das Glas aus der Hand. »Danke, Schatz. Herr van Marweijk, wollen Sie nicht auch ein Glas?« Ich stand da und schaute nur Matthias an, der kurz mit den Schultern zuckte und dann seine Freundin ansah.

»Also wirklich, Schatz! Herr van Marweijk wollte auch gerne was trinken. Jetzt geh und hol!«

Lasse hob sofort die Hand. »Kein Problem, Leo und ich können uns selbst eine Bowle besorgen.« Dann zog er mich an der Hand haltend in die Küche.

Timo stand nahe dem Küchentisch und unterhielt sich angeregt mit einem seiner Arbeitskollegen. Beide machten augenblicklich Platz für uns. »Wir wollten uns nur ein Glas Bowle holen«, sagte Lasse freundlich. Timo lächelte, das etwas künstlich rüberkam und bedachte mich mit einem immer noch irritierten Blick, der so viel heißen sollte wie: warum dieser Schauspieler?

Lasse schöpfte mit einer Kelle Bowle und befüllte zwei Gläser. Maja gesellte sich auch zu uns, eher zu mir. Auch sie ertappte ich dabei, wie sie immer wieder Lasse anstarrte. »Wie findest du die Bowle?«, fragte sie.

»Sehr lecker. Wirklich.«

Lasse reichte mir mein Glas, das ich nahezu in einem Zuge leerte.

»Leo, da ist Wodka drin. Denkste dran, ja?«, flüsterte Maja, ehe sie von irgendeinem Gast gerufen wurde. Ich stand etwas verlegen da, fischte das Obst aus dem Glas und sah Lasse an, der ebenfalls mit seiner Bowle beschäftigt war. »Das lief gut eben, was meinst du? Matthias ist vermutlich eifersüchtig gewesen und deswegen zu uns gekommen, nicht wahr?«

»Ja, vermutlich war das so. Hast du dich denn wohlgefühlt, oder war es dir eher unangenehm?«

Ich sah ihn an, ehe mein Blick zu seinem Mund
wanderte und dann schnell wieder in mein inzwischen nahezu leeres Glas. Ich musste schmunzeln.

»Ich habe mich sehr wohlgefühlt«, murmelte ich
mehr, als dass ich es deutlich sagte, aber selbst, wenn
ich es deutlich gesagt hatte, wäre das letzte Wort eh
untergegangen, denn man hörte Viktoria erfreut
schreien, und dann wurde die Musik aufgedreht. Ein
Blick ins Wohnzimmer genügte und man sah sie wild
tanzen. Matthias stand vor ihr und bewegte sich nur
etwas zu Musik. Er schien genervt zu sein. Nicht zufrieden. Unglücklich.

Nur der Blick aus der Küche - und ich sah Viktoria
nicht mal im Ganzen - genügte mir. Sie wackelte mit
ihrem Arsch, sie wackelte mit ihrem Busen, von dem
ich überzeugt war, dass er definitiv nicht von Natur
aus so üppig gewachsen war. Was die konnte, konnte
ich schon lange. Ich drängte Lasse etwas zur Seite,
schöpfte Bowle mit der Kelle, setzte besagte an die
Lippen und schlurfte auf ex leer. Der Schauspieler
stand mit offenem Mund neben mir.

»So, wir gehen jetzt auch tanzen! Los!« Ich packte
Lasse fest an der Hand und zog ihn ins Wohnzimmer.
Eindeutig hatte der Wodka aus mir gesprochen.
Wenn Kleinkinder tanzen, sieht es stets niedlich aus.
Videos aus meiner Kindheit beweisen, dass es bei mir

stets beschissen aussah! Tanzen war einfach nicht mein Ding.

Wie auf Knopfdruck, und ich war froh, wenigstens das zu kennen, ertönte das Lied ›*Dance Monkey*‹ von ›*Tones and I*‹. Zumindest kannte ich das Lied, Viktoria nun offensichtlich auch. Sie riss die Arme hoch und jauchzte begeistert. Dann rieb sie sich tanzend an Matthias, der inzwischen zumindest in der Lage schien, zu grinsen. Was die konnte, konnte ich schon lange. Ich zog Lasse ohne Rücksicht auf Verluste in die Mitte des Wohnzimmers, wo Maja extra alle Teppiche zur Seite geräumt hatte, sodass man ungehindert tanzen konnte. Dann schaute ich zu Viktoria, die weiterhin ihre Hüften an Matthias rieb, ihre Arme um seinen Hals schlang und zusätzlich die Lippen nahezu perfekt zum Songtext bewegte. Ich machte es ihr gleich, ignorierte die Grübchen in Lasses Gesicht, die mehr als deutlich zum Vorschein kamen, schlang meine Arme um seinen Hals und ließ meine Hüfte kreisen. Ich spürte selbst, dass es absolut ungelenk aussah und mit Sicherheit hätte ich mich das niemals getraut, hätte ich nicht ordentlich Wodka intus. Ich warf Viktoria einen *Ätsch-Blick* zu und ließ mich auch nicht von Lasses leicht schmerzverzehrtem Gesicht irritieren.

»Es tut etwas weh, wenn du deine Körpermitte permanent in meinen Schritt haust, Leo!«, sagte Lasse plötzlich. Viktoria hatte sich währenddessen umgedreht und tanzte Matthias mit ihrem Hintern an. Kein Problem. Konnte ich auch. Ich drehte mich um, schaute, was für Bewegungen sie machte und ahmte es nach. Also, ich versuchte es. Sie wackelte mit ihrem Hintern und ging dann auch noch vor Matthias in die Knie, ehe sie sich wieder elegant nach oben schlängelte. Konnte ich auch. Als ich unten angekommen war, wäre ich fast gefallen und einzig Lasses Griff unter meinen Armen rettete mich vor dieser Peinlichkeit. Er zog mich hoch. Ich achtete nur auf Viktoria. Sie hatte sich wieder umgedreht und tanzte um Matthias herum. Matthias lächelte, wurde aber immer wieder ernst, als er mich sah. Ich tanzte nun auch um Lasse herum. Dass alle anderen Gäste uns mehr oder weniger stark beobachteten, war mir egal. Und dann geschah das, was Lasse augenblicklich lachen ließ. Viktoria küsste Matthias. Nicht kurz. Nein. Lang. Lang und innig. So what ... ich tat es ihr gleich, schlang meine Arme um den Hals von Lasse, zog ihn zu mir runter und küsste ihn. Seltsamerweise war mein erster Gedanke der, dass Lasse das Küssen nun ganz und gar nicht beherrschte. Ich suchte mit meiner Zunge nahezu jeden Winkel in seinem Mund ab, doch ich fand seine Zunge einfach nicht. Aber, dass er nicht küssen konnte, beirrte mich nicht im Geringsten. Ich machte weiter mit meiner Show. Ab und zu warf ich einen Blick nach rechts, um zu schauen, ob Viktoria auch noch küsste. Wenn der Partner nicht auch seine

Zunge bewegt, ist es wirklich eigenartig zu küssen. Man fühlt sich irgendwie verloren. Ich warf wieder einen Blick zur Seite und sah, dass Matthias ihr gleich mit beiden Händen an den Hintern fasste. Ich packte Lasses Handgelenke und führte sie ebenfalls zu meiner Rückseite. Wieder schaute ich nach rechts und dann, dann waren Matthias und Viktoria plötzlich verschwunden. Ich ließ abrupt von Lasse ab.

»Mist. Sie sind weg!« Ich reckte den Hals, doch ich entdeckte sie nicht. Sicher waren sie in die Küche gegangen, um sich weitere Bowle zu besorgen. Maja stand nahe der Couch und sah mich fragend und kopfschüttelnd zugleich an.

Lasse stöhnte laut, fuhr sich leicht genervt mit einer Hand durch die Haare, ließ mich los und setzte sich auf die Couch. Ich stand nun allein auf der Tanzfläche, als ich plötzlich die Lache von Viktoria hörte, und drehte mich um. Sie stand mit Matthias in einer Ecke des Wohnzimmers und unterhielt sich mit ihm. Trotzdem warf sie immer wieder einen Blick zu Lasse, der breitbeinig auf der Couch saß. Na warte. Zeit, ihr zu zeigen, dass Lasse einzig mein Schauspieler war. Ich drehte mich und wollte mich neben Lasse setzen, als der eingerollte Teppich, der wie eine Wurst an der Längsseite des Wohnzimmers, mir einen Strich durch die Rechnung machte. Ich blieb mit der Fußspitze hängen, stolperte und fiel der Länge nach auf Lasse, der kurz nur zusammenzuckte und laut anfing zu lachen. Dann packte er mit einer Hand auf meinen Rücken und hielt mich unten.

»Wer ist mein unartiges Mädchen? Hm? Wer ist es?« Nicht die Frage war es, die mich so erschreckte, dass gewisse Funktionen in mir nicht mehr machten, was sie machen sollten, sondern sein Zuhauen auf meinen Allerwertesten. Ich presste die Lippen zusammen und keuchte kurz. Mein Keuchen stoppte, als ich Viktoria hörte. »Herr van Marweijk, ich kann auch Ihr unartiges Mädchen sein!«

Ich zappelte und versuchte mich aufzurichten. Endlich, wie mir schien nach endloser Zeit, ließ Lasse von mir ab und half mir auf. Er schaute mich grinsend an.

»Vielen Dank auch Lasse! Jetzt ist es passiert!«

Mein Kinn fing an zu zittern, ich war den Tränen nahe. Etwas breitbeinig ging ich in die Küche, weil ich dort Maja vermutete, die mir helfen musste. Ganz dringend. Vielmehr aushelfen musste.

»Leo? Ist alles in Ordnung?«, hörte ich Matthias hinter mir fragen, der offensichtlich so viel Feingefühl hatte, zu erkennen, dass ich mich in einer misslichen Lage befand.

»Ich kümmere mich schon selbst darum, okay? Warum gehen Sie nicht wieder zu Ihrer … Tanzpartnerin?« Als ich mich im Gehen halb umdrehte, sah ich, wie Lasse Matthias zurückschubste. Dann packte er mich am Oberarm fest und drehte mich um. »Was ist los, Leo?«

»Du bist ein Idiot, das ist los.«

Ich wollte wirklich nicht, dass Tränen liefen, aber auch diese Emotionsregung schrieb ich eindeutig dem Wodka zu. Endlich entdeckte ich Maja. Ich riss mich von Lasse los und ging zu ihr. Ich flüsterte, heulend. »Ich habe mir versehentlich in die Hose gemacht.«

»Du hast was?«

»Ich brauche eine Unterhose und eine Strumpfhose von dir. Bitte.« Ich schluchzte auf. Lasse stand einen guten Meter von uns entfernt und hatte die Hände in die Hüften gestemmt.

»Komm mit!« Maja legte den Arm schützend um mich und ging mit mir zum Schlafzimmer.

»Kann ich irgendwas …«

»Geh und trink noch was, Lasse. Wir sind gleich wieder da«, sagte meine Freundin, schob mich ins Schlafzimmer und machte die Tür hinter uns zu.

»Was ist passiert?«, fragte sie, während sie in ihrer Wäscheschublade rumkramte, bis sie schließlich eine Unterhose und eine schwarze Strumpfhose in den Händen hielt.

Jetzt, da es so still im Schlafzimmer war, hörte ich das Rauschen in meinen Ohren, was man definitiv nur hatte, hatte man zu viel Alkohol getrunken. Ich zuckte mit den Schultern, als ich die Blicke meiner besten Freundin auf mir spürte. »Jetzt sag schon!«, hakte sie nach.

»Das liegt alles an dieser blöden Viktoria.«

»Es liegt an Viktoria, dass du dir in die Hose gemacht hast?«

Ich wischte mir vorsichtig, um mein Make-up nicht zu ruinieren, mit den Zeigefingern die Tränen weg. »Nein. Lasse hat mir auf den Hintern gehauen.«

Maja nickte. »Hast du wieder eine schwache Blase?«

Ich sah meine Freundin mit Unverständnis an. »Könntest du vielleicht eher darüber entsetzt sein, dass er mich geschlagen hat?«

»Hat er es wirklich?«

»Vergiss es einfach.«

Maja kramte kurz in einer ihrer Schubladen, dann reichte sie mir eine Tüte. »Hier. Da kannst du deine Sachen reintun.«

»Danke.« Natürlich, selbst vor meiner besten Freundin, war es mir peinlich. Aber, so war es nun mal. Die schwache Blase hatte ich eindeutig von meiner Mutter geerbt und oft schon hatte sie mir einen Strich durch die Rechnung gemacht. Mal beim Klettern, mal beim Tauchen, wobei der weiße Hai da sein Übriges dazugetan hatte.

Maja verließ das Zimmer und ich fing an, mich kopfschüttelnd auszuziehen. Der Plan war ein anderer gewesen.

Gerade als ich dabei war, meinen Schlüpfer unter dem Kleid auszuziehen, ging die Tür auf und Lasse kam rein.

»Raus hier!«, entfuhr es mir leicht hysterisch.

»Nein. Du sagst mir jetzt erst, was ich gemacht habe, dass du so sauer auf mich bist!«

Lasse stand nahe der Tür, fuhr sich mit einer Hand durch die Haare, ehe er beide wieder in die Hüften stemmte.

»Bitte geh raus!«, heulte ich und blieb in gebückter Haltung stehen, damit er nicht meine Unterhose, die ihren Weg bereits bis zu den Knien gefunden hatte, sah. Lasse drehte sich um und starrte die Wand an.

»Ich möchte einfach nur wissen, was los ist.«

Ich schüttelte unentwegt heulend den Kopf, ließ den Rücken von Lasse nicht aus den Augen und wechselte in Windeseile die Unterhosen. Dann schlüpfte ich stehend – wobei ich fast gefallen wäre – in die schwarze Strumpfhose. Als nahezu alles wieder perfekt saß, richtete ich mich auf, steckte meine Sachen in die Tüte, verknotete diese und stellte sie in eine Ecke, sodass ich, wenn ich die Party verlassen würde, die Tüte mitnehmen konnte. Ohne Lasse noch eines Blickes zu würdigen, verließ ich das Zimmer. Er kam mir mit schnellen Schritten nach und packte mich fest am Oberarm. Dann drehte er mich zu sich um. »Mir reicht es langsam. Ich will jetzt endlich wissen, warum du so sauer auf mich bist! Ich habe ein Recht dazu! So schlecht, wie du, benimmt sich ein Vorgesetzter nicht!«

Er hatte recht. Er hatte wirklich Recht! So benimmt sich eine Vorgesetzte nicht.

Jetzt war ich diejenige, die Lasse am Arm packte. »Mitkommen, Freundchen! Mitarbeitergespräch!« Ich sah mich hektisch um, ob es irgendwo eine Ecke gab, in der wir ungestört reden konnten, doch fand ich keine. Überall standen, wenn auch nur kleine, Gruppen von Leuten und es wäre unmöglich, ungestört zu reden. Mein Blick blieb auf der schmalen Tür hängen, die zur Abstellkammer gehörte. Ich zog Lasse hinter mir her, öffnete die Tür der Kammer und schob ihn hinein. Schnell machte ich die Glühbirne an, die nackt, nur von Kabeln gehalten, unter der Decke hing.

Es war eng. Um nicht zu sagen, sehr eng. Wir standen uns so dicht gegenüber, dass sich zumindest unsere Oberkörper leicht berührten. Leider blieb kein Platz mehr dafür, meine Arme vor der Brust zu verschränken. Ich hätte es gerne gemacht. Machten Vorgesetzte doch meistens so. Galt es nicht als Zeichen der Überlegenheit?

Sei ein Profi.

»Die Vereinbarung«, begann ich hochnäsig, »war unter anderem, dass du mir nicht auf den Hintern hauen sollst. Netterweise habe ich dir sogar noch erklärt, warum du das nicht solltest. Du hast es trotzdem getan und somit gegen eine Regel verstoßen! Und wo wir beim Verstoß sind, hiermit spreche ich dir die zweite Abmahnung aus.«

Lasse lachte abwertend und schüttelte dabei den Kopf. Dann wurde er wieder ernst.

»Es tut mir leid, dass du dir offensichtlich in die Hose, vielmehr in das Kleid gemacht hast, das war nicht meine Absicht. Ich spiele nur meine Rolle. Nichts weiter.«

»Du spielst deine Rolle? Vielleicht solltest du diese Rolle mal überdenken und einfach nur du selbst sein!«

Nur auf einer Seite seiner Wangen erschien ein Grübchen. »Aber ich bin doch ganz ich selbst.«

In mir begann langsam, aber sicher, ein Sturm zu toben.

»So, jetzt hör mir mal zu, Lasse! Sätze wie: Wer ist mein unartiges Mädchen oder aber auch die Szene, die du gespielt hast, obwohl keiner der Anwesenden auch nur ein Wort davon mitbekommen hat, kannst du dir sparen! Und noch was will ich dir sagen! Wenn du dich schon darauf einlässt und ich dich dafür bezahle, kann ich ja wohl wenigstens erwarten, dass du auch wirklich mitspielst. Der Kuss war eine einzige Katastrophe. Da warst du nun ganz und gar nicht ein Profi! Bete, dass es keiner bemerkt hat!«

»Ich war voll der Profi. Auch beim Kuss. Du warst es nicht!«

Jetzt lachte ich abwertend. »Falls es dir in deinem Leben entgangen ist, wenn man sich innig küsst, küsst man mit Zunge!«

»Tut man in Filmen nur selten.«

Wieder entfuhr mir ein abwertendes Lachen. »Ich lebe nicht hinter dem Mond. Ich habe viele Filme gesehen, wo sich zwei innig geküsst haben!«

Lasse nickte. »Das ist die Kunst des Schauspielerns. Den Zuschauer glauben zu lassen, dass es innig und voller Leidenschaft ist!«

Gut, so wirklich vom Fach war ich ja nun nicht.

»Komm, ich zeig dir das!«

Noch ehe ich protestieren konnte, umfasste er mein Gesicht mit seinen Händen und kam mir mit dem Mund näher. »Filmkuss«, flüsterte er, strich mit dem Daumen über meine Lippen und küsste mich mit leicht geöffnetem Mund, aber ohne Zunge. Meine Beine fühlten sich an, wie Wackelpudding und das Gefühl der letzten Tage, das sich in meinem Bauch bemerkbar gemacht hatte, trat auch wieder zutage. Aber, ich ließ meine Zunge genau da, wo sie war. Und auch ohne Zunge fühlte es sich fantastisch an. Wie lange er mir einen Filmkuss gab, wusste ich nicht. Es war, als wäre ich in der Zeit verloren. Alles war gelöscht. Da war keine Viktoria, da war kein Matthias, da war keine Abstellkammer, da waren keine Rolle und auch keine Szene mehr.

#zwanzig

Ein Fakt:
Ob man jemanden gut leiden kann,
merkt man daran, ob er für einen gut riecht.
Der Spruch: Ich kann den nicht riechen, als Synonym für:
Ich kann den nicht leiden, ist somit wahr!

Irgendwann fühlte ich, wie seine Lippen sich langsam von meinen entfernten. Ich schlug die Augen auf und sah ihn an. Sprechen hätte ich nicht gekonnt, aber ich kam mir fast verlassen vor. Mein Blick wanderte zu seinem Mund, dann wieder in seine Augen. Eine stille Bitte, mir noch einen Filmkuss zu geben. Ich würde sogar auf die Zunge verzichten, nur, wenn er das, was er gerade mit mir gemacht hatte, noch einmal wiederholen würde.

»So, jetzt weißt du, wie Schauspieler sich küssen«, flüsterte er und ließ mein Gesicht los.

Nein …

»Und … und wie küsst man, wenn man Dilettant ist?«, hauchte ich, legte den Kopf etwas schief und schaute verschleiert auf seinen Mund.

»Zeig es mir.« Er nickte mir langsam zu.

Ich ließ meine Hände über seine Brust wandern, bis hin zu seinem Hals. Dann zog ich ihn sanft zu mir. Die Luft zwischen uns begann zu knistern. Und obwohl man die Partymusik mehr als deutlich auch in der Abstellkammer hören konnte, übertönte das innere Rauschen selbst diese Geräusche. Mir war schwindelig, Hitze stieg in mir auf und ich wusste nicht, ob beides vom Alkohol kam, oder von der Tatsache, dass ich mich irgendwie zum Schauspieler hingezogen fühlte. Er war mit seinem Gesicht so nahe an meinem, dass sich sein Atem auf meinen Lippen wie ein zarter Sommerwind anfühlte. Wieder vergingen Sekunden, ehe sich endlich einer von uns traute, den ersten Schritt zu wagen. Ich war es. Ich konnte diesem Knistern, diesem Sommerwind, diesem Schwindel nicht mehr widerstehen. Und als sich dann unsere Lippen trafen, fühlte es sich kurz an, wie ein Feuerwerk, das ausbrach. Die Tatsache, dass es Lasse genauso erging wie mir, beruhigte mich etwas und die Frage, ob diese Gefühle in uns, der Wodka hervorgerufen hatte, verblasste in dem Moment, in dem ich endlich seine Zunge spürte, die meine unablässig streichelte. Alle Szenen in meinem Kopf waren wie weggespült. Meine Rolle hatte ich abgelegt.

Unsere Zungen bewegten sich immer schneller. Unser Atem kam immer hektischer, unsere Körper pressten sich immer mehr zusammen. Mich ergriff mit einem Mal eine Sehnsucht, die ich kaum noch zügeln konnte. Ich hielt mich an seinem Nacken fest, als Lasse mich hochhob und ich meine Beine um ihn schlang. Dass der Staubsauger deswegen krachend zu Boden fiel, hörte ich nicht. Einzig das stille Verlangen zwischen uns nahm ich wahr. Seine Hände wanderten ungeduldig meine Oberschenkel hinauf, bis sie auf meinem Po zum Liegen kamen. Er presste mich gegen die Wand. Ich griff ihm in die Haare und zog ihn noch dichter zu mir. Mit allen Sinnen wollte ich ihn. Seine Zähne streiften unsanft meine Lippen, seine Zunge spürte ich nahezu überall in meinem Mund, er schmeckte wie eine süße Sünde, von der man nicht die Finger lassen konnte.

»Lass mich runter, lass mich runter«, brachte ich atemlos hervor, und noch bevor ich mit beiden Beinen wieder auf dem Boden stand, öffnete ich seinen Gürtel, dann den Knopf seiner Jeans und zu guter Letzt den Reißverschluss, während Lasse mich ungestüm weiter küsste.

Ich erschrak so wahnsinnig, als die Türklinke runtergedrückt wurde, dass ich allgegenwärtig den Reißverschluss von seiner Jeans schnell nach oben zog. Timo stand plötzlich im Türrahmen der Abstellkammer, hinter ihm einige Freunde. Lasse stöhnte und krümmte sich. Ich wusste nicht, wo ich zuerst hinschauen sollte. Einige Sekunden herrschte Stille, nur die Partymusik war zu hören.

Timo drehte sich wortlos um und schloss die Tür wieder.

»Entschuldige. Das ist für einen Mann sicher nicht leicht, wenn man plötzlich so abbricht. Für mich auch nicht«, sagte ich und sah zerknirscht auf Lasse, der immer noch gekrümmt dastand. »Willst du vielleicht mal ins Bad gehen und kaltes Wasser drüber laufen lassen?«

»Du … du hast mir was eingeklemmt«, stöhnte Lasse. Mein Hirn brauchte etwas, ehe ich die Information verarbeitet hatte.

»Oh mein Gott. Wo?«, fragte ich und fasste Lasse an die Schultern, um ihn wieder in eine aufrechte Haltung zu bekommen.

»Am Fuß!«, zischte er und schaute mich wütend an.

»Hä?« *Ich blickte ihn irritiert an. Wieso der Fuß?*

»Am Penis, okay? Du hast mir meinen Penis im Reißverschluss eingeklemmt!«

Und wieder vergingen einige Sekunden, ehe auch diese Nachricht mein Gehirn verarbeiten konnte.

»Oh Gott. Soll ich mal schauen? Blutet es?«

Lasse schüttelte nur den Kopf und stützte sich mit den Händen auf seinen Oberschenkeln ab.

»Das tut mir furchtbar leid«, sagte ich zerknirscht und überlegte, ob ich ihm sachte über den Rücken streicheln sollte, aber ich traute mich nicht. Lasse hob eine Hand, atmete einige Male laut ein und wieder aus und erhob sich dann. Ich biss mir verlegen auf die Unterlippe und versuchte in seinem Gesicht zu erkennen, ob der Schmerz vorbei war. Immer noch sah er zumindest für mich leicht gequält drein.

»Ist gut, Leo. Da kannst du ja nichts für.«

»Vielleicht, ich meine nur so, solltest du dir etwas weitere Hosen kaufen.«

Lasse sah mich völlig verständnislos an. »Das Problem war ja nun nicht die Hose!«

Ich sah ihn fragend, mit schief gelegtem Kopf, an, ehe ich verstand.

»Oh, ja … ich … habe ich verstanden.«

»Lass uns jetzt einfach diese Abstellkammer verlassen und mit dem Schauspiel weitermachen.« Lasse machte einen genervten Eindruck, und obwohl ich gar keine Lust mehr auf ein Schauspiel hatte, merkte ich, dass es einfach besser wäre, dem zuzustimmen. Ich presste die Lippen aufeinander, nickte, schlängelte mich an ihm vorbei und öffnete die Tür. Glücklicherweise, obwohl ich insgeheim schon damit gerechnet hatte, war keiner im Flur und beobachtete uns.

Lasses Körperhaltung war immer noch leicht gekrümmt, als wir ziemlich planlos in die Küche schlenderten und uns mehr aus Verlegenheit, als aus Lust ein weiteres Glas Bowle einschenkten. Wir prosteten uns still zu und tranken.

Beinahe hätte ich mir den Inhalt des Glases komplett über mein Kleid gekippt, als Viktoria im Hopsala-Lauf in die Küche gesprungen kam und sich lachend an Lasse festhielt, der sich wieder kurz krümmte.

»Oh, Herr van Marweijk, haben Sie sich wehgetan?«

Er stöhnte kurz auf und sah Viktoria an. »Der Rücken.«

Sie stellte sich hinter Lasse und tastete tatsächlich seinen Rücken ab, und als ich sah, dass es ihm sichtlich gefiel, hätte ich am liebsten wutentbrannt die Küche verlassen.

»Ich bin Krankenschwester, Herr van Marweijk, soll ich mir das mal näher anschauen?«

Ich sah Lasse abwartend an. Wenn der jetzt ›Ja‹ sagte, würde er von mir die dritte Abmahnung und somit die Kündigung erhalten. Postwendend!

Ich trank mein Glas in einem Zuge leer und schöpfte mir direkt nach. Auf Obst verzichtete ich.

»Ich kann für Sie auch eine unartige Krankenschwester sein, Herr van Marweijk, wenn Sie das wünschen? Ich kann alles für Sie sein.«

Ich hustete laut und warf Viktoria einen vernichtenden Blick zu. »Ich bin vom Fach!«, sagte sie in meine Richtung, als wolle sie mich damit beruhigen.

Ich trank mein Glas wieder leer. Mir platzte definitiv gleich der Kragen. Und als ich dann auch noch sah, wie sie ihm von hinten in die Jeans griff, um vermutlich sein Steißbein zu massieren, war es so weit.

»Weißt du was, Viktoria, auch wenn Herr van Marweijk schon etwas älter ist, er hat keine Rückenschmerzen. Glaube mir. Er hat sich sein bestes Stück im Reißverschluss eingeklemmt.«

Den Blick, den Lasse mir in diesem Moment zuwarf, würde ich mein Leben lang nicht mehr vergessen. »Ach, Herr van Marweijk, damit kenne ich mich auch aus. Soll ich mal schauen?«

Ich machte mein Glas wieder voll, trank einen Schluck und schaute Viktoria an. »Dass du dich damit auskennst, ist mir klar!« Dann ging ich ins Wohnzimmer, wobei von gehen hier nicht mehr die Rede sein konnte, denn ich begann zu torkeln. Ich setzte mich auf die Couch, beobachtete eine Gruppe Männer, die auf der Tanzfläche standen, die über irgendwelche neuen Marketingtechniken sprachen, und trank langsam mein Glas leer. Das war einer dieser Momente, in denen ich am liebsten still und heimlich nach Hause gefahren wäre. Matthias, den ich hatte nicht kommen sehen, setzte sich neben mich.

»Wo ist dein Schauspieler?«

»Küche«, antwortete ich, ohne meinen Ex anzusehen.

»Ich nehme mal an, dass Viktoria dann auch in der Küche ist.«

Ich nickte einmal. »Ist so.« Mein Blick wanderte durch den Raum und blieb an Maja hängen, die wütend Matthias ansah und mit dem Kopf schüttelte.

»Maja ist böse mit mir. Eigentlich habe ich hier Hausverbot. Ist heute eine Ausnahme, weil Timo Geburtstag hat.«

»Aha.« Wieso, so fragte ich mich, konnten mich nicht alle einfach in Ruhe lassen? Stand auf meiner Stirn geschrieben: Hallo, bitte quatsch mich voll?

Dass Lasse ebenfalls ins Wohnzimmer gekommen war, hatte ich nicht bemerkt. Plötzlich war er da und quetschte sich neben mich. Jetzt saß ich genau zwischen Matthias und Lasse. Unangenehm war es. Sehr.

Lasse legte den Arm um mich und zog mich an sich. Dann küsste er mich auf die Schläfe. Matthias starrte nach vorne und rutschte ein Stück von mir weg, weil Lasse mit seiner Hand gegen seine Schulter gekommen war. »Na, Baby, was machen wir nach der Party noch Schönes.« Ich musste mich einfach zwingen, mitzuspielen, ein Profi zu sein, doch bis zu diesem Zeitpunkt war es mir noch nie so schwergefallen. Ich biss die Zähne zusammen. »Wir machen gar nichts Schönes mehr! Ich gehe gleich ins Bett.«

Lasse biss mir kurz in den Hals, ich zuckte zurück. »Jetzt sag mir nicht, dass ich die Haken für unsere Bondagesession umsonst an der Wand festgemacht

251

habe. Das wäre aber schade!« Ebenso wie Matthias schaute ich Lasse mit halb geöffnetem Mund an. »Was? Wussten Sie etwa nicht, dass Leo es liebt, wenn man sie ans Bett fesselt und ihr mit einer Gerte den Hintern versohlt? Ist doch so, Baby, oder? Das macht dich richtig an.« Ich spürte den fassungslosen Blick von Matthias auf mir, dem ich mich gleich anpasste. Mehrfach hatte ich versucht, etwas zu sagen, doch mir blieben die Worte im Halse stecken. Lasse zog meinen Kopf an seine Schulter. »Wer ist mein unartiges Mädchen heute Abend, mh? Wer?« Er leckte mir einmal über die Stirn, ehe ich es endlich schaffte und mich aus dem Griff befreien konnte. Mit dem Ärmel wischte ich mir über die Stirn. Matthias stand auf, starrte mich noch einmal an, dann ging er in die Küche.

Ich rutschte unweigerlich von Lasse weg und verschränkte die Arme vor der Brust. »Kannst mir mal sagen, was das ger… gerade sollte?« Meine Zunge begann, erste Lähmungserscheinungen vom Wodka zu zeigen. Hinzukam, dass ich Schluckauf hatte, der, sobald ich versuchte, ihn zu unterdrücken, nur noch stärker zum Vorschein kam. »Ich sagte doch, ich mache ihn richtig heiß auf dich! Das wolltest du doch, oder Leo?«

Ich schüttelte nur noch den Kopf, spürte, dass dies unweigerlich dazu führte, dass mir noch schwindeliger wurde, stand nach immerhin drei Versuchen auf und torkelte in die Küche. Lasse folgte mir, und sobald ich in sein Gesicht sah, sah ich die Grübchen stärker denn je.

»Du, Leo, meinst du nicht, du hättest genug Bowle getrunken?«

Ich schaute langsam nach links, sah Maja an, schüttelte den Kopf und goss mir mehr Bowle ein. Dann trank ich und sah verschwommen, wie Viktoria sich an Lasse ranmachte. Matthias stand etwas entfernt und sagte nichts dazu. Ich trank mein Glas auf ex aus, wartete einen Moment und ging wackelnd direkt auf Viktoria zu.

»Nimm deine Fossen ... deine Flossen von meim Schau... Schau... Schauspieler! Ich bin sein unartigs Mä... Mädschn. Ver... verschanen?« Gut, der Hicks am Ende des Satzes hätte nicht sein müssen. Zumal ich doch deutlich spürte, beim nächsten brechen zu müssen. »Un... un du!« Ich zeigte mit der Hand kreisend auf Matthias. »Un... du ... du hast keine Eia inner Hose. Du Weichei!«

»Gut, ich denke, das reicht jetzt. Komm, Schatz, ich bringe dich mal zur Toilette!« Maja legte schützend den Arm um mich.

»Ich muss ma... gehn. Auf Wiersehn.« Ich grüßte wie bei der Bundeswehr und ließ mich von Maja zur Toilette führen.

253

Ich will nicht sagen, dass es knapp war, aber eine Sekunde später und ich hätte auf den Boden anstatt in die Toilette gekotzt.

Erschöpft hing ich nach der ersten Runde mit der Stirn auf der Klobrille. Als ich bereit für die zweite Runde war, packte mir plötzlich jemand anderes in die Haare und hielt mir die Stirn. Lasse. Seltsamerweise war das Erste, das mir in meinen betrunkenen Sinn schoss, der Film: ›*Flutsch und weg*‹. Ich wünschte mir, in der Toilette verschwinden zu können.

»Lass es raus, Baby! Sie können gehen. Leo und ich kommen allein zurecht.«

»Wo liegt das Problem, wenn ich nach meiner Ex-Freundin sehen will, mit der ich immerhin sieben Jahre zusammen war?«

»Das Problem sind Sie, Matthias! Machen Sie einen Abflug. Ich schaffe das allein.«

Ich hätte mich auch gerne dazu geäußert, doch der erste Versuch, zu sprechen, endete in der dritten Runde.

Und als ich dann auch noch Viktoria hörte, hätte ich gerne noch eine vierte Runde drangehängt, einfach, um sie zu übertönen. »Herr van Marweijk, brauchen Sie meine Hilfe? Ich könnte organisieren, dass Matthias vielleicht Leonie nach Hause fährt. Dann könnten wir noch was Schönes zusammen machen.«

Ich drehte den Kopf und sah Viktoria aus glasigen Augen an. »Das habe ich gehört, Vicky!« Matthias stand immer noch im Bad.

»So, Sie gehen jetzt raus hier! Alle beide!« Wenn auch dieser Satz von Lasse nur geschauspielert war, so musste ich so langsam mal wirklich den Hut vor ihm ziehen. Es hörte sich sauecht an.

Je länger ich die Augen offenhielt, desto schwindeliger wurde mir. Ich sah noch vage, dass Matthias und Viktoria das Badezimmer verließen, dann verdunkelte sich plötzlich alles vor meinen Augen.

Ich wagte nicht, den Kopf zu bewegen. Die Augen ließ ich geschlossen. In Bruchstücken warf mir mein Unterbewusstsein Szenen von der Party ins Bewusstsein und ich vermutete, dass die schlimmsten Szenen mir erst dann klar wurden, wenn ich die Augen öffnete. Also ließ ich sie lieber geschlossen. Ich zog die Bettdecke dicht um mich und wollte mich gerade vorsichtig auf die Seite drehen, als ich eine Männerstimme vernahm. »Lass mir bitte ein Stück Decke. Es ist so kalt.« Ich öffnete ganz langsam nur ein Auge und sah wie durch einen Schleier Lasse neben mir liegen. Ich schloss das Auge wieder und öffnete das andere, in der Hoffnung, das eine wollte mich nur verarschen. Wieder sah ich Lasse. Ich atmete tief ein und wieder aus und öffnete schließlich beide. Lasse. Er grinste verschlafen. »Guten Morgen, du unartiges Mädchen. Hast du gut geschlafen?«

»Was, was machst du hier?«, flüsterte ich und hatte in diesem Moment komischerweise den Gedanken, es wäre sinnvoll, den Teppich auf meiner Zunge zuerst wegzuputzen.

Lasse reckte sich, rutschte dicht zu mir auf und schlang die Decke um sich. »Ich musste doch das Schauspiel aufrechterhalten. Maja hat veranlasst, dass uns ein Taxi hierherfährt. Nimm es mir nicht übel, aber die Spesen würde ich dir dann noch nachträglich auf die Rechnung setzen.«

Ich fasste mir vorsichtig an die Stirn. Es musste an meinem Totalausfall gelegen haben, dass ich mich nicht mehr an das Ende der Party erinnern konnte. Ein Filmriss. Im wahrsten Sinne des Wortes. Ich musste einem Filmriss erlegen sein, anders war es nicht mehr zu erklären.

Ich schälte mich vorsichtig aus dem Bett und hatte nur noch zwei Ziele vor Augen: Erstens, den Teppich auf meiner Zunge loszuwerden, zweitens, den üblen Bowle-Geruch auf meiner Haut zumindest dezimieren.

Als ich wackelig stand, schaute ich an mir herunter, ebenso wie Lasse, der die Hände hinter seinem Kopf verschränkt hatte und mit Grübchen im Gesicht dalag. Erschrocken griff ich nach meinem Kopfkissen und hielt es mir vor die Brust. Ich schloss kurz die

Augen, dann öffnete ich sie wieder. Lasse sah mich fragend an.

»Wieso bin ich nackt?«

»Das willst du nicht wirklich wissen. Außerdem bist du ja nicht ganz nackt. Ich habe immerhin eine frische Unterhose in deinem Schrank gefunden und war so zuvorkommend, sie dir anzuziehen.«

Ich schluckte.

»Du hast mir eine Unterhose angezogen?«

Lieber Gott, lass das bitte die Nachwehen vom Wodka sein.

»Ja, ich dachte, du fühlst dich dann wohler. Deine vollgekotzten Sachen habe ich übrigens in die Waschmaschine im Badezimmer gesteckt. Ich hoffe, das war dir recht.«

Wieder schloss ich kurz die Augen, hielt das Kopfkissen ein Stück von mir weg und sah an mir runter. Einen Schlüpfer trug ich. Unweigerlich presste ich das Kissen wieder gegen meinen Körper. Dann bewegte ich mich zur Tür, so, dass Lasse mich unter keinen Umständen von hinten sehen konnte. Er grinst die ganze Zeit.

»Ich gehe mal duschen.«

»Ich würde dir gerne was anderes sagen, aber ja, du solltest wirklich duschen gehen.«

Ich sah ihn noch einmal entsetzt an, ehe ich endlich die Schlafzimmertür erreicht hatte, sie hinter meinem Rücken öffnete und rückwärts das Schlafzimmer verließ. Ich schloss schnell die Tür, ließ das Kopfkissen im Flur fallen und sauste ins Bad. Erst als ich die Badezimmertür abgeschlossen hatte, atmete ich erleichtert auf.

Was für ein Albtraum.

Ich wagte es nicht, in den Spiegel über dem Waschbecken zu schauen, sondern stellte unweigerlich die Dusche an, wartete kurz, bis das Wasser warm wurde, zog meinen Schlüpfer aus und atmete erst erleichtert auf, als Wasser über meinen Körper floss. Ich versuchte, so gut es ging, den gestrigen Abend auszublenden. Vollkommen. Alles. Außer … den Dilettantenkuss in der Abstellkammer. Wieder bewegten sich kleine Flügel in meinem Bauch und wieder begannen meine Beine, unnatürlich stark zu kribbeln. Nicht Matthias löste diese Gefühle in mir aus, sondern … der Schauspieler. Lasse van Marweijk. Von Anfang an. Seitdem Lasse in mein Leben getreten war, war die Erinnerung an sieben Jahre zusammen mit Matthias verblasst. Was also sollte ich jetzt tun? Nichts. Ich konnte nichts tun. Ein Schauspieler wollte bestimmt nicht mit einem Dilettanten zusammen sein. Und ich war einer. In jeder Hinsicht.

Nachdem ich wieder gut roch und auch den Teppich auf meiner Zunge losgeworden war, schlang ich das große Handtuch um meinen Körper, zählte innerlich bis drei, verließ das Bad und schlich zum

Schlafzimmer. Warum ich kurz lauschte, wusste ich selbst nicht. Dann öffnete ich die Tür.

#einundzwanzig

Ein Fakt:
Gefühle kann man nicht abtrainieren.
Man kann sie wohl aber unterdrücken.
Aber sie bleiben in einem.
Egal, was man macht.

Enttäuscht, und ich glaubte sogar, dass man mir das ansehen konnte, nahm ich wahr, dass Lasse sich angezogen hatte, auf dem Bett saß, mit Handy in der Hand und jemandem schrieb.

»Ich bin sofort weg, dann kannst du dich anziehen«, murmelte er und starrte weiterhin auf sein Telefon. Dann nickte er plötzlich und erhob sich. Er kam auf mich zu. Ich stand nahe dem Kleiderschrank und hielt mein Handtuch fest.

»Ich weiß nicht, was ich sagen soll. Vielleicht einfach vielen Dank, dass du dich gestern Abend um mich gekümmert hast. Ist normalerweise nicht meine Art so viel Alkohol zu trinken.«

Lasse lachte. »Bei mir musst du dich nicht entschuldigen, aber ich bin mir nicht ganz sicher, ob der gestrige Abend für dich und Matthias so gut war.«

Ich nickte nachdenklich und sah dabei zu Boden, dann hob ich den Kopf und konnte es nicht verhindern, Lasse auf den Mund zu schielen. Kurz. Kaum wahrnehmbar. Für ihn zumindest.

»Na ja, dafür hast du gesorgt, nicht wahr?«

Lasse griff seine Lederjacke, die auf dem Stuhl neben der Tür lag, und zog sie an. »Ich wollte ihm einfach verdeutlichen, trotz sieben Jahre, die ihr zusammen gewesen wart, dass er nichts, gar nichts über dich zu wissen scheint. Und ich finde, das ist mir gelungen.«

Ich meinte doch den Dilettantenkuss, du Idiot …

Kurz herrschte Stille und so sehr ich mich bemühte, ein einigermaßen neutrales Gesicht aufzulegen, es gelang mir nicht. Ich war niedergeschlagen und verwirrt. In mir herrschte ein einziges Gefühlschaos.

»Gut. Ich muss los. Ich habe heute eine Veranstaltung, da muss ich hin. Gibst du mir die Abmahnungen noch schriftlich?«

Es ging für ihn einzig um unseren Deal.

Ich nickte und schluckte. »Mach ich. Und natürlich deinen Lohn noch. Den bekommst du auch.«

Lasse lachte wieder. Wenigstens einer von uns beiden, der noch fähig war zu lachen. »Ganz ehrlich, Leo, dann wären die zehn Stunden schon aufgebraucht.

Mit Spesen, damit meine ich das Taxi, das ich bezahlt habe, kämst du dann auf eine Gesamtsumme von zweihundertvierzig Euro. Abzüglich natürlich der zwei Stunden, die du mir bereits bezahlt hast.«

»Ja. Gut.« Mehr schaffte ich nicht, zu sagen.

Lasse ging in den Flur. Ich folgte ihm.

»Bist du heute Abend zu Hause?«, fragte er, als er nahe der Wohnungstür stand.

»Ja. Ja, bin ich. Ich meine, ich bin zu Hause. Auf jeden Fall. Zu Hause«, sagte ich hektisch und sah ihn erwartungsvoll an.

»Gut. Dann würde ich, sagen wir, so gegen zwanzig Uhr bei dir sein und die Abmahnungen sowie den Lohn holen. Okay?«

Er sagte das in einem Tonfall, der übersetzt auch heißen könnte: Ich bleibe vor der Tür stehen und du gibst mir einen Umschlag mit den Abmahnungen und meinem gesamten Lohn darin.

Ich spürte den Kloß in meinem Hals stetig wachsen und hoffte, er würde erst dann seinen absoluten Höhepunkt erreichen, wenn Lasse durch die Tür wäre. Knapp, aber möglich.

»Ja, dann.« Er beugte sich zu mir runter und küsste mich auf die Wange. Ich schloss die Augen, und obwohl der Kloß gar nicht so groß war, spürte ich zumindest eine Träne laufen. Lasse sah mich kurz an. Nicht fragend. Nicht erstaunt. Ausdruckslos. Er wischte die Träne mit seinem Daumen weg, zwinkerte mir noch einmal zu, dann ging er.

Ich sank an der Wand im Flur hinunter, vergrub mein Gesicht in meine Hände und konnte nur noch mit dem Kopf schütteln. Für Lasse war es Arbeit gewesen. Das wusste ich jetzt. Der Dilettantenkuss hatte für ihn keinerlei Bedeutung gehabt. Wahrscheinlich hatte er sich auf diesen Kuss nur eingelassen, um mir zu verdeutlichen, worin genau der Unterschied bestand. Der Unterschied zwischen dem wahren Kuss und dem gespielt wahren Kuss.

Nachdem Lasse weg war, hatte ich mich in meinen Jogging-Anzug geschmissen und mich erneut ins Bett gelegt. Wenigstens war mir der Geruch von Lasse geblieben, der meiner Bettwäsche jetzt anhaftete, und auch wenn ich mir selbst wie ein verliebter Teenie vorkam, ich würde die Wäsche so schnell nicht waschen. Obwohl sein Duft mit dem Gestank von Alkohol vermischt war.

Nur zwei Stunden war es mir gegönnt, noch im Bett rum zu gammeln, als es plötzlich Sturm klingelte. Widerwillig stand ich auf, schlich zur Wohnungstür, drückte jenen Schalter, der die untere Tür öffnete, und machte meine auf.

»Hallo?«

»Ich bin es, Maja!«

Meine Freundin kam die Treppe hoch, sah mich und nahm mich sofort in den Arm. Der Kloß vom Vormittag rieb sich imaginär die Hände und platzte.

»Leo, hör mir zu! Du brauchst nicht weinen! Matthias will zu dir zurückkommen. Dein Plan, so ungerne ich es ja zugeben muss, ist aufgegangen.«

Waren es vorher nur leise Geräusche, die vermuten ließen, dass ich weinte, so wurden sie jetzt, nachdem was Maja erzählt hatte, erst richtig laut. Meine beste Freundin drückte mich irritiert von sich weg. »Sag mal, was ist los? Sind das jetzt Freudentränen, oder was?«

Ich schüttelte den Kopf und schlich in die Küche. Maja kam mir nach, steuerte sofort die Kaffeemaschine an und murmelte, dass sie uns erst mal einen aufsetzen würde.

Ich setzte mich an die Theke und vergrub mein Gesicht hinter meinen Händen. Neben der unsäglichen Traurigkeit aufgrund der Erkenntnis, dass es für Lasse nichts weiter als ein Spiel war, begann mein Unterbewusstsein peux à peux alles zu vergegenwärtigen.

»War ich sehr peinlich gestern?«

»Nö.«

»Ehrlich!«

»Na ja, vielleicht etwas.«

»Und ganz ehrlich?«

Maja stellte die Maschine an und drehte sich um. »Ziemlich.«

Ich schüttelte den Kopf und wünschte, an der Zeit drehen zu können, damit ich diesen Abend ganz anders gestalten konnte.

»Warum hast du auch so viel getrunken?« Maja setzte sich neben mich und strich mir einige Haarsträhnen aus dem Gesicht.

»Weil der Plan absolut scheiße war. Total bescheuert. Das musste schiefgehen!«

Sie stand auf, befüllte unsere Becher mit Kaffee, Milch und Zucker und kam zurück zur Theke.

»Sei mir nicht böse, aber ich blicke so langsam nicht mehr durch. Gut, du hast dich gestern ziemlich danebenbenommen, aber es scheint ja funktioniert zu haben. Dank deines Plans, namens Lasse van Marweijk, hast du es geschafft, und Matthias möchte wieder zu dir zurückkommen. Soviel ich weiß, will er noch heute mit Viktoria sprechen.«

Ich schüttelte wieder den Kopf, Tränen flossen zahlreich über meine Wangen. War ich in den letzten Wochen auf dem absoluten Tiefpunkt angekommen, weil ich Matthias so vermisste, so wusste ich nicht mehr, wo ich jetzt war. Über dem Tiefpunkt hinaus vermutlich. Im absoluten Minusbereich.

»Was, Leo, ist jetzt dein Problem?«, fragte Maja und zupfte mir am Ärmel rum.

»Ich will Matthias gar nicht mehr zurückhaben.«

»Hä? *Ich verstehe nicht. Dein Plan sollte doch genau das bewirken.*«

»Ich will Lasse van Marweijk.« Das erste Mal hatte ich das laut ausgesprochen, das mein Unterbewusstsein schätzungsweise schon einige Tage zuvor herausgefunden hatte. Und mit dem Aussprechen dieser, um es mal vorsichtig auszudrücken, absolut absurden Tatsache, hörten die Tränen auf zu laufen.

Maja sagte nichts mehr, sondern trank konzentriert ihren Kaffee. Des Öfteren holte sie zwischenzeitlich Luft, und es sah aus, als wolle sie etwas sagen, aber sie blieb still und akzeptierte irgendwann, dass sie selbst nicht mehr in der Lage war, dazu noch was zu äußern. Im Grunde war ich ja selbst nicht mehr in der Lage, dazu etwas zu sagen.

»Steht die Ente noch bei euch?«, fragte ich erst nach einer ganzen Weile.

»Was für ne Ente?«

»Das Auto. Eine Ente.«

»Ach so, die. Nein. Hat er heute Morgen abgeholt.«

»Wie ist Lasse zu euch gekommen?«

»Timo meint, ein Taxi gesehen zu haben.«

Ich nickte nur und fragte mich, ob er tatsächlich heute Abend zu mir kommen würde oder ob er es einfach dabei belassen würde.

»Hey, und wenn du Matthias als deinen neuen Plan auserwählst und damit den Schauspieler heißmachst?«

Ich sah meine Freundin völlig verständnislos an.

»Nein. Davon abgesehen würde Lasse das Spiel gleich durchschauen. Das bringt nichts. Es … es ist vorbei. Einfach schiefgelaufen. Ich werde allein bleiben. Fertig. Lasse kommt heute Abend ein letztes Mal zu mir, um seinen Lohn und die zwei Abmahnungen abzuholen, und dann wird er aus meinem Leben verschwinden. Ich meine, sind wir mal ehrlich, was will ein großer Schauspieler von mir schon. Der hat andere Frauen in seinem Leben. Schau dir seine Ex an. Diese Nadja Sommer, oder wie die heißt. Da … da pass ich nicht rein. Ist halt so.«

Ich wünschte, in diesem Moment allein sein zu können.

»Was für Abmahnungen?«

Ich winkte mit der Hand ab. »Vergiss es, nicht der Rede wert.«

Maja gab sich damit offensichtlich zufrieden, denn sie trank nickend ihren Kaffee aus und ich hoffte, so lieb ich meine Freundin auch hatte, dass sie nach Hause fahren würde.

»Sag mal, Timo hat euch gestern in der Abstellkammer überrascht. Was habt ihr da gemacht?«

Oh, man …

»Ähm … Mitarbeitergespräch.«

»Aha. Du, Leo, sei mir nicht böse, aber ich müsste mal nach Hause und Timo helfen, alles aufzuräumen.

Soll ich meinen Mann darum bitten, mit Matthias zu reden?«

Maja stand auf. Ich auch. »Nein. Ist lieb von dir, aber wirklich nicht nötig. Ich rede selbst mit ihm. Aber nicht mehr heute. Ich werde heute, nachdem Lasse wieder weg ist, irgendeinen Film anschauen. Mehr nicht.«

Maja grinste. »Lass mich raten ... einen Film, dessen Hauptrolle mit Lasse van Marweijk besetzt ist?«

Ich lächelte nur unsicher und wackelte mit dem Kopf. Selbstverständlich würde ich mir einen Film mit ihm anschauen und dabei vermutlich die ganze Zeit heulen. Und wenn es heute klingeln würde und die Vermutung nahelag, dass es kein anderer sein konnte als Matthias, so würde ich einfach nicht die Türe öffnen. Ich überlegte, ob es sinnvoll wäre, Lasse eine Nachricht zu schreiben, er möge bitte kurz anrufen, wenn er vor der Tür stünde ... guter Plan.

Ich konnte ein erleichtertes Aufatmen nicht vermeiden, als meine Freundin endlich durch die Tür war. Den restlichen Tag, bis zum Abend, würde ich mit Putzen überbrücken und immer stärker kam in mir der Gedanke auf, Lasse einfach geradeaus zu sagen, dass ich mehr für ihn empfinden würde, als nur eine Beziehung zwischen Vorgesetzter und Mitarbeiter. Oder, ich könnte an der Stelle anknüpfen, an der uns Timo in der Abstellkammer überrascht hatte.

Um meinen Mineralienhaushalt wieder auf das Level zu bringen, das notwendig ist, aß ich am Nachmittag eine der vielen Tütensuppen, die praktischerweise in einer Box direkt neben dem Herd standen. Seitdem ich nicht mehr mit Matthias zusammen war, waren Tütensuppen mehr als häufig zum Einsatz gekommen. Matthias hatte stets für uns gekocht. Ich konnte das nicht.

Am späten Nachmittag überwand ich meine Zweifel und schrieb Lasse eine Nachricht.

> Hallo. Wenn du heute Abend kommst, könntest du mir kurz eine Nachricht schicken? Dann mache ich dir auf. Liebe Grüße, Leo.

Ich sendete und legte das Handy bewusst zur Seite, da ich mich kannte und ansonsten die ganze Zeit darauf gestarrt hätte. Dieses Mal allerdings wäre es nur ein kurzes Starren geworden. Lasse schien die Nachricht direkt gelesen und unweigerlich geantwortet zu haben. Ich stürmte zum Tisch, nahm das Handy und tippte sofort die Nachricht an.

> Klar, kann ich machen. Grüße

Die Nachricht war kurz und knapp. War er genervt?

> Wenn du nicht mehr kommen
> möchtest, dann sag es einfach.

Ich sendete und starrte auf das Handy. Er las die Nachricht sofort und ich sah auch, dass er zurückschrieb. Würde er jetzt antworten, dass es ihm tatsächlich nicht mehr in den Kram passte, mich zu besuchen, würde ich hier und jetzt zusammenbrechen.

> Baby, ich arbeite und habe gerade
> gar keine Zeit, mit dir zu schreiben.
> Heute Abend, Kleines.

Baby? Kleines?
Ich legte das Handy auf den Wohnzimmertisch, stand davor und hatte die Hände in die Hüften gestemmt. Was ich von seinen Antworten halten sollte, wusste ich nicht. Aber hinsichtlich dessen, dass ja nun *ich* seine Vorgesetzte war, kam so langsam aber sicher absolutes Unverständnis für seine Antworten auf. Definitiv sprach man so nicht mit seinem Chef.

Ich rümpfte kurz die Nase, warf meine Haare zurück auf den Rücken, nahm das Handy in die Hand und schrieb zurück.

> Ich möchte dich daran erinnern, dass
> wir immer noch ein Verhältnis zwi-
> schen Chef und Angestellten haben.
> Ich verbitte mir zukünftig Anreden

wie: Baby oder Kleines. Eine Verwarnung!

Ich legte das Handy kopfschüttelnd auf den Wohnzimmertisch, drehte mich um und wollte gerade den Rest des Bades sauber machen, als das ›Ping‹ ertönte. Um meiner Rolle als Chefin gerecht zu werden, hätte ich es im Grunde ignorieren und zuerst meine Aufgaben im Badezimmer erledigen müssen. Aber meine Neugierde war einfach größer, als die Chefrolle. Wie ferngesteuert lief ich wieder zum Wohnzimmertisch.

> Schätzchen, ich habe meine Stunden bei dir abgearbeitet. Im Grunde schuldest du mir sehr viel Geld, da ich sicherlich anstatt zehn Stunden, achtzehn Stunden für dich gearbeitet habe. Also, Kleines, halt den Ball flach, ansonsten würde ich es durchaus fertigbringen und Haken in deinem Schlafzimmer an der Wand befestigen. Du bist wirklich sehr unartig!

Ich schnappte nach Luft, mein Herzschlag glich einem Presslufthammer in Aktion, kalter Schweiß bildete sich auf meiner Stirn. Als es dann auch noch klingelte, zuckte ich am ganzen Körper zusammen. Matthias. Sicher war das Matthias. Obwohl man nicht in meine Wohnung schauen konnte – die befindet sich ja im ersten Stock – warf ich mich auf alle Viere und robbte durch das Wohnzimmer in die Küche. Das Küchenfenster gab den Blick auf den Innenhof frei, das Wohnzimmerfenster hingegen befand sich zur Straße hin. Wieder klingelte es. Ich hielt mir die Ohren zu. Matthias sollte einfach verschwinden und in diesem Moment ärgerte ich mich sehr, dass ich nicht doch Majas Angebot bezüglich Timo, der mit Matthias sprechen sollte, angenommen hatte. Wie viele Minuten ich da auf dem kalten Fußboden in der Küche saß, wusste ich im Nachhinein nicht mehr. Aber als ich die Augen öffnete, war zum einen alles still, zum anderen begann es massiv zu dämmern. Kurz vor siebzehn Uhr hatten wir schon. In drei Stunden würde der Schauspieler kommen. Ich stand langsam auf, machte nicht das Licht an und schaute stattdessen aus dem Küchenfenster in den Innenhof. Alles war dunkel. Dann schlich ich ins Wohnzimmer, versteckte mich halb hinter dem Vorhang und schaute so vorsichtig ich konnte aus dem Fenster. Auch vor dem Haus war alles ruhig. Erleichtert atmete ich aus.

Über mich selbst mit dem Kopf schüttelnd, machte ich im Wohnzimmer die Lichter an. Ein Poltern ließ mich erneut zusammenzucken. Das Poltern kam von meiner Wohnungstür. Auf Zehenspitzen schlich ich in den Flur. Wieder polterte es.

»Wer ist da?«, rief ich.

»Ich bin es!«

Ich trat näher an die Wohnungstür. »Wer?«

»Nicholas.«

»Was willst du?«

»Jetzt mach endlich auf, Leo! Ich habe ein Paket für dich angenommen!«

Ich öffnete nur einen Spaltbreit die Tür, und erst als ich den Studenten wirklich auch als diesen identifizieren konnte, öffnete ich sie ganz.

»Du bist es. Gott sei Dank.«

Nicholas überreichte mir ein längliches Paket. Einen Absender gab es nicht. Ich drehte es einige Male hin und her und hoffte, irgendwo ein Detail zu finden, das den Hersteller zu erkennen gab, aber ich fand nichts. Erst dann fiel mir auf, dass der Student immer noch vor mir stand. Ich sah ihn fragend an. »Ist irgendwas?«

»Nein, nein, nur, also, hättest du für mich ein bisschen Milch? Ein Liter würde schon reichen.«

»Moment.« Genervt lief ich in die Küche zum Kühlschrank und zog einen Liter hervor. Das Paket legte ich auf die Theke. Ich schlenderte zurück. »Hier. Sag mal, wer hat denn das Paket abgegeben? Die Post? Ist es dafür nicht zu spät?«

»Ne, war nicht die Post. War irgendein Typ. Kannte ich nicht. Warum hast du nicht aufgemacht?«

»Ich saß auf der Toilette.« Noch während ich das sagte, schob ich Nicholas aus meiner Wohnung und schloss augenblicklich die Tür. Dann lief ich zurück in die Küche. Ich war wahnsinnig neugierig, was in dem Paket war.

Erneut schaute ich es mir von allen Seiten an. Auch die Schrift desjenigen, der die Adresse vorne draufgeschrieben hatte, kam mir nicht bekannt vor, wobei man sagen musste, dass alles was in Druckbuchstaben geschrieben stand, ohnehin schlecht einem Urheber zugeschrieben werden konnte.

Mit aller Vorsicht öffnete ich das Paket, als habe ich Angst, es könnte mir etwas entgegengesprungen kommen. In dem Paket lag ein längliches, in rosa Papier eingepacktes Geschenk. Sah aus wie ein Stock. Meine Neugierde stieg bis ins Unermessliche. Nun nicht mehr vorsichtig riss ich das Geschenk auf und erschrak sofort. Ich ließ die pinke Springgerte sofort zu Boden fallen und trat zwei Schritte zurück. Sekundenlang starrte ich das grelle Ding, das einen schwarzen Ledergriff hatte, als auch eine Art Lederlappen am Ende, an. Ich nickte dabei unentwegt. Ich wusste genau, wer mir die Gerte hatte zukommen lassen. Es konnte nur einer gewesen sein: Der Schauspieler. Ich presste die Lippen zusammen und schaute auf meine Küchenuhr. Achtzehn Uhr war es bald. Ich schaute zurück zur Gerte, hockte mich hin und nahm sie in die Hand. Ich klatschte mir selbst einige Male in die Handinnenfläche und überlegte, was ich heute Abend, wenn Lasse kam, machen sollte. Momentan stand mir der Sinn danach, ihn zu verhauen. Zu verhauen, mit diesem pinken Ding in meiner Hand und danach würde ich ihn zum Teufel schicken. Nein. Anders. Ich würde ihn verdreschen und darauf warten, dass er sich winselnd bei mir entschuldigen würde.

Je länger ich über alles nachdachte, desto wütender wurde ich. Unterstützend, damit mein Zorn sich auch ja frei entfalten konnte, hatte ich mir sicherlich an die zehn Mal die Nachrichten von Lasse durchgelesen, bis es dann irgendwann so weit war, dass ich ihn einfach nur noch schlagen wollte. Wenn der dachte, er könne mir mit seiner Art und dem Geschenk Angst machen, hatte er sich schwer getäuscht.

Nach einer weiteren Stunde, die ich mit der Gerte in der Hand und unzähligen leichten Schlägen in meine Handinnenfläche verbracht und dabei unentwegt mein Handy angesehen hatte, gab es irgendwann den erhofften Ton von sich.

Ich zog eine Augenbraue nach oben, sah in diesem Moment mit Sicherheit aus wie Fräulein Rottenmeier aus Heidi, nur ohne Monokel und schaute, welche Nachricht eingegangen war. Lasse. Na, sieh an.

Ich bin da. Stehe unten. Ist kalt.

Es war für mich eine Genugtuung, nicht sofort aufzuspringen und den Schalter für die Haustüre zu drücken. Ich ließ mir Zeit. Viel Zeit. Ich ging erst zur

Toilette, wusch mir danach in aller Ruhe die Hände, nahm die Gerte in die Hand, versteckte sie hinter meinen Rücken und ging dann erst gemächlich in den Flur. Ich drückte den Schalter. Kurz darauf hörte ich Schritte im Treppenhaus. Ich wartete. Ich wartete so lange, bis ich keine Schritte mehr hörte und wusste, Lasse steht vor meiner Wohnungstür. Ich atmete tief ein und wieder aus, dann fasste ich wie in Zeitlupe an die Türklinke und drückte sie langsam nach unten.

#zweiundzwanzig

Was für ein FUCK!!!

»Guten Abend, Kleines«, sagte Lasse lachend. Dem würde das Lachen noch vergehen. »Entschuldige, Leo, ich wollte dich nur ein bisschen aufziehen. Ich fand die Rolle des Bad-Boys so spannend und … na ja, dein Gesichtsausdruck, den ich mir eben vorgestellt habe, hat mich etwas erheitert.«

Ich nickte leicht lächelnd und wusste genau, würde man nur meine Augen sehen, würde keiner vermuten, dass ich meinen Mund zu einem Lächeln verzogen hatte. Ich hoffte inständig, dass das Lasse nicht auffiel. Offensichtlich tat es das nicht, denn er grinste wie immer und war ganz normal. Und er sah gut aus. Er sah verdammt gut aus! Aber auch das würde mich nicht davon abhalten, ihm eine kleine Lektion in Sachen Benehmen beizubringen.

»Geh doch schon mal ins Wohnzimmer, Bert!«

Er wurde doch etwas unsicher. Sein Grinsen verblasste zunehmend, hinzukam, dass er versuchte, zu erkennen, was ich auf dem Rücken hielt.

»Was versteckst du da?«

»Nur ein Geschenk für dich. Nichts weiter.«

»Oh. Ich liebe Geschenke.«

»Das wirst du lieben, ganz bestimmt sogar.« Ich erschreckte mich fast vor meiner eigenen Stimme, die irgendwie anders klang, als sonst. Sie klang kühler, rationaler, beherrschter ... selbstbewusster.

Lasse schlenderte ins Wohnzimmer, die Hände hatte er in seinen Hosentaschen versteckt. Vor dem Fenster blieb er stehen und lächelte mich fragend an. Allein den Gang zu ihm genoss ich unendlich. Ich hatte für diesen Abend meine Rolle gefunden. Ganz bestimmt.

»Willst du mir das Geschenk denn geben?«, fragte er. Diese Frage war definitiv mein Start. Ich zog die pinke Springgerte hinter meinem Rücken hervor und schlug auf Lasse ein, der erschrocken versuchte, mit den Händen die Schläge abzuwehren.

»So, Freundchen, das erheitert dich also? Mich aufzuziehen? Mit dieser lächerlichen Gertennummer? Mit Kosenamen, die ich, um es mal vorsichtig auszudrücken, absolut herablassend finde? Und mir dann auch noch eine Gerte zukommen zu lassen, weil es dich erheitert?« Lasse krümmte sich und versuchte immer wieder, mir die Gerte aus der Hand zu reißen, doch ich hatte unter keinen Umständen vor, dieses Ding abzugeben.

»Aua! Au! Hör bitte auf. Aua. Mann, du tust mir weh! Au. Leo! Schluss jetzt! Aua!«

Plötzlich gab es einen ohrenbetäubenden Knall, der mich sofort innehalten und zum Fenster schauen ließ und auch Lasse hatte seine Hände runtergenommen und starrte gebannt auf das Glas. Erschrocken sah ich, dass die Fensterscheibe gesplittert war. Lasse und ich schauten beide vorsichtig aus dem Fenster. Unten, im halb dunklen, stand Matthias. Entsetzt riss ich den Fensterflügel auf, der noch eine ganze Glasscheibe enthielt.

»Matthias?«, schrie ich. Mein Ex stand auf der Straße mit einer Gitarre in der Hand. Und als ob das nicht schon genug war, setzte plötzlich starker Schneefall ein.

»Leo! Ich sehe, du hast mein Geschenk bekommen. Ich will dir damit sagen, dass ich dich gerne verhaue, wenn du das magst. Ich will alles für dich sein! Leo! Ich liebe dich!«

Oh Gott. Ich sah Lasse an und schüttelte nur ungläubig den Kopf. Dann setzte Musik ein, wobei das Wort Musik an dieser Stelle leicht übertrieben war. Matthias konnte nicht spielen. Gar nicht.

»*Every breath you take* …« Stille. Matthias versuchte, mit den Fingern auf der Gitarre umzugreifen. »*Every step … yo … yo … you make.*« Stille. Wieder umgreifen. Obwohl es für mich gleich dem Anblick eines Unfalles glich, bei dem man nicht wegsehen konnte, zwang ich mich und sah zu Lasse. Er stand unbeweglich da, wieder die Hände in den Taschen vergraben und sah mich aufmerksam an. Nicht der Hauch eines Lächelns spiegelte sich in seinem Gesicht, kein einziges Grübchen war zu sehen. Langsam sah ich wieder zu Matthias, der immer weiter probierte, das Lied, mein Lied, zu singen und zu spielen. Ich schüttelte langsam den Kopf, ließ die Gerte einfach zu Boden fallen, schloss das Fenster und tat einen zögerlichen Schritt auf Lasse zu.

»Es tut mir leid«, flüsterte ich. Langsam streckte ich die Hände nach ihm aus, als habe ich Angst davor, er würde sich einfach umdrehen und verschwinden. Aber er verschwand nicht. Er blieb stehen und nickte nur. Gedämpft hörte man ziemlich schief: My poor heart aches …

»Du hast dein Ziel erreicht. Willst du denn gar nicht nach unten gehen?«, flüsterte er.

Ich schüttelte den Kopf.

»Was willst du, Leo?«

Jetzt stand ich genau vor ihm. Ich hob den Kopf etwas und schaute ihm auf den Mund. »Ich will dich.«

Ich hatte es geschafft, es auszusprechen und seltsamerweise kam in mir kein Gefühl auf, dass Lasse mich ablehnen würde. Ganz im Gegenteil.

Wie in Zeitlupe kam er mir immer näher, soweit, bis sich unsere Lippen berührten. Obwohl ich ihn ja gestern Abend - auch wenn ich mich an nichts mehr erinnern konnte, daran schon – geküsst hatte, so war es in diesem Moment, als würden wir es das erste Mal machen. Es war kein Profikuss. Und im Grunde war es auch kein Dilettantenkuss. Es war … unser Kuss. Der Kuss von Leo und Lasse. Nichts weiter.

Ich schlang meine Arme um ihn und zog ihn noch dichter zu mir. Als ich endlich seine Hände spürte, die teils unruhig an meinem Körper rauf und runter wanderten, machte sich in mir Erleichterung breit. Nicht nur ich wünschte mir das zwischen uns, sondern auch er. Seine Hände umfassten meinen Kopf und dirigierten mich so, wie er es wollte. Seine Zunge, anfangs noch sanft und zaghaft, bewegte sich immer schneller. Und als er zwischendurch immer wieder an meiner Ober- und Unterlippe saugte, war es, als würde in mir ein Feuerwerk ausbrechen. Dass der schiefe Klang der Gitarre längst verebbt war, hatten wir nicht bemerkt. Aber ich hörte und das einzig nur, weil die Scheibe zerbrochen war, meinen Ex-Freund »Ich liebe dich, Leo«, rufen. Innerlich konnte ich darüber nur mit dem Kopf schütteln. Sollte er doch wieder zu Viktoria ziehen. In meinem Herzen war kein Platz mehr für Matthias. Und es gab da schon keinen Platz mehr, noch ehe es mir bewusst geworden war. Manchmal macht einem die Gewohnheit doch einen ordentlichen Strich durch die Rechnung.

Ich zuckte zurück, als ich wieder Matthias rufen hörte und auch Lasse ließ von mir ab und schaute zum Fenster.

»Leo, ich kann ohne dich nicht leben! Bitte gib mir ein Zeichen!«

»Entschuldige bitte, Leo, aber ich beende das jetzt mal!«, sagte Lasse, beugte sich, hob die Springgerte auf und öffnete das Fenster.

»Hier, Matthias, Ihr Zeichen!«

Die Gerte flog im hohen Bogen aus dem Fenster, dann schloss Lasse dieses und wandte sich mir wieder zu. Ich wagte es nicht, aus dem Fenster zu schauen, ich konnte nur den Schauspieler mit großen Augen ansehen.

Lasse packte mich und zog mich mit einem Ruck zu sich. »Problem gelöst«, flüsterte er, ehe er mich erneut küsste und ich mich wieder in dieser Seifenblase gefangen fühlte und darauf hoffte, sie würde niemals platzen.

War der Kuss zuvor schon von Leidenschaft geprägt, so wusste ich nicht mehr, wie ich das beschreiben konnte, was nun geschah. Alles um mich herum war plötzlich ein Nichts. Es gab nur noch ihn und mich. Er hob mich hoch, ich schlang meine Beine um seine Hüften, dann trug er mich ins Schlafzimmer und legte mich mit aller Vorsicht auf das Bett.

Zu sagen, man kennt sich doch kaum, man sollte nicht direkt zusammen im Bett landen und intim werden, ist durchaus legitim, aber dieser Gedanke kam mir nicht und ihm offensichtlich auch nicht. Unser Kuss wurde immer leidenschaftlicher und ich hatte nur noch eins im Sinn: Ihn zu spüren. Vollkommen. Und nicht mehr gehen zu lassen.

Ich griff ihm, während unsere Zungen sich unablässig berührten, an den Gürtel und öffnete ihn hektisch. Als ich den Knopf aufmachte und anschließend den Reißverschluss öffnen wollte, lachte er kurz und rutschte ein Stück zur Seite.

»Sei mir nicht böse, Leo, aber das mache ich dieses Mal lieber selbst.«

Mir entfuhr ein kleiner Lacher, als Lasse begann, seine Jeans auszuziehen.

Nur einmal hatte er etwas schmerzlich das Gesicht verzogen, als er das Kondom über sein Glied gestreift hatte. Danach schien jegliches Schmerzempfinden zunichte zu sein, obwohl mir natürlich nicht unbemerkt blieb, dass ein beachtlicher blauer Fleck seinen noch beachtlicheren Penis zierte.

Ich zog Lasse ungeduldig zu mir und spreizte meine Beine für ihn. Alles fühlte sich richtig an. Alles roch richtig, alles sah richtig aus. Noch nie zuvor hatte ich so ein Glück empfunden, wie in diesem Moment. Unsere Körper pressten sich zusammen, unser Atmen hatte einen Gleichklang gefunden. Er füllte mich aus, so, wie ich es noch nie zuvor erlebt hatte. Seine Hände streichelten mein Gesicht, seine Zunge erkundete jeden Winkel in meinem Mund. Eine Mischung aus Lust, Leidenschaft und absoluter Hingabe erreichte mich, als Lasse aus mir rausglitt, mich packte und umdrehte. Dann zog er mich an den Hüften hoch und drang langsam in mich ein. Ich schloss die Augen. Ich genoss jeden Zentimeter von ihm, jeden Stoß und wünschte in diesem Moment, die Zeit anhalten zu können.

Er hielt mich mit einem Mal nur noch mit einer Hand an der Hüfte fest, seine andere griff in meine Haare und schlang sie um seine Hand. Dann zog er daran, bis mein Kopf weit im Nacken lag. Ich öffnete ziemlich irritiert die Augen. Lasse verharrte in mir. Ich wartete.

Mein ganzer Körper zuckte zusammen – und kurz war ich davor, mich fallen zu lassen – als Lasse mir kräftig auf den Hintern haute. »Wer ist mein unartiges Mädchen? Hm? Wer ist es?«

Ich schluckte, meine Pobacke brannte, die Seifenblase war kurz davor, zu platzen.

»Wie ... wie bitte?«, brachte ich stotternd hervor.

Oh Gott, ... er hatte auf der Party keine Rolle gespielt ... er hatte sich selbst gespielt ...

Dass Lasse plötzlich laut anfing, zu lachen, nahm ich erst einige Sekunden später wahr. »Entschuldige bitte, Leo, aber den konnte ich mir jetzt einfach nicht verkneifen.«

Ich ließ mich nach vorne fallen, drehte mich um und boxte ihm feste gegen die Brust. »Mann, du Idiot!«

Lasse lachte immer weiter. »Du hast mir das abgenommen, oder?«

»Nein, habe ich nicht.«

»Hast du wohl.«

»Nein.«

Unsere Stimmen wurden immer leiser. »Komm zu mir, Püppi.« Er zeigte auf seinen Schoß und zog mich gleichzeitig zu sich. Ich schlang meine Arme um ihn, als Lasse mich anhob und ich ihn wieder tief in mir spürte und ebenfalls spürte ich, dass jetzt nur noch Leidenschaft im Spiel war.

Widerwillig haute ich auf meinen Wecker, der wie jeden Tag in der Woche unangenehme Geräusche von sich gab. Noch einmal erneut zehn Minuten auf Lasses Brust liegen bleiben, seinen unvergleichlichen Duft riechen, seinen perfekten Herzschlag hören und genießen, dachte ich mir, küsste ihn kurz auf die Wange und legte mich wieder hin. Er gab ein Brummen von sich und streichelte mir sanft über den Rücken.

»Wann musst du los?«, fragte er mit tiefer Stimme. Ich liebte seine Stimme.

»Halb acht.«

Ich spürte, wie Lasse kurz den Kopf hob, mich auf die Stirn küsste und sich wieder hinlegte. »Dann müsstest du jetzt quasi losfahren?«

Ich kuschelte mich noch dichter an ihn. »Wie meinst du das?«, murmelte ich mit meinen Lippen auf seiner Brust.

»Wir haben halb acht.«

Ruckartig richtete ich mich auf und sah auf dem Wecker jene Uhrzeit in Rot leuchten, bei der ich mindestens schon angeschnallt in meinem Auto saß. Meine Beine kribbelten schon und bereiteten sich vermutlich auf den Sprint vor, den ich gleich hinlegen müsste, um zumindest in der obligatorischen viertel Stunde noch meinen Schreibtisch zu erreichen.

Ich sprang aus dem Bett und raste nackt, begleitet von Lasses Lachen, ins Badezimmer. Darauf, dass die Dusche warmes Wasser erzeugte, wartete ich nicht mehr, sondern ließ hochschreiend Kaltes über meinen Kopf laufen und wusch mich in Rekordzeit.

Nachdem ich im Badezimmer so gut wie fertig mit mir war, sauste ich zurück ins Schlafzimmer. Lasse lag immer noch im Bett.

»Musst du heute auch irgendwas machen?«, fragte ich und zog mir schnell Unterwäsche an.

»Ich bin um elf mit dem Regisseur verabredet. Und ein Interview habe ich auch noch.«

»Sehen wir uns heute Abend?« Die Angst vor der Antwort versuchte ich mir, als ich in meiner Jeans unzählige Mal hüpfte, um den Bund möglichst weit nach oben zu bekommen, nicht anmerken zu lassen. Wir hatten mit keiner Silbe darüber gesprochen, welchen merkwürdigen Status unsere Beziehung nun hatte. Zumindest war es kein Chef Schrägstrich Angestelltenverhältnis mehr.

»Na klar komme ich heute Abend zu dir. Du musst mich noch bezahlen!« Er lag da, auf dem Rücken, grinsend und hatte die Hände hinter dem Kopf verschränkt.

»Aber nicht für letzte Nacht, oder?« Dass die Frage im Grunde ganz ehrlich gemeint war, verschwieg ich.

»Nein. Dafür nicht. Du hättest mich nur bezahlen müssen, wenn ich dich ans Bett gefesselt und dir den Hintern versohlt hätte.«

Ich lachte, streifte mir dabei ein Shirt über und sah ihn an. »Wer weiß, vielleicht nehme ich deine Dienste irgendwann mal in Anspruch, Bert! So, ich muss los. Bis heute Abend.« Ich verließ gerade das Schlafzimmer, als Lasse mich im wahrsten Sinne des Wortes zurückpfiff.

»Ist noch was?«, fragte ich und schaute ins Schlafzimmer.

»Du bist also doch unartig! Was ist mit einem Kuss?«

Oh, … ja … machte man ja so …

Ich lief lächelnd zum Bett und küsste ihn auf den Mund. »Kaffee findest du in der Küche. Bediene dich einfach, okay?«

Erneut zog er mich zu sich runter und küsste mich zart. »Ich freue mich auf heute Abend.«

Wir sahen uns noch einmal tief in die Augen, dann verließ ich widerwillig meine Wohnung.

#dreiundzwanzig

Ein Fakt:
Man kennt die Charaktere der Rollen,
die ein Schauspieler spielt. Man kennt nicht den wahren
Menschen hinter dem Schauspiel.

Als ich die Haustür öffnete und gerade ins Freie treten wollte, traf mich der Schlag. Offensichtlich hatte es die ganze Nacht lang geschneit. Der Gehweg war so voller Schnee, dass ich mit meinen halbhohen Winterstiefeln bis zum Schachtende einsank. Vorsichtig, um nicht auszurutschen, ging ich zu meinem Auto, ebenfalls begraben unter einer dicken Schneedecke.

An dieser Stelle verkürze ich mal. Es dauerte geschlagene fünfzig Minuten, ehe ich auf den Parkplatz fuhr, der uns Mitarbeitern des Amtes zustand.

Ziemlich gehetzt lief ich mit einer guten Stunde Verspätung in die Halle, direkt auf das Treppenhaus zu. Einige Mitarbeiter, die ich kannte, kamen mir entgegen … selbst diejenigen, die selten, wenn nicht gar nicht grüßten, ließen ein lang gezogenes ›Hey‹ verlauten und sahen mich mitleidig an. Kopfschüttelnd ging ich weiter. Hubertus kam mir entgegen. Ich wollte gerade schon die Augen verdrehen, doch er kam mir zuvor. »Du bist ein toller Mensch, Leonie!« Er formte mit den Fingern ein Herz und hielt es sich an seine Brust. »Großartig bist du!«

Mit leicht geöffnetem Mund ging ich an Hubertus vorbei und nickte ihm nur einmal zu. Was war hier los?

Ich war froh, dass ich keinem mehr begegnet war, auf dem Weg zu Majas und meinem Büro. Und meine innere Freude, die ich seit dem gestrigen Abend gar nicht mehr losgeworden war, behielt ich mir, egal, wer komisch reagierte. Ich war vollkommen glücklich und nichts, gar nichts würde diese Freude trüben können.

»Maja, entschuldige, dass ich zu spät bin. Es … na ja, also, es war eine lange Nacht.« Ich hängte meine Winterjacke an den Haken, setzte mich in meinen Drehsessel, und drehte mich beschwingt. »Ich glaube, ich bin der glücklichste Mensch auf der ganzen Welt. Es … also … ich kann es gar nicht in Worte fassen. Und bevor du jetzt denkst, es läge an Matthias, muss ich dir sagen, ich rede von Lasse. Oh man, ich glaube, ich bin bis über beide Ohren verknallt. Er ist so … ich weiß gar nicht, wie ich das sagen soll … also er ist … Oh Gott, ich habe schon wieder Schmetterlinge im Bauch, nur wenn ich an ihn denke. Er hat bei mir geschlafen und, das ist jetzt für dich vielleicht ein bisschen komisch, aber der macht Sachen im … also du weißt schon.« Ich hatte die ganze Zeit verträumt in der Gegend rumgeschaut, bis mir auffiel, dass Maja noch kein einziges Wort gesagt hatte. »Warum freust du dich nicht für mich?« Maja hatte mal wieder ihren mitleidigen Blick aufgelegt, sie zwinkerte oft hintereinander mit den Lidern, was sie eindeutig nur dann tat, wenn es ihr unangenehm war, mich anzusehen. »Alle anderen hier, die ich getroffen habe, waren auch ganz komisch. Hubertus hat sogar …« Maja stoppte mich, in dem sie nur ihre Hand hob.

»Leo, es wissen hier alle, dass du was mit dem Schauspieler Lasse van Marweijk hattest. Okay? Es wissen alle.«

Ich lächelte sie unsicher an. »Wieso sprichst du in der Vergangenheitsform?«

Maja ließ den Blick durch den Raum schweifen und presste die Lippen zusammen.

»Jetzt sag schon!« Während ich die Forderung stellte, war ich aufgestanden. Maja tat es mir gleich. Dann legte sie wie in Zeitlupe eine Zeitung auf meinen Schreibtisch. »Es tut mir so leid, Leo. Das hast du wirklich nicht verdient.«

Ich nickte, als habe ich eine Vorahnung von dem, was ich jetzt zu sehen bekam. Es war nur ein kurzer Blick auf die Zeitung. Und der reichte schon, zumindest eine Träne zu vergießen. Auf dem Titelbild der Zeitung prangte ein Foto mit Lasse van Marweijk und in seinen Armen hielt er … Nadja Sommer. Seine Ex-Freundin. Glücklich vereint. Mit Grübchen links und rechts der Wangen. Ich nickte unzählige Male, wohl wissend, dass Maja auf meinen emotionalen Ausbruch regelrecht wartete. Aber ich ließ mir Zeit damit. Es dauerte, ehe mein Gehirn verstanden hatte, dass mich der Schauspieler offensichtlich hinter das Licht geführt hatte.

»Seite zwei, Leo«, flüsterte Maja und setzte sich halb auf meinen Schreibtisch. Ich ließ mich zurück in meinen Sessel fallen und nahm schniefend die Zeitung in die Hand. Dann schlug ich Seite zwei auf und begann zu lesen. Aus meinem Nicken war inzwischen ein Kopfschütteln geworden.

Die Überschrift lautete:

Lasse van Marweijk und Nadja Sommer, das einstige Traumpaar wieder vereint.

Das Foto wurde gestern gemacht. Gestern, wo Lasse erst deshalb abends zu mir kommen konnte, weil er am Nachmittag auf einer Filmveranstaltung war. Auf einem kleineren Bild umarmte Nadja ihn und er hatte sein Handy in der Hand. Er stand da, mit ihr und hatte vermutlich mit mir geschrieben. Und weil er ein bisschen Spaß haben wollte und nach der Abstellkammer genau wusste, dass er es mit mir haben konnte, kam er am Abend zu mir. Und der Kuss heute

Morgen, als er mich noch mal zu sich rief, diente nur dem Abschied. Nicht mehr und nicht weniger. Meine Augen waren sosehr mit Tränen gefüllt, dass sein Gesicht, das ich die ganze Zeit über angestarrt hatte, mehr und mehr verschwamm, bis ich nur noch ein einziges Farbenmeer sah.

Wie ich es letztendlich geschafft hatte, diesen Arbeitstag hinter mich zu bringen, wusste ich im Nachhinein nicht mehr. Ich fühlte mich wie eine leere Tüte, die mal voll gewesen sein musste. An den Inhalt konnte ich mich nicht mehr erinnern. Im Nachhinein muss ich durchaus sagen, dass es unter anderem eine wirklich blöde Idee gewesen war, im Internet zu recherchieren. Unzählige Seiten zeigten das Liebespaar Lasse und Nadja von damals und von gestern. Es gab sogar noch ein Video. Und dieser kurze Ausschnitt sprach Bände.

Als ich nach Hause kam, fühlte ich mich so leer und erschöpft, dass es noch nicht einmal mehr klappte, Tränen fließen zu lassen. Eine letzte Sache hatte ich mir vorgenommen zu machen. Einmal noch stark sein. Einmal noch den Profi spielen. Danach durfte ich wieder der Dilettant sein. Wie immer.

Ich setzte mich an meinen Computer und schrieb zuerst zwei Abmahnungen, dann die fristlose Kündigung. In einen Umschlag steckte ich dreihundert Euro, klebte diesen exakt zu und legte alles auf die kleine Kommode, die im Flur stand. Ich vermied es tunlichst, unser Gemälde auf dem Wohnzimmerschrank anzuschauen, denn das hätte dann doch womöglich dazu geführt, dass ich wieder mal in Selbstmitleid zerfloss. Und tief in mir kam der Gedanke auf, dass ich Lasse im Grunde nicht mal böse sein konnte, für das, was er getan hatte. Schließlich war er ein Schauspieler. Natürlich wollte er nicht mit einer kleinen Sachbearbeiterin, die bei der Stadt arbeitete, zusammen sein. Vermutlich war ich für Lasse nur eine kurze Ablenkung gewesen. Mehr nicht.

Dachte ich noch am Mittag, ich würde Lasse eine riesige Szene – im wahrsten Sinne des Wortes – am Abend, wenn er kam, machen, so war ich inzwischen so weit, dass ich ihm einfach nur noch die Sachen geben wollte, sodass er verschwinden konnte. Ich würde heute Abend ein letztes Mal in eine Rolle schlüpfen. Ich würde die Rolle der kühlen Blondine, auch wenn ich das nicht mehr war, annehmen. Ich würde Lasse van Marweijk den Laufpass geben, wenn er heute Abend überhaupt hier erscheinen würde.

Draußen herrschte bereits absolute Dunkelheit, zudem hatte wieder starker Schneefall eingesetzt. Ich saß seit geraumer Zeit im Wohnzimmer auf der Couch und starrte mein Handy an. Eine Uhrzeit hatte Lasse mir nicht genannt. Vermutlich würde er einfach so vorbeikommen, oder aber, er würde mir schreiben, wenn er unten vor der Tür stünde. So hatte er es ja auch gestern gemacht. Um neunzehn Uhr gab mein Handy plötzlich ein leises ›Ping‹ von sich, das meinen Puls innerhalb kürzester Zeit in die Höhe schnellen ließ. Ein letztes Mal schloss ich die Augen, zählte innerlich bis drei und rief dann die Nachricht auf.

Ich stehe unten. Machst du mir auf?

Showtime. Ich stand auf, straffte mich, legte den Blick auf, der zu meiner Rolle passte schritt in den Flur und betätigte den Schalter, der Lasse unten die Türe öffnete. Ich wartete. Ich hörte Schritte. Seine Schritte. Wie er relativ zügig die Treppe nach oben kam. Dann verstummten die Geräusche. Ich öffnete die Wohnungstür.

»Guten Abend, Kleines.« Lasse stand da und zwinkerte mir zu. Wäre er nicht so ein schöner Mann, würde es mir um einiges leichter fallen, ihm den Laufpass zu geben.

Ich griff sofort zur Kommode und ergriff die Abmahnungen, die Kündigung und den Umschlag mit den dreihundert Euro darin. Dann drückte ich ihm die Sachen in die Hand. Perplex nahm er alles entgegen.

»Hallo. Ich habe mal alles fertiggemacht, was ich dir noch schulde. Ja dann, vielen Dank für deine Hilfe!«

Lasse stand immer noch vor der Tür, da ich diese nur ein Stückchen geöffnet hatte, und starrte mich sekundenlang mit offenem Mund an.

»Heißt das, das war es?«, fragte er. Die Grübchen in seinem Gesicht waren verschwunden.

Ich tat so, als müsse ich verlegen lachen. »Ja. Das war es. Also, ganz ehrlich, ich wollte ja mit unserem Schauspiel erreichen, dass Matthias zu mir zurückkommt. Und es hat funktioniert. Ich danke dir sehr dafür. Dann können wir jetzt wieder getrennte Wege gehen.«

»Und was war die letzte Nacht für dich?«

Innerlich baute ich mich vor meinem Kloß auf und hob den Zeigefinger in der Hoffnung, dass er Schiss kriegen und nicht platzen würde. Noch funktionierte es.

»Ja weißt du, Lasse, es war ganz nett, mehr aber auch nicht. Ich bin mir sicher, du findest schnell wieder jemanden.«

»Ich war doch gar nicht auf der Suche!«

Ich schloss die Tür ein Stück mehr, sodass ich ihn nur noch zur Hälfte sehen konnte.

»Na ja. Also, dann, alles Gute für dich.«

Mein Handy klingelte plötzlich und wer immer das auch sein mochte, ich dankte ihm, denn jetzt hatte ich einen Grund, die Türe ganz zu schließen. Lasse sagte nichts mehr, sondern starrte mich nur mit offenem Mund an. Die Sachen, die ich ihm gegeben hatte, drückte er fest an seine Brust. »Mein Typ wird verlangt. Also, Lasse, mach`s gut.« Ich schloss die Türe, atmete dreimal ein und wieder aus, damit der Kloß noch ein wenig Ruhe gab, lief ins Wohnzimmer und wischte über das Display meines Handys.

»Hallo?« Meine Stimme zitterte.

»Ich bin es, Matthias.« Der hatte mir gerade noch gefehlt …

»Matthias, ich habe es ziemlich eilig.«

»Ich wollte dich nur fragen, ob wir morgen mal einen Kaffee zusammen trinken können. Einfach … also, nur so.«

Ich überlegte.

»Ja. Gut. Können wir machen.« Meinen Eltern musste ich dann wiedermal absagen.

»Darf ich dann um siebzehn Uhr bei dir sein?«

»Ja. Sei mir nicht böse, aber ich muss dringend zur Toilette.«

»Ich freu mich auf morgen, Leo«, hörte ich es gedämpft durch den Hörer.

»Ja. Ich … ich mich auch. Bis morgen.« Ich legte sofort auf und ließ den Kloß machen, was er wollte. Und er wollte platzen.

Ich hatte das Kunststück fertiggebracht, noch in der Nacht die Wohnzimmerwand erneut zu streichen und somit waren die Namen Katja und Bert Geschichte. Ich wollte abschließen mit Lasse und das würde mir nur gelingen, wenn mich so gut wie nichts mehr an den Schauspieler erinnerte. Allen, die von mir und Lasse wussten, hatte ich eingebläut, mir nichts über ihn zu erzählen. Denn wenn es jemand getan hätte, wäre ich wieder in Selbstmitleid zerflossen und ich sagte mir selbst, dass diese Gefühlsregung für dieses Jahr, das nur noch aus wenigen Wochen bestand, genug war. Und so zogen die Tage, die Wochen an mir vorbei.

Matthias hatte ich gesagt, dass zwischen uns nichts mehr entstehen könnte. Meine Liebe zu ihm sei nicht mehr vorhanden und ich wünschte ihm alles Gute. Anfangs wollte er es nicht akzeptieren, doch irgendwann hatte er aufgegeben und nahm es so hin. Nach und nach hatte ich meine Wohnung neugestaltet. Im Wohnzimmer stand nun ein weißer Schrank, der hervorragend zur goldenen Wand passte. Ich hatte neue Gardinen gekauft und Accessoires, die die Wohnung ganz anders aussehen ließen.

Und manchmal, wenn es mir ganz schlecht ging, ließ ich die Jalousien in meiner Wohnung nach unten und schaute mir einen Film an, in dem die Hauptrolle mit Lasse van Marweijk besetzt war.

Meine Freundin Maja kam oft vorbei und meinte wohl, sie müsse mich aufheitern. Ich spielte dann meist mit und erinnerte mich an die Tipps, die Lasse mir gab. Fühle die Rolle. Und das tat ich. Sobald Maja irgendetwas vom Schauspieler erzählen wollte, blockte ich ab. Es war vorbei. Die Geschichte zwischen mir und Lasse war für mich nichts weiter, als ein Traum gewesen. Ein Traum, den ich vermutlich, weil er so abgefahren war, meinen Enkelkindern noch erzählen würde.

Von dem Poster aus einer Zeitschrift für pubertierende Jugendliche, welches ich feinsäuberlich herausgetrennt und in die Innenseite meines Kleiderschrankes geklebt hatte, erzählte ich keinem. Aber jeden Morgen, wenn ich überlegte, was ich anziehen sollte, lächelte er mich an und für einen kurzen Augenblick sah ich die Seifenblase, in der wir uns in der Nacht befanden, als wir miteinander geschlafen hatten.

Inzwischen fehlten nur noch sieben Tage, dann wäre der Heilige Abend da.

#vierundzwanzig

Ein Fakt:
Der Fakt wird ausgesprochen wie der Fuck,
allerdings hört man am Ende des Wortes ein T. Die Be-
deutungen beider Wörter sind jedoch gänzlich unter-
schiedlich.

Mir tat es gut, dass ich nun sage und schreibe zwei Wochen Urlaub hatte, ebenso wie Maja. Wir versuchten immer zur selben Zeit unsere Urlaubstage zu legen, so bot sich die Möglichkeit, öfter was zusammen zu unternehmen, auch wenn Maja natürlich ihren Pflichten als Mutter und Ehefrau nachkommen musste.

Meine Wohnung war weihnachtlich geschmückt und ich hatte ganz für mich allein allerhand Plätzchen gebacken. Es war Samstag und ich genoss es sehr, lange im Schlafanzug zu gammeln und nicht wirklich irgendeinen Plan verfolgen zu müssen. Umso genervter war ich, als es Sturm klingelte. Entweder, weil mir jemand eine grandiose Nachricht bringen wollte, oder, weil etwas Verheerendes geschehen war. Ich raste zur Tür, sicherlich auch, um diesem schrecklichen lauten Klingeln ein Ende zu bereiten. Ich drückte den Schalter, sofort ertönte ein Geklacker aus dem Flur. Dies konnte nur eine sein. Ich öffnete meine Wohnungstür. Maja. Sie bekam kaum noch Luft, weil sie zu schnell die Treppen gemeistert hatte.

»Was ist passiert?«, fragte ich, irgendwie bekam ich es mit der Angst zu tun, denn Maja sah jetzt nicht unbedingt nach Himmelhochjauchzen aus.

»Ich muss … ich muss dir was zei… zeigen.«

»Mein Gott jetzt hol doch erst mal Luft!« Ich zog meine Freundin in meine Wohnung, half ihr aus ihrem Mantel, hängte ihn auf und zeigte auf mein Wohnzimmer.

Sie ließ sich erschöpft auf der Couch nieder, an ihre Brust gedrückt hielt sie einen Jutebeutel. Ich setzte mich neben Maja und sah sie ziemlich entgeistert an.

»Bitte einen Kaffee«, sagte sie, immer noch außer Atem.

Widerwillig, weil ich inzwischen wirklich sehr neugierig darauf war, was Maja zu berichten hatte, stiefelte ich in die Küche, goss ihr einen Kaffee ein, den ich noch in der Warmhaltekanne hatte, gab Milch und Zucker dazu und balancierte den zu vollen Becher ins Wohnzimmer. Verwundert sah ich auf meinem Tisch ein heilloses Chaos, verursacht durch mindestens zehn Zeitungen.

»Was ist das?«

Genervt beobachtete ich Maja, die erst vom Kaffee trank, dann endlich stellte sie den Becher hin, drehte sich etwas und sah mich an.

»Das sind Zeitungen, in denen Lasse van …«

Ich unterbrach meine Freundin sofort, in dem ich die Hand hob und ihr augenblicklich ins Wort fiel.

»Ich möchte nichts über ihn hören. Nichts. Das war unsere Abmachung, Maja!«

»Und ein Video. Hat Timo aufgenommen.« Sie hielt eine DVD hoch. Ich vergrub mein Gesicht hinter meinen Händen und schüttelte nur noch den Kopf. »Gib mir bitte die Chance, dir zu sagen, was passiert ist! Und danach können wir es gerne beibehalten, über den Schauspieler nicht mehr zu sprechen.«

Der Gott des Kloßes hatte ihm mal wieder Leben eingehaucht. Tränen liefen unablässig über mein Gesicht und ich verspürte trotz Traurigkeit Wut auf meine Freundin, die es einfach nicht sein lassen konnte, über Lasse zu sprechen.

Ich hatte Maja nichts mehr zu sagen und ließ sie gewähren. Sie kramte in den Zeitschriften rum, blätterte mit stets angelecktem Zeigefinger und in nahezu kürzester Zeit war mein Wohnzimmertisch gepflastert mit Bildern und Texten von Lasse van Marweijk. Obwohl ich es nicht zulassen wollte, erregte besonders ein Bild plus Text meine Aufmerksamkeit. Ich wischte mir die Tränen aus dem Gesicht und beugte mich über den Tisch. Das Bild zeigte Lasse und Nadja, allerdings war es in der Mitte zerrissen, so zeigte es die Zeitung jedenfalls. Darunter gab es ein kleineres Bild, auf dem man Nadja mit einem Mann durch die Straßen LA`s laufen sah. Der Text darunter gab Aufschluss.

Nadja Sommer leiert mit dem Sänger der Band ›Asian Tights‹.

Ich las weiter. Ich saugte den Text regelrecht in mir auf. Der Artikel berichtigte die Falschmeldung, dass Lasse van Marweijk und Nadja Sommer ein Liebespaar seien. Demnach sollte auf der Veranstaltung des Sonntages, an dem Lasse noch morgens in meinem Bett gelegen hatte, es nur aus Freundschaft und Kollegialität heraus zu einer Umarmung gekommen sein.

Ich griff die nächste Zeitung. Auch da stand, Lasse van Marweijk und Nadja Sommer seien kein Paar. Der begehrteste Junggeselle sei noch zu haben.

Dass Maja aufgestanden und meinen DVD-Player mit jener DVD bestückt hatte, die ihr Timo gegeben hatte, bemerkte ich nicht. Ich griff inzwischen wahllos nach weiteren Artikeln und Bildern. Erst, als ich Lasses Stimme hörte, sah ich auf. Maja warf mir einen mitleidigen Blick zu. Wie ständig in der Vergangenheit schon.

Es handelte sich um ein Interview, das Lasse dem bekannten Radiosender der Stadt gegeben hatte.

Maja ließ die DVD schneller laufen. Irgendwann stoppte sie. »Da ist es. Hör es dir an, Leo!«

Ich saß da und lauschte. Die Gedanken waren alle weg. All meine Sinne waren nur darauf gerichtet, zu hören, was Lasse dem Radiosprecher zu sagen hatte.

»Herr van Marweijk, vor einigen Wochen war die Sprache davon, dass sie erneut mit der attraktiven Schauspielerin Nadja Sommer zusammen sind. Ist das so?«, fragte der Sprecher.

»Nein. Nein, das ist nicht so. Aber ich nehme mal an, die Presse hatte es sich gewünscht, es wäre so. Nadja und ich sind Kollegen und Freunde. Mehr nicht. Und Nadja ist seit Längerem bereits in festen Händen und ich freue mich sehr für sie.« Lasse klang kühl. Kühl und beherrscht. Er klang wie ein Profi.

»Und, Herr van Marweijk, Sie erwähnten einmal eine Bekanntschaft, die sie gemacht hatten. Ihre Fans würden natürlich brennend interessieren, ob denn diese Bekanntschaft für sie etwas Festes ist.«

Lasse lachte und ich sah vor meinem inneren Auge genau die Grübchen links und rechts auf seinen Wangen.

»Ich hätte mir sehr gewünscht, dass es was Festes zwischen der Dame und mir wird, aber, sie wollte mich nicht.«

Jetzt lachte der Radiosprecher. »Also, Herr van Marweijk, seien Sie sich gewiss, dass jetzt Tausende von Frauen, dieser Bekanntschaft von Ihnen am liebsten den Vogel zeigen würden. Ein kleiner Trost. Das war Radio Punkt zwölf mit dem großartigen Schauspieler Lasse van Marweijk. Vielen Dank für Ihre Zeit. Nun geht es weiter mit …«

Maja schaltete den Fernseher aus. Ich starrte auf den inzwischen schwarzen Bildschirm.

»Er meint dich, Leo. Du bist die Bekanntschaft, die ihm einen Laufpass gegeben hat. Und Tausende …«

Ich hob die Hand. »Was soll ich jetzt machen?« Ich drehte den Kopf und sah meine Freundin völlig ausdruckslos an.

Maja nickte. Oft. »Also, ich fasse mal zusammen …«

Ich bewegte die Hände hektisch, als Zeichen für Maja, dass sie endlich auf den Punkt kommen sollte. »Du hast dem Schauspieler Unrecht getan. Tausende Frauen würden dir einen Vogel zeigen, dafür, dass du ihn weggeschickt hast, die Presse wird sich die Hände reiben, weil du auf die falsche Info über Lasse reingefallen bist.«

Ich stand hektisch auf und ballte die Hände zu Fäusten. »Fuck! Fuck! Ich will keinen Fuck … ich meine, Fakt von dir hören, sondern du sollst mir sagen, was ich jetzt noch tun könnte.«

Wieder nickte Maja und zog einen Artikel vom Wohnzimmertisch. Den hielt sie mir genau vor Augen. Es sollte ein Interview mit Lasse van Marweijk stattfinden, weil der Film, in dem er die Hauptrolle spielte, im Februar in die Kinos kam. Das Interview wurde aufgenommen und sollte einige Tage später ausgestrahlt werden. Der Termin war heute. Um genau zu sein, in einer Stunde.

Ich schluckte.

»Worauf wartest du noch?«, schrie mich Maja an. »Zack, zack!« Ich hüpfte unschlüssig in einem Umkreis von circa zwei Metern durch das Wohnzimmer.

»Was soll ich denn machen?«, schrie ich.

»Dich anziehen und zu den Studios fahren, wo das Interview aufgenommen wird!«

»Wie soll ich da reinkommen?«, schrie ich zwei Nuancen höher.

»Gib dich als Journalistin aus, breche da ein oder mach sonst was! Woher soll ich wissen, wie du da reinkommst?«, schrie sie.

Ich nickte, hüpfte noch mal von links nach rechts, ehe ich in einem rasanten Tempo das Wohnzimmer verließ und ins Bad sauste. Weil es immer eine halbe Ewigkeit dauerte, bis ich meine Haare gebürstet hatte, band ich mir diese zu einem hohen Dutt zusammen. Für den Fall, ich würde es schaffen, als Journalistin in die Studios zu kommen, so wäre es nicht verkehrt, für diese Rolle, die ich dann annehmen würde, leicht verändert auszusehen. Maja war währenddessen in meinem Schlafzimmer und suchte mir Klamotten raus.

Ich putzte mir hektisch die Zähne.

»Hä?« Ich verharrte. Maja hatte meinen Kleiderschrank geöffnet. Ganz bestimmt. *Hä? Ich bin irritiert, warum hängt ein Poster von Lasse in deinem Schrank?*

»Sag jetzt einfach mal nichts, Maja!«, nuschelte ich mit Zahnbürste im Mund.

Damit ich annähernd wie eine Journalistin aussah, hatte Maja mir eine Bluse und eine moderne Stoffhose aufs Bett gelegt, die ich in Windeseile anzog. Dann reichte mir Maja zu guter Letzt ihre Brille, die sie immer zum Autofahren tragen musste. Ich setzte sie auf und betrachtete mich schnell atmend im Spiegel.

»Du siehst klasse aus und ziemlich anders als sonst!«

»Perfekt.« Ich drückte meiner Freundin einen Kuss auf die Wange, rief im Rauslaufen, dass noch Kaffee da sei, und raste die Treppen nach unten. Glücklicherweise, obwohl es so stark geschneit hatte, war mein Auto relativ frei und das wenige Weiß würde ich locker mit den Scheibenwischern hinten und vorne in den Griff bekommen.

Ich stieg ein, ließ den Wagen an, fuhr los und schnallte mich, weil ich so nervös war und es glatt vergessen hatte, erst hundert Meter später an. Die Brille hatte ich abgenommen. Auch wenn sie relativ schwach von den Gläsern war, sah ich alles leicht verschwommen.

Natürlich, ich meine, wie könnte es auch anders sein, jagte eine rote Ampel die nächste. Erschrocken sah ich, dass mir noch genau zehn Minuten blieben, ehe das Interview beginnen sollte. Die einzige Hoffnung, die ich hatte, war, dass die richtige Journalistin aufgrund des Wetters auch erst mit Verspätung eintraf. Ungeduldig starrte ich die rote Ampel an und sah zu meinem Entsetzten vor mir einen Mercedesfahrer mit Hut auf dem Kopf und einem Wackeldackel auf der Hutablage. Zeittechnisch war das mein Untergang. Ich zog in Erwägung, ein Überholmanöver zu starten, just in dem Moment, in dem die Ampel auf Grün sprang. Allerdings könnte es dann gut sein, dass ich meinen Nachbarn, der sich auf der Linksabbiegerspur befand, erheblich rammen würde.

›No risk, no fun‹, rief plötzlich eine Stimme in mir. Ich würde es tun. Wegen Lasse. Ich würde jetzt gleich, sobald die Ampel umsprang, aufs Gas drücken und in beachtlicher Geschwindigkeit am Wackeldackel vorbeiziehen. Entweder es würde sich lohnen, oder ich hätte danach erst recht ein Problem. Pro forma gab ich schon mal Gas, damit sich mein kleiner Clio etwas warmlaufen konnte. Ich war wildentschlossen. Und dann war es so weit. Die Ampel sprang auf Grün, ich gab Gas, schaffte es, ohne meinen Nachbarn zu rammen, um den Mercedes rum und sauste über die Kreuzung. Mein Siegesgefühl hielt leider nicht lange an. Nur Sekunden nach meinem Überholmanöver hörte ich plötzlich eine Sirene, der Blick in den Rückspiegel bestätigte dann, was ich schon ahnte. Die Polizei. Ignorieren konnte ich es nicht. Ich musste rechts ranfahren. Das war jetzt die Strafe, dass ich den Herrn mit Hut vor mir der Langsamkeit im Straßenverkehr bezichtigt hatte.

Ich blinkte und hielt auf dem Seitenstreifen. Dann schloss ich die Augen und schüttelte kaum merklich den Kopf. Erschrocken zuckte ich zusammen, als jemand feste gegen die Scheibe klopfte. Ich ließ das Fenster nach unten fahren, sah auf und konnte mein Glück kaum fassen.

»Oh Gott sei Dank! Herr Müller. Oh, ich bin so froh Sie zu …«

»Na sieh an, Frau Reifenrath!« Dieses Mal hatte er seine Brauen so tief ins Gesicht gezogen, dass man kaum mehr seine Augen erkennen konnte. Der Polizist, der die Anzeige wegen der Hercules bearbeitet hatte, grinste abwertend.

»Sie sind zu schnell gefahren!«

»Ich weiß, das tut mir leid, aber Herr Müller, es ist so, ich muss …«

»Ruhe!«, brüllte er. Ich nickte schnell und presste die Lippen aufeinander. »Führerschein und Fahrzeugpapiere. Sofort!«

Ich kramte in meiner Handtasche, bis ich endlich mein Portemonnaie fand, und zog den Führerschein heraus. Fahrzeugpapiere hatte ich natürlich zu Hause liegen lassen.

»Die Fahrzeugpapiere habe ich leider zu Hause vergessen.«

»Und, wie geht es Herr van Marweijk?«, fragte Kommissar Müller, ohne mich anzusehen. Er studierte nur meinen Führerschein.

»Ja wissen Sie, das ist das Problem. Ich habe Herrn Marweijk versprochen, umgehend zu den Fernsehstudios zu kommen. Er erwartet mich. Ich glaube, er steckt in Schwierigkeiten.«

Ich bin böse, ich bin böse, ich bin böse …

»Oh nein! Kann ich irgendwas tun? Wissen Sie, ich finde Herrn van Marweijk wirklich großartig. Ein richtiger Schauspieler zum Anfassen.«

»Ja. Sie sagen es.«

»Wissen Sie, er hat meiner Nichte umgehend ein Autogramm zukommen lassen. Das fand ich wirklich großartig. Soll ich Sie begleiten? Mit Blaulicht? Dann wären Sie etwas schneller.«

»Also, wenn Sie das tun würden, organisiere ich, dass Ihre Nichte mit Herrn Marweijk ein Foto bekommt und zusätzlich mit dem Schauspieler einen Nachmittag verbringen darf!«

Zack, innerhalb kürzester Zeit waren seine Brauen oben und man konnte klar und deutlich seine Augen erkennen. Zudem zierte sein Gesicht ein Lächeln.

Oh Gott, hoffentlich spielte Lasse mit …

»Das ist ein Deal. Kommen Sie. Fahren Sie hinter mir her!« Er gab mir meinen Führerschein zurück und lief schnell zum Streifenwagen.

Ich fühlte mich plötzlich, als sei ich mittendrin in einem Krimi. Die Journalistin, die einen beträchtlichen Fehler aufklären musste, wurde von dem knurrigen Kommissar Müller durch die Stadt gelotst. Binnen zehn Minuten waren wir bei den Studios und ich parkte nahe dem Eingang. Der Streifenwagen fuhr neben mich. Ich ließ die Scheibe runter, ebenso wie der Kommissar. »Herr Müller, vielen Dank!«

»Habe ich doch gerne gemacht. Sie melden sich dann? Wegen meiner Nichte?«

»Das mache ich. Auf jeden Fall.« Ich schnallte mich mehr als hektisch ab, ergriff meine Handtasche und stieg aus. Ein letztes Mal hob ich die Hand, dann lief ich zur Pforte.

»Frau Reifenrath?«

Genervt, ohne es mir wirklich anmerken zu lassen, drehte ich mich um. »Ja?«

»Waren Sie es?«

»Was?«

Der Kommissar hatte die Brauen wieder tief ins Gesicht gezogen. »Das mit der Hercules? Beim Fitnessstudio?«

Ich verharrte kurz. »Nein«, kam es zögerlich über meine Lippen.

Herr Müller nickte erst, dann schüttelte er den Kopf, und da ich mich zwang, ihn nicht mehr anzusehen, hörte ich glücklicherweise, wie der Streifenwagen den Parkplatz verließ.

Ich klopfte nervös an die Scheibe der Pforte. Ein älterer Herr schob eine Seite des Glases zurück.

»Ja?«

Nun lasst das Spiel beginnen …

»Ich bin Journalistin und soll hier heute ein Interview mit Lasse van Marweijk durchführen.«

Der grauhaarige Mann lächelte und nickte. »Dann sind Sie sicher Marina Verhoeven?«

Ich zog die Brille auf, die mir Maja gegeben hatte, schaute den älteren Herrn kokett an und nickte. »Ja, die bin ich.«

»Prima. Sie werden schon erwartet. Ich bräuchte nur noch kurz Ihren Ausweis.«

Fuck …

Ich tat so, als suche ich ihn in den Tiefen meiner Handtasche und sah nach einiger Zeit auf. »Es tut mir so leid, jetzt habe ich den in der Hektik offensichtlich im Hotel liegen lassen. Wissen Sie, es ist so eine große Ehre, Herrn van Marweijk interviewen zu dürfen. Ich bin etwas nervös.«

Erfreut nahm ich wahr, dass der Mann mir sehr zuträglich zu sein schien. Er lächelte verständnisvoll und nickte dabei. »Dann lasse ich Sie ausnahmsweise mal so durch. Zweiter Stock!«

312

»Vielen Dank!«

Ein lautes Summen ertönte. Ich drückte die Tür neben der Pforte auf, überquerte den Innenhof und betrat hektisch das Hauptgebäude, in dem sich die Studios befanden. Dann steuerte ich die Aufzüge an, sah erfreut, dass sich unweigerlich die Türen öffneten, betrat den Fahrstuhl und drückte die Taste zwei.

Ich spürte inzwischen, dass der Adrenalinpegel, obwohl ich dachte, er hätte eben beim Überholmanöver bereits seinen Hochstand erreicht, noch weiter stieg. Ungeduldig trat ich von einem auf das andere Bein. Und dann ertönte das, das mich noch mehr zittern ließ. Der Ton, der signalisierte, dass ich den zweiten Stock erreicht hatte. Die Türen öffneten sich.

Spiel deine Rolle.

Ich schob noch einmal die Brille nach oben, dann schritt ich versucht ruhig aus dem Aufzug. Ich sah mich um, und noch ehe ich entscheiden konnte, ob links oder rechts, kam eine kleine Frau auf mich zu gestöckelt, mit Headset auf dem Kopf.

»Frau Verhoeven?«

»Ja?«

»Sie werden schon erwartet. Folgen Sie mir bitte!«

Obwohl ich einen ganzen Kopf größer als die Frau war, hatte ich doch arge Schwierigkeiten, ihr auf den Fersen zu bleiben.

In einer beachtlichen Geschwindigkeit sauste sie den Flur entlang, bis wir vor der letzten Tür standen. Sie klopfte. Mein Herzschlag passte sich dem an.

»Ja, verdammt!«, hörte man es gedämpft. Die kleine Frau öffnete die Tür. »Frau Verhoeven ist da«, sagte sie schüchtern.

»Das wurde aber auch Zeit!«

Die Frau öffnete die Tür weit und zeigte mit der Hand hinein. Ich nickte ihr zu. Lächeln konnte ich nicht mehr. Ich war so aufgeregt, dass ich kurzzeitig Angst bekam, gleich in Ohnmacht zu fallen.

Ich betrat den riesigen Raum. Und dann sah ich ihn. Von hinten. Lasse stand, die Hände wie so häufig in den Hosentaschen vergraben, nahe der Fensterfront und sah hinaus.

#fünfundzwanzig

Ein Fakt:
Adrenalin ist ein Hormon. Es bewirkt,
dass man sich leistungsfähig, wach und aktiv fühlt.

Dann drehte er sich langsam um und sah mich. Ich schüttelte kaum merklich den Kopf und flehte ihn mit dem Blick an, er möge bitte mitspielen. Es brauchte einige Sekunden, bis ich erkennen konnte, dass er mit dem Spiel einverstanden war. Mit ausgestreckter Hand kam er auf mich zu.

»Lasse van Marweijk, guten Tag.«

»M ... M ...« *Scheiße, wie hieß die jetzt noch?*

»Sie sind Marina Verhoeven, richtig?«, sagte Lasse. Mir fiel ein kleiner Stein vom Herzen. »Ja. Marina Verhoeven. Ganz genau.«

Währenddessen wurde alles für das bevorstehende Interview vorbereitet.

Ich zuckte zurück, als eine Dame plötzlich begann, mein Gesicht zu inspizieren. »Mein Gott, wer hat Sie denn geschminkt?«

Lasse setzte sich derweil in einen der beiden Sessel, die sich gegenüberstanden. Er grinste.

»Puder!«, schrie die Frau, eine andere kam angelaufen und drückte ihr einige Schminkutensilien in die Hand. Und noch ehe ich die Hand heben konnte, um abzuwehren, dass eine fremde Frau mein Gesicht bearbeitete, hatte ich einen riesigen Pinsel vor Augen, der rasant über meine Haut wedelte. Einen Nieser musste ich unterdrücken, der zweite kam so schnell, dass ich ihn nicht mehr verhindern konnte. Die Frau mit dem Puder ließ daraufhin endlich von mir ab.

»So, wenn wir dann bitte beginnen könnten?«, sprach ein Mann nicht gerade freundlich. Ich wurde von einer Mitarbeiterin zum Sessel geführt und sollte Platz nehmen. Lasse grinste immer noch.

Zitternd schlug ich die Beine übereinander, um wenigstens etwas einen seriösen Eindruck zu machen. (Ich neige dazu, häufig wie ein Bauer zu sitzen: Beine breit und angelehnt.)

Lasse saß völlig entspannt da, breitbeinig, die Hände flach auf seiner beigefarbenen Jeans liegen, angelehnt und der oberste Knopf seines hellblauen Hemdes war geöffnet.

»Klappe!«, schrie ein Mann. Kurz darauf ließ ein anderer die Klappe zuschnappen. »Interview Lasse van Marweijk, die Erste! Und bitte!«

Es herrschte Stille. Musste ich jetzt was sagen? Ich feuchtete meine Lippen an. In meinem Kopf schall nur ein Satz: Fang an zu schauspielern!

»Guten Morgen, Herr van Marweijk. Wie geht es Ihnen?« *Bescheuerte Frage ...*

»Oh, mir geht es sehr gut. Wat leuk, dan kunnen we in het Nederlands praten. Ik vind dat echt geweldig!«

»W ... wa ... was? Ich meine, wie bitte?«

»Schon gut. So, dann stellen Sie mal Ihre Fragen!« Lasse grinste immer mehr. Er lachte mich aus. Es gefiel ihm, mich zu verunsichern. Aber damit wäre nun Schluss!

»Gut. Also, Herr van Marweijk, Sie waren in letzter Zeit ja ganz schön häufig in der Presse. Grund dafür, Ihre Liaison mit der Schauspielerin Nadja Winter. Wie, also ... wie kam es dazu?«

Aus den Augenwinkeln nahm ich wahr, dass der Mann, der hier offensichtlich das Sagen hatte, reichlich irritiert dreinschaute.

»Das stimmt. Aber der Name meiner Kollegin ist Nadja Sommer. Nicht Winter. Und es handelte sich um eine Falschmeldung. Nadja und ich sind kein Liebespaar. Wir sind Freunde und Kollegen. Und da Nadja Sommer ebenfalls eine Rolle in dem Film *Die Vermutung* hat, kam es eben dazu, dass wir gemeinsam auf der Veranstaltung *Spendengala für Kinder* waren. Offensichtlich fand jemand die Vorstellung schön, mich und Nadja erneut als Liebespaar zu benennen.«

Ich nickte, während Lasse sprach, ununterbrochen, tat professionell und schob häufig Majas Brille hoch, die mir immer wieder von der Nase rutschen wollte. Zudem fingen meine Augen an, sich massiv zu beschweren, da sie es nicht gewöhnt waren, durch Glas zu schauen.

»In einem Radiointerview, Herr van Marweijk, erwähnten Sie eine Bekanntschaft, die Ihnen offensichtlich den Laufpass gegeben hat. Was hat es damit auf sich?«

»Cut!«, schrie plötzlich einer. »Bitte keine privaten Fragen!«

Lasse hob die Hand. »Nein, nein, das ist okay. Ich beantworte heute ausnahmsweise auch mal private Fragen.«

Der Chef rieb sich genervt über die Stirn, nickte dann und schnipste mit den Fingern. Wieder ließ ein Mann die Klappe zuschnappen. »Und, bitte!«

»Ach, Sie haben das Interview gehört?«, fragte Lasse grinsend.

»Ja, das habe ich.« Ich fand, ich spielte die Rolle der Journalistin gut. Einzig das kokette Grinsen gelang mir nicht mehr.

»Tja, die Bekanntschaft wollte mich nicht. Sie hat mir den Laufpass gegeben. Und das auf ziemlich heftige Art und Weise.«

»Wie hieß die Bekanntschaft?«

»Katja.«

Jetzt funktionierte bei mir zumindest ein kleines Lächeln. Sofort wurde ich jedoch wieder ernst. Schließlich spielte ich hier eine Rolle.

»Und Sie mochten Katja gerne?«

»Sehr.«

»Was gefiel Ihnen an ihr?«

»Sie war sehr speziell. Eine Frau, die mal nicht aufgesetzt wirkte. Ich mag spezielle Menschen.« Ich meinte, in dem Moment, dass Lasse noch breiter grinste, als ohnehin schon die ganze Zeit.

»Und was, Herr van Marweijk, würden Sie sagen, wenn diese Katja nun verlauten ließe, dass es ihr leidtäte und sie sich hat von der Presse verleiten lassen, den Unsinn mit Frau Win… Sommer zu glauben? Und sie Ihnen nur deswegen etwas vorgespielt hatte, weil sie selbst unendlich traurig darüber war? Was würden Sie dann sagen?« Lasses Grinsen verebbte schlagartig. Ich biss mir auf die Unterlippe und sah ihn fast flehend an.

»Nun«, begann Lasse. »Ich würde mir denken, was diese Katja doch für ein unartiges Mädchen ist. Und weiter würde ich denken, dass ich ihr den Hintern versohlen sollte für dieses unartige Verhalten!«

Ich hätte es durchaus witzig gefunden, wenn Lasse dabei gelacht hätte. Oder ein Grinsen in seinem Gesicht zu lesen gewesen wäre. Doch nichts von beidem sah ich. Weder ein Lachen noch der Hauch eines Grinsens.

»Wie bitte?«, dachte ich und erschrak, weil meine Gedanken plötzlich eine Stimme hatten. Sekunden später fiel mir auf, dass nicht ich diese Frage gestellt hatte, sondern derjenige, der für dieses ganze Fake-Interview zuständig war. »Cut!«

Der Mann kam hektisch auf mich zu, tippte mir mit dem Zeigefinger auf die Schulter und nahm mehrere Anläufe, etwas zu sagen. Schließlich gelang es ihm in hoher, anfänglich hysterischer Stimme. »Das ... das ist aber ... un... unprofessionell! Haben Sie sich keine geeigneten Fragen aufgeschrieben?«

Ich sah den Mann nicht an. Ich hatte nur Augen für Lasses ernstes Gesicht. Wieder biss ich mir auf die Unterlippe, deshalb, um mein Kinn, das langsam das Zittern eigenständig begann, festzuhalten.

Während mich der Leiter dieses Interviews mit absolutem Unverständnis musterte, ich aber nur Lasse anstarrte, klopfte es plötzlich mehrfach an der Tür. Der Leiter ließ endlich von mir ab und gab wirsch einer Frau das Zeichen, sie solle gefälligst die Türe öffnen. Lasse und ich starrten uns weiter an.

»Marina Verhoeven wäre dann da. Sie hatte Stau. Es schneit so stark.«

Der Leiter kam mit lauten, schnellen Schritten auf mich zu. Dann beugte er sich zu mir runter. »Wer, zum Teufel, sind Sie?«

Endlich sah ich den Hauch eines Lächelns in Lasses Gesicht. Er zeigt mit den Händen auf seinen Schoß. »Komm zu mir, Püppi!«

»Halten Sie drauf! Halten Sie bloß drauf!«, hörte man die echte Verhoeven den Kameramann anschreien.

Meine Zähne schafften es nicht mehr, mein Kinn festzuhalten. Ich zog die Brille ab, legte sie auf den Beistelltisch, wischte mir schnell die anrollenden Tränen aus dem Gesicht, stand auf und ging zu Lasse. Sofort packte er meine Handgelenke und zog mich auf sich. Ich saß rittlings auf Lasses Schoß und sah ihn mit Tränen in den Augen an.

»Was machen wir jetzt?«, fragte er, legte seine Hände auf meinen Hintern und haute locker mit einer Hand darauf.

Ich zuckte mit den Schultern und schniefte. »Vielleicht einen Dilettanten Kuss üben? Oder … vielleicht nach Hause fahren und … und aus dem Fenster sehen? Wir … wir könnten auch … also, nur wenn du Lust hast, wir könnten ja einen Kakao trinken. Ich habe ja ganz viele Plätz... also, Plätzchen geb...«

Er fasste mein Gesicht in seine Hände und lächelte mich an, dann kam er mir näher und ich schloss die Augen, als ich endlich wieder seine Lippen auf meinen spürte.

»CUT«

#entfalleneSzenen

Nach dem Interview mit Frau Verhoeven:

Immer wieder küssten wir uns, obgleich natürlich bei uns nicht unbemerkt blieb, dass die Journalistin mehrfach hustete, wohl mit der Hoffnung unsere Aufmerksamkeit zu erlangen. Ab und zu nahm ich die Blitze wahr, die die Kamera verursachte und ich konnte mir denken, dass wir, das hieß, Lasse und ich, morgen in aller Munde wären.

Der Verantwortliche hatte nach sicherlich zehn Mal ›Cut‹ rufen, aufgegeben, und ebenso die Schminkfrau, die sich irgendwann stöhnend in eine Ecke gesetzt hatte.

Drei Tage nach dem Interview mit Frau Verhoeven:

Wir hatten uns ganz bewusst vorgenommen, die gemeinsame Zeit zu nutzen. Und das taten wir. Wir lagen nur im Bett. Ab und zu gingen wir duschen, auch das nur gemeinsam, ansonsten ernährten wir uns von

Lieferanten, die einem das Essen direkt vor die Wohnungstür brachten.

»Wir sollten vielleicht mal spazieren gehen oder so«, nuschelte ich und legte den Kopf in den Nacken, als Lasse mit zarten Küssen meinen Hals bedeckte. »Hm. Können wir aber auch sein lassen.« Als ich seine Zunge spürte, wie sie langsam über meine Schlagader leckte, schloss ich die Augen und dachte, morgen wäre auch noch Zeit, spazieren zu gehen. Plötzlich klingelte es.

»Wer kann das sein?« Lasse schaute mich an, während seine Hände meinen BH öffneten.

Wieder klingelte es.

Wir standen beide nur in Unterhose bekleidet da. »Ich gehe!«, sagte Lasse genervt, nachdem er merkte, dass ich natürlich unter keinen Umständen fast nackt zur Türe gegangen wäre.

Noch ehe Lasse die Wohnungstür erreichte, ertönte erneut die Klingel. Lasse riss die Tür auf. Ich blieb im Schlafzimmer und hatte mir vorsorglich mein Bettlaken um den Körper geschlungen.

»Ha… Hallo.«

Ich verdrehte die Augen. Nicholas.

»Was möchtest du, Nicholas?« Lasse klang höflich. Selbst solche Situationen, wo ein anderer gewiss ohne weiteres die Türe wieder zugeschlagen hätte, versuchte er ganz freundlich zu handhaben.

»Also, ich … ich wollte Leo fragen, ob sie zufällig Brot im Haus hat. Fünf oder sechs Scheiben würden mir da schon reichen.«

Ich schaute in den Flur, sodass ich Lasse sehen konnte und zur Hälfte, da Lasse die Türe nicht sehr weit geöffnet hatte, Nicholas.

»Fünf oder sechs Scheiben? Pass mal auf, Nicholas, ich zeig dir mal was. Bereit?«

Oh Gott, was hatte er vor?

»Äh ja. Ja, ich bin bereit«, hörte ich Nicholas antworten. Dann sah ich, wie Lasse die Tür weit öffnete und mein Nachbar ihn mit aufgerissenen Augen von oben bis unten anstarrte.

»Merkst du was?«, fragte Lasse ihn.

»Sie … Sie sind nicht abkömmlich?«, hörte man Nicholas stottern.

»Richtig. So, sonst noch was?«

»Nein. Das war alles.«

Ich hörte, wie Lasse die Wohnungstür schloss, dann kam er zu mir zurück.

Zwischen Weihnachten und Neujahr

»Mein Gott, ich komme ja!« Hektisch rannte ich ins Wohnzimmer, weil ich dort mein Telefon vermutete. Es klingelte mal wieder so, dass man meinen könnte, es wäre wütend. Unter einem der Couchkissen wurde ich schließlich fündig.

»Hallo?« Mit Telefon am Ohr schlenderte ich wieder in die Küche, um endlich meinen heißen Kakao zu genießen. Lasse war noch im Badezimmer.

»Ich bin es, Maja! Leo. Hast du schon gelesen?« Meine Freundin klang danach, als wäre sie zuvor zehn Kilometer gejoggt.

»Was gelesen? Was ist denn los mit dir?« Es beängstigte mich regelrecht, Maja so zu hören.

»Ist … ist Lasse bei dir?«

Ich trank erst einen Schluck, ehe ich antwortete.

»Der sitzt auf der Toilette. Warum?«

»Habt ihr das Tagesblatt gelesen?«

»Was für ein Blatt?«

»Die Zeitung! Leo! Die Zeitung!«

»Mein Gott, warum schreist du denn so?«

»Es steht was über Lasse …«

Ich fiel meiner Freundin augenblicklich ins Wort. »Maja, sei mir bitte nicht böse, aber was in der Zeitung steht, interessiert mich nicht. Das ist alles Quatsch! Deswegen lese ich schon keine mehr!«

Es klingelte.

»Bleib kurz dran, ja? Es hat geklingelt.«

»Das bin ich! Ich!«

Ich stöhnte laut auf, ehe ich die rote Taste drückte, um das Telefonat zu beenden. Dann lief ich in den Flur, betätigte den Schalter, der die Haustür öffnete, gleichzeitig öffnete ich die Wohnungstür und sah Maja, die offensichtlich in rasanter Geschwindigkeit die Treppen nach oben gesaust war. In der Hand hielt sie einige Zeitungen. Sie sah mich kurz entsetzt an, schüttelte den Kopf und marschierte geradewegs in die Küche. Irritiert folgte ich ihr.

»Ich darf, oder?«, fragte sie und setzte die Tasse Kakao sofort an ihre Lippen und trank. Ich setzte mich hin, zog den zweiten Hocker nahe zur Theke und zeigte mit der Hand darauf. Maja setzte sich ebenfalls, nachdem sie meinen Kakao leergetrunken hatte. Ich war nicht mehr in der Lage, dazu etwas zu sagen, denn ich starrte nun nur noch auf die Zeitungen, deren Titelblätter alle ein Bild zeigten:

Lasse mit einer pinken Springgerte in der Hand, die er hocherhoben hatte und ich, die entsetzt zur Straße blickte. Im unteren Teil des Bildes sah man Matthias stehen, mit Gitarre, der hoch zu meinem Wohnzimmerfenster sah. Das war die Situation, wo Lasse gerade den Fensterflügel öffnen und die Gerte auf die Straße schmeißen wollte, damit wir endlich Ruhe vor meinem Ex-Freund hatten.

»Scheiße«, entfuhr es mir.

»Ja, findest du?«, fragte Maja. »Dann lies mal. Dann weißt du nämlich, was richtig scheiße ist.«

Der Schauspieler Lasse van Marweijk.
Ein SM-Liebhaber?

Jüngste Aufnahmen bestätigen, dass der Schauspieler van Marweijk einer fragwürdigen sexuellen Leidenschaft nachgeht. So wurde er mit einer jungen Frau gesehen, dessen verzweifelter Gesichtsausdruck Bände spricht. Nachdem ein Freund der jungen Dame versucht hatte, den Schauspieler mittels eines Steines, welchen er gegen die Scheibe warf, aufzuhalten, kam es zur Eskalation. Wütend soll der Halbholländer die Gerte aus dem Fenster geworfen haben und traf den neunundzwanzigjährigen Freund damit am Kopf. Was aus der jungen Frau geworden ist, ist der Presse bis dato noch nicht bekannt. Der Freund von der Frau am Fenster ist nach einer schweren Gehirnerschütterung nun wieder zu Hause und erholt sich von der Verletzung.

»Cut. Cut.«

Liebe Kollegin Eden,

es hat geklappt. Ich danke dir!

Über den Autor:

Charlie Newsman ist das Pseudonym einer Autorin, die es sich zur Aufgabe gemacht hat, Leser zum Lachen zu bringen. Ihr erster Hashtag-Roman #Likefor-Like ist der Start für lustige, moderne Liebesgeschichten, stets mit Happy End und einer mal mehr mal weniger ordentlichen Prise Humor.

Weitere Hashtags:

#LikeforLike
#DatingLine